2023 가을호를 펴내며

장르의 원형을 담는 '단편'에 대하여

한이 · 계간 미스터리 편집장

무더운 여름이었습니다. 전 세계가 기상 관측이 시작된 이래 174년 만에 가장 더운 6월을 보냈다는 보고도 들리고, 호머 심슨이 아들 바트에게 한 "올해는 너의 남은 인생에서 가장 시원한 여름이 될 거다"라는 말이 예언처럼 들리기도 합니다. 심지어 최고폭염책임자라는 직책이 생겼다고 하네요. 문득 지구의 상태가 되돌릴 수 있는 임계점을 넘은 건 아닌가 두려운 생각이 들기도 합니다만, 어쨌든 된더위와 싸우면서 열심히 만든 《계간 미스터리》가을호를 선보입니다.

이번 가을호를 관통하는 특집은 '단편'입니다. 장르의 원형이 고스란히 담겨 있는 형식이 '단편'이라고 생각하기 때문입니다. 먼저 미스터리란 장르가 어떻게 시초부터 단편소설과 뗴려야 뗄 수 없는 관계를 맺고 있는지, 그리고 그 단편이라는 형식이 어떻게 잡지와 긴밀한 상호 보완 관계에 있는지, 〈미스터리 장르와 단편소설 그리고 잡지〉에서 간략하게 훑어보았습니다.

특집에 걸맞게 어느 때보다 풍성한 단편을 실었습니다. 김세화의 〈알리바바와 사라진 인형〉은 기존의 작품을 변화시켜 경쾌하고 유쾌한 결말에 도전한 작품으로 시종일관 과장된 캐릭터의 향연이 웃음을 짓게 합니다. 여실지의 〈꽃은 알고 있다〉는 심리 미스터리 작품인데, 평화로워 보이는 한적한 전원 마을에서 벌어지는 극한의 이상심리 범죄가 아름다운 꽃 이름과 극렬한 대비를 보여줍니다. 김창현의 〈멸망 직전〉은 여실지의 작품과 반대쪽에 자리하고 있습니다. 인류 멸망을 코앞에 둔 상황에서도 살인의 욕망을 채우려는 자와 사랑하는 가족을 살리려는 자의 액션이 숨 쉴 틈 없이 이어집니다. 홍정기의 〈팔각관의 비밀〉은 아야츠지 유키토의 《십각관의 살인》에 대한 오마주와 변형, 한 국내 드라마(아마 쓱 보면 눈치채실 것입니다)에 대한 유들유들한 패러디가 킥킥거리는 웃음을 자아냅니다. 하지만 특수설정과 트릭은 진품이니 충분히 즐기시길. 박소해의 〈해녀의 아들〉은 좌승주 형사 사계四季 시리즈를 마무리하는 작품으로, 제주 4·3 사건이라는 묵직한 주제를 다루고 있습니다. 개인의 가족사와 현대사가 얽히면서 과거와 현재의 진실 모두를 찾아야 하는 막중한 사명을 지게 된 좌승주의 고뇌가 먹먹한 감동을 줍니다.

《계간 미스터리》신인상 당선작인 무경의 〈치지미포雉之未捕, 꿩을 잡지 못하고〉
도 묵직합니다. 악마인지 아닌지 모호한 한 남자와 바에서 대화를 나누는 장면
으로 시작하는데, 독특하게도 메인 사건은 한국전쟁을 배경으로 하고 있습니다.
악마와 한국전쟁이라는 독창적인 소재를 자극적인 소재 자체로 낭비하고 만 것
이 아니라, 추악한 인간성을 드러내는 배경으로 훌륭하게 활용한 점이 높은 평
가를 받았습니다. 필력이 예사롭지 않다는 생각은 들었는데, 인터뷰해보니 그럴
만한 이유가 있더군요. 오랜만에 좋은 신인이 당선된 것 같아 흡족합니다.

백휴의 장편 역사 미스터리 《탐정 박문수-성균관 살인사건》도 본격적인 궤도에
오릅니다. 단순해 보였던 살인사건의 배후에 당대를 지배하던 노론과 소론의 치
열한 정치 싸움이 관련돼 있음이 명확해지고, 범인으로 보였던 인물은 쫓기다
절벽에서 뛰어내립니다. 하지만 막다른 골목으로 보였던 사건은 새로운 전개를
불러옵니다.

소설 외의 다른 글들도 흥미롭습니다. 국내 1호 프로파일러 권일용 교수와 《악
의 마음을 읽는 자들》을 공동 집필했던 고나무 팩트스토리 대표가, 특집으로
〈왜 사람들은 범죄 실화를 보고 읽는가〉를 특별 기고했습니다. 《계간 미스터리》
에서 기획하고 있는 '이야기 논픽션narrative nonfiction'에 대한 이해도를 높이고 앞
으로의 방향성을 엿볼 수 있을 겁니다. 김소망 작가는 올 8월 30일부터 관객과
만나고 있는 영화 〈그녀의 취미생활〉을 연출한 하명미 감독을 인터뷰했습니다.
서미애 작가 원작을 영상화하면서 어떤 부분에 주안점을 뒀는지, 특히 상처받은
여성의 연대만이 아니라, 치유의 과정을 담아내기 위해 어떤 노력을 했는지 솔
직하게 말하고 있습니다. 쥬한량은 기시 유스케의 '방범탐정 에노모토 시리즈'
가 연속 드라마로 제작되는 과정에서 어떤 캐릭터의 변화를 겪는지, 그것이 왜
효과적이라고 생각하는지 분석하는 글을 〈본격 미스터리를 좋아한다면 놓치지
말아야 할 일본 드라마 〈열쇠가 잠긴 방〉이라는 제목으로 실었습니다.

이브 뢰테르는 《추리소설》에서 이렇게 말했습니다. "하나의 장르는 자신이 존
재하고 있다는 것을 의식할 때 비로소 진정으로 존재한다. 이 존재 의식은 추리
소설의 특정 요소들이 반복됨으로써 드러나는 텍스트 상호성의 부여, (예를 들
어 밀실이라는 소재를 둘러싼) 각종 변형들, 다른 작품들에 대한 암시, 패러디, 모방
등과 같이 텍스트와 관련된 것일 수 있다." 이번 단편 특집에 실린 작품들을 통
해서 미스터리란 장르가 어떻게 자신의 존재를 증명하고 있는지 확인하시길 바
랍니다.

차례

왜 사람들은 ────────────

──────────── 범죄 실화를

보고 읽는가 ────────────

고나무 / 팩트스토리 대표·《악의 마음을 읽는 자들》 저자

경찰은 범죄 조직에 잠입했다. 스스로 범죄자로 위장했다. 사람들은 이런 잠입 수사를 '언더커버'라 불렀다. 그는 매력적인 남자였고, 유능한 조직 범죄자였다. 모두가 그를 사랑했다. 동지라 생각했다. 조직 내 지위가 올라갔다. 그는 본인이 언더커버 경찰인지 범죄 조직원인지 헷갈리기 시작했다.

이 문단을 읽고 영화 〈무간도〉나 〈신세계〉를 떠올렸다면, 틀렸다. 이 문단은 영화 〈무간도〉의 로그라인이 아니다. 미국 연방수사국(FBI) 요원 조셉 피스톤은 1975년 마피아 지부 중 하나인 보나노 패밀리에 '도니 브래스코'라는 이름의 조직원으로 잠입했다. 6년 동안 마피아 조직원인 것처럼 활동했고, 인정받았다. 그가 수집한 증거 자료로 핵심 마피아 간부들에 대한 100여 건의 기소가 이뤄졌다. 조셉 피스톤은 잠입 수사 이후에도 수년간 재판에 관여했다. 남은 마피아는 피스톤에게 현상금을 걸었다. 이후 연방수사국을 퇴직한 뒤 가명으로 남은 생을 살고 있다.

"과거로 돌아가면, 내가 다시 그 일(잠입 수사)을 선택할까? 직업적으로는 예스. 내가 그 임무를 다시 하리라는 데 의심이 없다. 그러나 개인적으로는 다른 이야기다. 나는 내 가족과 함께할 인생에서 10년을 잃었다. 그 잠입 수사가 가족과의 10년을 버릴 가치가 있는지 모르겠다."

조셉 피스톤은 자신의 경험을 《도니 브래스코 : 마피아에서 나의 언더커버 인생》(1989)이라는 책으로 펴냈고, 그 책을 모티프로 삼은 영화 〈도니 브래스코〉가 1997년에 개봉되었으니 그의 삶은 조금 보상받았을까?

이 책과 영화에서 후세대 드라마·영화 작가들이 많은 영감을 받았다고 한다면, 피스톤에게 보상이 될까? 〈도니 브래스코〉는 문학과 스토리의 역사에 등장했던 수많은 실화 모티프 스토리 가운데 한 예에 불과하다. 미스터리 소설가 엘러리 퀸은 범죄 미스터리 장르의 태동기에 19세기 말 영국 경찰의 수사 회고록과 《비도크 회고록》이 큰 영향을 줬다고 썼다. '범죄 실화'에 대한 대중의 관심이 동서양에서 제법 오래되었다는 취지다.

과거부터 지금까지 실제 범죄 사건과 범죄자는 드라마·영화 작가, 웹소설과 단행본 소설 작가, 웹툰 만화 작가들이 영감과 모티프를 얻는 소재였다. 요즘에는 대중이 드라마·영화와 소설은 물론 팟캐스트, 유튜브, 예능 프로그램 등을 통해 점점 더 많이 범죄 실화 콘텐츠를 보고 읽는다.

대중은 왜 범죄 실화를 읽고 보는가? 이 질문에 앞서 '실화'라는 애매한 용어를 먼저 정의하자. 저널리즘에 준하는 사실 취재와 구성으로 쓰인 르포 논픽션 및 실제 범죄 사건에서 영감을 얻었으나 캐릭터나 스토리에서 상당한 창작이 이루어진 '실화 모티프 픽션' 두 장르를 이 글은 다 다룬다.

'대중은 왜 범죄 실화를 읽고 보는가'에 대한 여러 해석이 존재한다.

"인간으로서 우리는 우리 본성의 어두운 측면을 이해하기를 원합니다. 범죄 실화는 시청자 독자들이 안전한 거리에서 안전한 방식으로 그 어두운 본성을 탐구하는 걸 가능하게 해주죠."

심리학자 멕 애럴은 2019년 영국 일간지 《텔레그래프》에서 '왜 대중이 범죄 실화true crime에 빠져드는가'와 관련하여 이렇게 설명했다. 살인사건은 야구처럼 직접 관람할 수 없다. 유가족에게는 평생 갈 상처를 남긴다. 《계간 미스터리》를 돈 주고 사보는 독자나, OTT에서 범죄 드라마를 즐겨 보는 시청자 중에서 살인을 직접 경험한 사람이 과연 얼마나 있을까? 이 위험한 사건을 안방이나 거실에서 앉아 통찰하는 행위는 '위험한 사건에 대한 안전한 공부'라는 것이 심리학자 애럴의 취지다. '안락의자 탐정armchair detective'이라 표현할 법하다.

"진화심리학자들의 연구에 따르면, 우리가 범죄 실화에 끌리는 이유는 살인, 성범죄, 도둑질은 인류의 수렵채집 시절 이후로 인간 사회에서 늘 비중 있게 존재해왔기 때문이며 (…) 우리는 본능적으로 누가 무엇을 언제 어디서 범죄 행위를 저질렀는지 알기를 원하며 그럼으로써 범죄자들이 분노하는 이유를 파악하며 또한 그를 통해 나 자신과 내 집단을 보호하고자 한다"라는 홀리 스패너 BBC 과학 전문 기자의 견해도 이와 일맥상통한다.

지적 통찰이 대중이 범죄 실화를 읽고 보는 단 하나의 이유는 아닐 것이다. 만약 그렇다면 범죄를 다룬 콘텐츠는 모두 시사교양 다큐멘터리였을 것이며 실화 소재 넷플릭스 드라마 〈나르코스〉나 〈수리남〉이 만들어졌을 리 없다. 극리얼 논픽션이든 실제 사건에서 모티프를 얻은 픽션이든, 범죄 실화는 스토리로서 본질적 매력을 가진다.

"'이야기'라는 형식은 우리 삶의 확장을 돕는 기능을 합니다. 익숙한 경험은 낯선 배경을 부르는 방식으로 늘 현실 속 삶과의 기압차를 만들려는 경향이 있지요. 그런 의미에서 범죄라는 소재가 갖고 있는 양가적인 특징, 즉 가장 현실과 붙어 있으면서 동시에 비일상성을 지닌다는 특성은 늘 사랑받을 수밖에 없습니다."

이종범 웹툰 작가는 '대중은 왜 범죄 실화를 읽고 보는가'라는 질문에 이렇게 답했다. 그는 심리학 지식과 사건을 스토리에 활용한 〈닥터 프로스트〉를 그렸고 직업적 현실을 스토리에 활용하는 '직업물' 웹툰 장르를 고민한다. '익숙하고 비예외적인' 길거리에서 벌어지는 '예외적 사건'이라는 범죄의 본질이, 장르 스토리텔링의 본질과 닿아 있다는 것이 이 작가의 해석이다.

다만, 범죄 단신 뉴스가 자동적으로 좋은 스토리가 될 수 있다고 오해하면 안될 것 같다. 스토리텔링의 관점에서 볼 때 다수의 단신 범죄 보도는 캐릭터, 장면, 행동이라는 고전적인 이야기의 세 요소 가운데 오로지 '액션'만 반복적으로 서술되는 소설에 가깝다. 그것도 '캐릭터가 흐릿한 빌런'의 액션이. "경계하자, 연구 조사가 재료를 제공해주긴 하지만 그것이 창의성을 대체하지는 못한다"라는 로버트 맥키의 작법서 문장은 아마 이런 취지이리라. 다만 한 권의 단행본 수준의 내러티브 논픽션은 단신과 달리 '창의성의 수준으로 올라선 저널리즘'일 것이다.

'캐릭터'를 범죄 실화가 가진 본질적 매력이라고 보는 시각도 있다. "창작자로서, 인간이 매우 나쁜 상황에 처할 경우 어떻게 행동하는지 지켜볼 수 있다"라고 제프 포프 영국 ITV 피디는 《텔레그래프》에서 밝혔다.

'뭔가를 욕망하는 캐릭터가 장애물을 만나고, 그것을 극복하는 과정'은 스토리에 대한 매우 고전적인 정의다. 스티븐 킹은 "나는 플롯을 믿지 않는다. 내가 만든 캐릭터를 어떤 상황에 던져두고 그 캐릭터가 움직이는 것을 받아 적을 뿐"이라는 취지로 창작법 강의를 했다. "범죄 실화 스토리는 시청자나 창작자가 '어떤 캐릭터가 범죄적 상황에서 어떻게 행동하는가'를 몰입해 지켜보게 하며 그것은 실화가 아닌 다른 드라마가 줄 수 없는 매력"이라는 것이 포프의 주장이다.

포프의 관점에서 바라보면, 범죄 실화는 본질적으로 '추리 미스터리 소설'보다 '스릴러 소설'에 가까운 셈이다. 고전적인 추리소설은 과거 범죄 사건에 대해 '누가 범인인가'를 이성적으로 밝히는 데 집중한다. 스릴러 장르는 이미 존재하는 여러 캐릭터 사이에서 미래에 벌어질 사건에 대한 기대와 긴장에 집중한다. 스토리화되는 범죄 사건은 대체로 단신 뉴스로 이미 범인이 알려진 경우가 많다. 독자가 결말을 이미 알거나 검색으로 알 수 있는 추리소설인 셈이다. 그러므로 범죄 실화 독자는 '후더닛'(누가 범인인가)이 아니라 다른 것을 보기 위해 범죄 실화를 읽고 본다.

'누가 범죄 실화를 보고 읽는가'는 발품이 들어간 시장 데이터 분석을 요하는 의제로 이 글의 범위를 벗어난다. 한국에서 미스터리 스릴러 드라마나 소설은 이른바 '남성향'으로 치부되지만 이에 대한 의미 있는 독자 데이터는 쉬 찾아지지 않는다. 다만 일리노이대학은 2010년 연구에서 범죄 실화 콘텐츠의 주 독자와 시청자가 여성이라고 밝혔다. "범죄 피해자가 되지 않는 방법을 배우려는 생존 본능으로 여성이 범죄 실화를 더 많이 본다"는 것이 연구 내용이었다.

"픽션이든 논픽션이든, 실제 범죄에 기반한 스토리는 결국 타인의 불행에 대한 이야기입니다. 사람들은 그 불행이 나에게 닥친 일은 아니기 때문에 안도하지만, 그 안도의 뒷면에는 언젠가 그런 사건이 나에게 닥칠 때 우리 사회가 타인에게 그랬던 것처럼 나도 지켜주지 않을 거라는 불신과 불안이 있습니다. 결국 많은 실제 범죄 기반 스토리가 사회 구조의 문제를 이야기하는 까닭은, 역으로 사람들이 사회가 나를 범죄에서 지켜주기를 바라기 때문이라고 생각합니다." 동일한 질문에 대해 서정문 문화방송 피디(전 〈PD수첩〉 피디)는 이렇게 답했다. 서 피디의 분석은 범죄 실화가 가진 매력과 동시에 이를 보는 시청자의 심리에 깔린 '불안'을 짚는다. 일리노이대학의 연구 주제와 일견 닿아 있는 견해다.

모든 스토리텔러는 자기 주변인의 삶을 이야기에 활용하려는 본능을 갖고 있다. 많은 창작자들이 범죄 사건 보도를 열심히 읽고 스토리화를 고민한다. 그러나 범죄 사건은 예술이나 스포츠 경기가 아니며, 범죄 피해자가 겪은 사건은 작가가 이야기 구성에 함부로 막 써도 되는 레고블록이 아니다.

"피해자들과의 약속이 내 삶의 배수진이었다."

내가 논픽션 작가로서 마지막으로 썼던 르포 《악의 마음을 읽는 자들》을 취재하고 집필할 때 공저자인 '1호 프로파일러' 권일용 교수가 자주 하던 말이다. '범죄 피해자에 대한 고려'는 범죄 실화를 다루는 스토리텔러가 가져야 할 기본적인 태도라고 나는 생각한다.

굳이 비유하면, 그건 남의 피와 눈물로 적셔진 레고블록이다. 그 레고블록을 스토리에 활용하려는 창작자는 옷깃을 여며야 한다고 나는 생각한다.

참고문헌

"Why are we obsessed with true crime?", *The Telegraph*, 2019년 9월 9일.
Joseph D. Pistone, *Donnie Brasco: My Undercover Life in the Mafia*.
로버트 맥키, 《Story: 시나리오 어떻게 쓸 것인가》.
엘러리 퀸, 《탐정, 범죄, 미스터리의 간략한 역사》.

감각적인 언어로 인간의 내면을 영리하게 포착하는
신인작가 홍선주의 첫 소설집

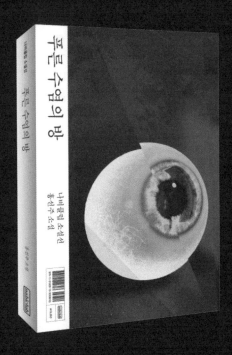

푸른 수염의 방

홍선주 소설

"미로 같은 인간의 내면을
밀도 있게 직조해내는 감각적인 이야기꾼이다."

—《잘 자요, 엄마》 서미애 작가

가해자의 심리를 장악하고 무너뜨리는,
응징을 꿈꿔온 모든 이들에게 바치는 소설!

미스터리 장르와

단편소설

그리고 잡지

한이 / 계간 미스터리 편집장

"태초에 단편이 있었다"

미스터리 장르를 창시한 에드거 앨런 포가 장르의 시작과 방향성을 제시한 세 작품(〈모르그가의 살인〉, 〈마리 로제의 수수께끼〉, 〈도둑맞은 편지〉) 모두 단편이었다.

〈모르그가의 살인〉은 최초의 밀실 미스터리를, 〈마리 로제의 수수께끼〉는 사건 현장을 방문하지 않고 신문 기사만으로 진상을 추론하는 안락의자형 탐정의 원형을, 〈도둑맞은 편지〉는 심리의 맹점을 이용한 트릭을 선보였다. 무엇보다 포는 장르의 시작을 알리는 단편에서 천재적인 탐정과 그보다는 지적 능력이 떨어지는 화자話者라는, 지금까지도 끊임없이 변주되며 효용성을 인정받는 인물 구도를 제시했다.

장르의 모든 것이 단편소설에서 시작되었다.

작가로서 미스터리 단편을 창작한다는 것은 무슨 의미가 있을까? 언뜻 생각해보면 원고지 800~1200매(200자 기준) 분량의 장편을 쓰는 것보다 고작 80~120매의 단편을 쓰는 것이 훨씬 쉽고 매력적으로 보인다. 단순하게 계산하면 10분의 1의 노력이면 충분할 것 같다. 하지만 안타깝게도 단편 추리소설의 플롯을 구상하는 일은 때때로 장편을 구상할 때와 맞먹을 정도의 수고가 들어간다. 게다가 쏟은 노력에 비해서 수입은 장편 추리소설보다 (성공했을 때를 가정해서) 아주 적을 때가 많다. 작품이 잡지에 실리고 《한국 추리소설 걸작선》이나 《한국추리문학상 황금펜상 수상작품집》과 같은 선집選集에 재수록된다고 해도 장편 추리소설로 얻을 수 있는 예상 수입에 비해서는 미미하다. 그럼에도 불구하고 단편 추리소설을 창작하는 이유가 무엇일까?

그 이유는 미스터리 단편만이 가진 매력 때문일 것이다.

무려 900편에 이르는 미스터리 단편을 발표한 에드워드 D. 호크는 미국추리작가협회가 엮은 《미스터리를 쓰는 방법》에서 '단편소설의 즐거움'이라는 장을 썼는데, 장편으로 써도 좋을 플롯을 왜 단편에 낭비하느냐는 질문에 다음과 같이 대답한다.

"내가 아끼는 플롯을 단편소설에 '낭비'하는 진짜 이유는, 내가 단편소설 쓰기를 제일 좋아하기 때문이다. 다시 말해 단편소설이 특이한 형식의 소설을 쓰는데 가장 잘 맞는 형식이기 때문이다. 에드거 앨런 포라고 해도 〈함정과 진자〉 또는 〈어셔가의 몰락〉의 분위기를 장편소설 전체에서 유지할 수는 없을 것이다. 마찬가지로 셜록 홈스가 얻는 지속적인 인기 또한 그의 짧은 모험이 비결이다."

단편 추리소설에는 장편처럼 장식적인 요소를 넣을 여지가 별로 없다. 미스터리 장르의 가장 기본적인 요소(사건, 추리, 반전)만으로 승부를 봐야 한다. 사실 어지간한 솜씨가 아니고서는 지루함 없이 800매 이상의 장편을 마무리 짓는다는 건 쉬운 일이 아니다. 하지만 단편은 작가가 제대로 솜씨를 발휘하기만 하면 밀실, 유머, 도치서술倒置敍述, 일상, 서술 트릭과 같은 다양한 하위 장르의 참맛을 보여줄 수 있다.

미스터리 단편이 가진 또 한 가지 장점은 시리즈 캐릭터를 사용할 수 있다는 것이다. 물론 여러 단편에서 같은 인물이 등장하는 연작 형태의 문학 작품이 없는 것은 아니지만, 미스터리 장르에서처럼 적극적으로 활용되는 예는 없다. 코난 도일의 셜록 홈스는 네 편의 장편소설만이 아니라 모든 단편에서 주인공으로 등장한다. 애거사 크리스티의 에르퀼 푸와로와 제인 마플은 수십 편의 장편과 단편에 동일한 캐릭터로 나타나 사건을 해결한다. 위에 언급한 에드워드 D. 호크도 가치 없는 물건만 훔치는 기상천외한 도둑 닉 벨벳, 불가능 범죄를 해결하는 닥터 샘 호손, 오컬트 탐정 사이먼 아크 등 20여 명에 이르는 다양한 시리즈 캐릭터를 번갈아 가며 사용했다. 여러 단편에서 같은 시리즈 캐릭터를 활용함으로써 독자들에게 익숙함을 줄 수 있고 어느 정도 작품이 쌓이면 연작 단편집으로 묶기에도 수월하다. 한국에도 번역 출간된 에드워드 D. 호크의 《샘 호손 박사의 불가능 사건집》, 《샘 호손 박사의 두 번째 불가능 사건집》, 《샘 호손 박사의 세 번째 불가능 사건집》이 좋은 예다.

"다음으로 잡지가 있었다"

미스터리 장르 역사상 가장 위대한 탐정이자 장르의 황금기를 가져온 인물의 활약 무대는 단편과 잡지였다.

1887년 코난 도일은 셜록 홈스라는 다소 기괴한 성벽을 지닌 인물이 등장하는 첫 번째 단편인 〈주홍색 연구〉를 《비튼의 크리스마스 연감》에, 1890년에 두 번째 작품인 〈네 사람의 서명〉을 《리핀코트 매거진》에 실었지만 아무런 주목도 받지 못했다. 하지만 1891년부터 조지 뉸스가 창간한 《스트랜드 매거진》에 홈스가 활약하는 단편들을 싣기 시작하면서 상황이 바뀐다. 셜록 홈스는 신화적인 인물이 되었고, 잡지 판매량은 수직으로 상승했다. 본격적으로 역사 소설을 쓰고 싶어 했던 작가가 라이헨바흐 폭포에서 홈스를 떨어뜨려 죽이자 독자들의 항의가 빗발쳤으며, 일부 젊은이들은 상장喪章을 달고 《스트랜드 매거진》 출판사까지 행진하는 소동을 벌이기도 했다. 결국 코난 도일은 독자들의 압력과 치솟은 원고료의 유혹에 못 이겨 죽은 홈스를 슬그머니 부활시켰고, 지금까지 불멸의 명성을 이어가고 있다.

이처럼 미스터리 단편과 잡지는 떼려야 뗄 수 없는 관계다. 코난 도일의 셜록 홈스가 불멸의 명성을 얻은 것도 《스트랜드 매거진》에 실린 단편 덕분이었고,

하드보일드의 거장 대실 해밋과 레이먼드 챈들러가 본격적인 작품 활동을 시작한 것도 헨리 루이 멩켄과 조지 네이선이 창간한 펄프 매거진 《블랙 마스크》였다. 특히 레이먼드 챈들러는 이 잡지에 〈협박자들은 쏘지 않는다〉라는 첫 번째 단편을 게재한 것이 작가 생활의 시작이었다. 그리고 《엘러리 퀸 미스터리 매거진》(EQMM)이나 《앨프리드 히치콕 미스터리 매거진》(AHMM)을 통해서 H. R. F. 키팅, 미뇽 F. 발라드, 클라크 하워드, 잭 리치, 빌 프론지니, 윌리엄 브리튼, 로렌스 블록, S. J. 로잔, 에드 맥베인 등의 걸출한 작가들이 꾸준히 단편을 발표하면서 미스터리 장르의 지평을 넓혀왔다. 특히 1941년부터 지금까지 발행되고 있는 《엘러리 퀸 미스터리 매거진》은 500명이 넘는 신인의 등단을 도왔고, 그렇게 장르에 발을 들인 작가들이 미스터리 장르를 풍성하게 만들었다.

아시아의 미스터리 강국인 일본도 잡지와 함께 발전해왔다. 1889년 구로이와 루이코黑岩淚香가 일본 최초의 창작 추리 단편인 〈무참無慘〉을 게재한 잡지가 《소설총小說叢》이었고, 일본 추리소설의 아버지로 불리는 에도가와 란포 역시 《신청년》에 단편 〈2전짜리 동전〉을 발표하며 데뷔했다. 그 후 1930년대에 들어서면서 《프로필》, 《탐정문학探偵文學》, 《월간탐정月刊探偵》, 《탐정춘추探偵春秋》 등의 미스터리 전문 잡지들이 창간되면서, 일본의 국민 탐정 긴다이치 코스케金田一耕助의 아버지 요코미조 세이시와 같은 걸출한 작가들이 활약하면서 일본이 아시아 최강의 미스터리 강국으로 발돋움하는 기틀을 마련했다. 한국 추리소설의 비조鼻祖 김내성도 일본 유학 당시 《프로필》의 현상공모에 〈타원형의 거울〉과 〈탐정소설가의 살인〉이 당선되면서 추리소설가가 되었다.

한국의 경우를 보면 추리소설이 최초로 유입되기 시작한 일제강점기에는 《제국신문帝國新聞》, 《조선일보》, 《매일신보》 같은 신문에 연재소설의 형태로 실리거나, 《취산보림鷲山寶林》, 《신민新民》 같은 잡지에 게재되었다. 특히 불교 잡지인 《취산보림》에는 최초의 창작 추리소설로 알려진 《혈가사血袈裟》가 연재되었고, 《신민》에는 단정학의 《겻쇠》가 실렸다. 1918년 코난 도일의 〈세 학생의 모험〉을 번안한 해몽생海夢生의 〈충복〉을 실은 것도 주간 잡지 《태서문예신보泰西文藝新報》였다. 이외에도 류방과 최류범이 창작 추리 단편을 발표한 《별건곤別乾坤》이나 《삼천리三千里》 같은 잡지들이 한국 추리소설의 산실이 되었다. 해방 이후에도 한국 추리소설은 문예지와 신문을 통해서 실낱같은 명맥을 이어왔는데, 추리문학 평론가인 박광규의 조사에 따르면 1950~1960년대 신문과 잡지에 한국 작가의 창작 추리소설이 300편 이상 실렸다고 한다. 다만 상당수가 유실된 탓에 작품을 확인하기 어려워 아쉬움이 남는다.

1980~1990년대에도 몇몇 추리 전문 잡지가 창간되었다. 추리소설가 김성종이 1988년 겨울에 창간한 《계간 추리문학》에는 고성의의 〈490번의 용서〉, 장세연의 〈위험한 주말〉, 권경희의 〈늦은 허우적거리는 자를 더 깊이 끌어들인다〉 등의 단편이 실렸다. 1994년 4월에는 추리소설 번역가인 정태원이 《미스터리 매거진》을 창간하고, 헨리 슬레사의 〈은행강도 환영〉, 제프리 아처의 〈청소부 이그나티우스〉, 아토다 다카시의 〈나폴레옹광〉과 함께 김성종의 〈플레이보이 일기〉, 이상우의 〈연옥에서 사랑하다〉를 실었다. 1997년에는 무협소설가인 검궁인이 주축이 되어 《엑스칼리버》란 장르 잡지를 창간했다. 주로 사마달이나 천중행, 검궁인의 무협 소설이 연재되었지만, 박균의 〈마계의 꽃〉, 백휴의 〈혜정교 살인사건〉, 이수광의 〈수밀도의 비밀〉, 김상헌의 〈란제리와 란제리〉 같은 미스터리 작품도 실렸다. 하지만 안타깝게도 대부분의 잡지가 창간 후 4~5호를 넘기지 못하고 자금난으로 폐간되고 말았다.

현재까지 발행되고 있는 미스터리 전문 잡지는 2002년 여름에 창간한 《계간 미스터리》와 2015년에 창간한 격월간 《미스테리아》뿐이다. 특히 《계간 미스터리》는 2020년 봄여름 특별호부터 새롭게 리뉴얼하고 더 많은 신작 단편을 소개하기 위해 노력하고 있으며, 신인상 당선작을 포함하여 많게는 일곱 편, 적게는 네 편 정도의 작품을 싣는다. 이처럼 많은 작품을 싣는 이유는, 어떤 문화든 성장을 위해서는 창작이 기반이 되어야 한다고 믿기 때문이다. 외국 작품을 번역해서 소개하는 정도로는 결코 자국의 문화가 발전할 수 없다. 또한 몇 년 전부터 앤솔러지 형식의 단편집이 유행하고 있기는 하지만, 특정한 주제에 매여 작가가 표현하고자 하는 바를 온전히 드러내지 못한다는 단점이 있다. 《계간 미스터리》는 양질의 미스터리 단편을 소개함으로써 작가들에게 창작의 공간을 제공하고자 노력하고 있다. 이에 더해 매호 신인상 공모를 통해 참신한 신인을 발굴하는 데도 역점을 두고 있다. 신춘문예나 공모전에서 미스터리 단편이 거의 사라진 현실에서 신인이 추리소설로 등단할 수 있는 문을 열어두기 위함이다.

"삼겹줄은 쉽게 끊어지지 않는다"

단편 추리소설은 장편과는 다른 확실한 장점이 있다. 장편이 한 가지를 깊이 파고들어야 한다면, 단편은 다양한 사람, 장소, 주제를 폭넓게 다룰 수 있다. 여러 하위 장르를 시험해보면서 각 장르의 매력을 탐구해볼 수 있다. 본격 미스터리 장편을 쓰다가 하드보일드 장편을 쓰는 것은 쉽지 않은 일이다. 하지만 단편에서는 얼마든지 가능하다.

단편이라고 해서 확장성이 떨어지는 것은 아니다. 《계간 미스터리》에 실린 모든 단편은 오디오코믹스에서 오디오 드라마, 오디오북으로 제작된다. 천선란의 〈옥수수밭과 형〉, 황세연의 〈고난도 살인〉은 OTT 드라마 계약을 맺었고, 서미애의 중편 〈그녀의 취미생활〉은 동명의 영화로 제작되어 27회 부천국제판타스틱영화제에서 좋은 평가를 받았고, 8월 30일부터 관객과 만나고 있다. 《괴이한 미스터리》 앤솔러지에 실린 아홉 편의 단편은 세계관을 공유하는 에피소드 중심의 드라마로 제작되고 있다.

작가는 풍성한 실험을 통해 창의적인 단편을 창작하고, 그것을 대중에게 발표할 수 있는 다양한 잡지가 공존하는 것, 장르-단편-잡지가 쉽게 끊어지지 않는 삼겹줄을 이루는 것, 그것이 미스터리 장르, 아니 그 나라의 문화가 융성하는 최소한의 기반이다.

신인상

수상작

치지미포 雉之未捕, **꿩을 잡지 못하고 ★ 무경**

심사평

수상자 인터뷰

치지미포雉之未捕, 꿩을 잡지 못하고

무경

1

"당신, 역사를 공부한다고 했지요? 그러면 한자에도 조예가 있으실 터. '치지미포 계가비수'라는 말을 아십니까?"

악마의 질문은 갑작스러웠다. 삼단뛰기처럼 비약하는 질문을 따라잡으려 급히 머리를 굴려보고서야 그 말이 '雉之未捕 鷄可備數'이고 '꿩을 잡지 못해 닭으로 수를 채운다', 즉 '꿩 대신 닭'을 의미한다는 걸 알아차렸다. 하지만 내 대답보다 악마의 말이 빨랐다.

"'꿩 대신 닭'이지요. 옛날부터 꿩을 잡지 못한 이들이 닭으로 대체하는 경우가 왕왕 있었기에 만들어진 말입니다. 꿩과 닭은 맛이 꽤 비슷하거든요. 내 취향으로는 꿩고기가 좀 더 술에 잘 어울린다 싶습니다만."

위스키 잔을 들어 보이는 과시적인 태도에는 지극히 악마다운, 도발적이고 오싹한, 눈을 뗄 수 없는 기이한 위엄이 있었다. 나는 기세에 눌리지 않으려 애써 퉁명스레 말을 뱉었다.

"무슨 이야기를 하고 싶어서 서두를 그렇게 떼는 겁니까?"

"난 일을 잘한다고 자부하는 편입니다. '꿩 대신 닭'을 택하지 않으려 애써왔고, 지금까지는 그럴듯하게 일을 해왔습니다. 그래도 때로는 좋은 영혼을 평소의 반의반도 거두지 못하는 경우가 있기 마련이에요."

악마의 잔에 담긴 아드벡 위스키는 반만 남아 있었다. 석탄과 소독약 섞인 듯한 맛 때문에 나는 딱 한 모금밖에 마실 수 없었던 그 짙은 색의 술을 악마는 잘도 홀짝이고 있었다. 이자 때문에 마시지도 못할 비싼 술을 시키고 만 데다 제대로 된 대답마저 듣지 못한 탓에, 나는 홧김에 빈정거렸다.

"꽤 솔직한 말이군요. 악마라는 걸 고려해도요."

'또 무슨 자랑을 하려는 거냐'는 의미를 담았던 걸 느낀 걸까? 악마는 킥 웃었다.

"운이라는 건 인간과 신을 가리지 않고 모두에게 공평하거든요. 운이 순풍을 불어줄 때는 그 바람이 절대로 멈추지 않을 기세로 기세등등하게 불어와요. 나는 그 바람을 타고 높고 먼 곳의 목표로 당당하게 전진하지요. 하지만 갑자기 그 바람이 뚝 그치거나 오히려 역풍이 날아오기도 하죠. 그러면 결국 나는 처음 목표보다 더 먼 곳으로 처량하게 날려가 찌그러져버리죠. 게다가 악마 나부랭이에겐 운이 더 심술궂게 작용하거든요."

위스키 잔 속 얼음이 달칵, 소리를 냈다. 악마가 잔을 보며 중얼거렸다.

"심술궂다. 그렇지, 딱 그랬었습니다. 지금은 한국전쟁이라고 부르는 그 일이 벌어졌을 당시의 내 운이 딱 그랬어요. 어째서인지 노렸던 영혼을 번번이 거두지 못했거든요. 참으로 난감했어요. 악마로 살아오면서 한 번도 그렇게까지 영혼을 거두기 어려웠던 적은 없었으니까."

나는 다시 위스키 잔에 입을 댄 뒤, 입에 머금은 액체를 목구멍 너머로 넘기려 애썼다. 입안 가득 풍기는 지독한 향을 뱉어내듯 나는 말했다.

"악마에게는 전쟁이 좋은 기회 아닙니까? 사람이 극한으로 몰리면 영혼 또한 더럽혀질 기회가 많아지지요."

"그건 맞아요. 하지만 그때의 나는 총으로 하는 현대전이라는 걸 너무 얕잡아보았던 겁니다. 내가 유럽이나 아프리카, 혹은 적어도 동남아시아 쪽에 있었다면 미리 감을 잡았을 겁니다. 하지만 이 평화로운 반도가 구역이다 보니 뜻밖에 새로운 전쟁에 뒤통수 제대로 맞아버렸지요. 현대전이라는 건 칼과 창, 활로 싸우던 전쟁과는 달라서, 사람을 구슬려 타락시킬 틈도 없이 총알과 폭탄이 퍼부어대어 순식간에 목숨이 사라지죠. 눈먼 총알이나 갑작스러운 폭격 때문에 눈앞에서 손도 못 써보고 영혼을 뺏기면, 그만큼 허탈하고 무서운 게 또 없답니다. 그때만 생각하면 소름이 돋아요. 그렇게 사납고 난폭한 걸 대체 누가 만들어낸 건지."

악마가 푸념하는 것은 무척 보기 드문 광경일 터이다. 게다가 그게 총알과 화약이라는, 지극히 악마가 만들었을 법한 것을 욕하는 모습이라는 건 더더욱. 하지만 내 눈에는 악마가 정말로 그때를 떠올리며 두려워하는 것만 같았다.

나는 이 악마라고 자칭하는 자의 정체가 다시금 궁금해졌다. 정말로 악마라서 이런 말을 뱉는 건지, 아니면 그럴듯하게 말을 지어내는 거짓말쟁이일 뿐인지, 이야기만으로는 알 수 없었다. 그래서 나는 괜한 말을 던져보았다.

"그래도 영혼을 못 거둔다고 무슨 문제가 있는 건 아니지 않습니까?"

"그렇지 않습니다. 악마에게는 일정 기간에 상납해야 하는 영혼 할당량이 있거든요."

악마가 내게 고개를 돌리며 차갑게 대꾸했다. 노란색 안경 렌즈 너머의 눈동자가 이글거리는 것 같아 나는 얼른 그 시선을 외면했다.

"게다가 내 나름의 원칙이지만, 상납하는 영혼의 질에 최소한의 선은 넘기려 했었지요. 적어도 어느 정도 수준은 되는 인간의 영혼을 타락시켜 지옥으로 보냈어요. 인간이 봐도 인간 같지 않은 자들 있지요? 그런 영혼을 지옥으로 보내는 건 내 직업의식이 허락하지 않아요. 그리고 그 전까지 나는 상납할 영혼의 숫자를 채우지 못해 고전한 적이 한 번도 없었고요."

"…."

"하지만 그날은 달랐습니다. 지리산 자락을 수색하는 그때까지도 나는 영혼 하나를 수거하지 못해 전전긍긍하고 있었지요. 그날 밤까지는 비어 있는 한 자리를 채워야 했는데, 내가 노리던 영혼은 도무지 넘어올 생각을 하지 않았거든요. 그렇지, 그때가 1951년이었지요. 무척 추운 12월이었다고 기억합니다."

악마는 킥 웃었다. 무언가를 그리워하는 듯한 자조적인 웃음이었다.

2

"이 새끼, 똥을 싸러 간 거냐, 만들러 간 거냐?"

그 말과 함께 곧장 발길질이 날아왔습니다. 그 발에 맞자마자 입에서 억, 소리가 절로 튀어나오더군요. 벌러덩 넘어진 나를 보며 윤 소위가 다시 쏘아붙였지요.

"너 때문에 빨갱이 놈들이 도망가면 넌 씨발, 총살감이야. 알아?"

나는 가만히 듣기만 했습니다. 평소라면 나를 호되게 다그치는 척하면서 더한 괴롭힘으로부터 감싸줬을 박 상사조차 묵묵히 있었거든요. 그 때문에 정말로 내가 크게 늦었다는 걸 실감할 수 있었습니다.

"죄송합니다!"

"죄송하다면 다냐? 죄송하다면 군 생활 끝나냐고!"

나는 다시 걷어차여 구르고 말았습니다. 윤 소위는 성질 더럽기로 소문난 사람이었고 그 성질은 특히 아랫것들에게 유감없이 발휘되었지요. 생긴 것도 더해져 그의 별명은 '놀부'였습니다. 나로서는 굳이 유혹해야 할 필요를 느끼지 못하는 싸구려 영혼을 가진 자였지요.

"시간이 없습니다. 그만 갑시다."

박 상사가 그렇게 말하고 나서야 구타는 겨우 끝났습니다. 윤 소위는 계급이야 위지만 신출내기였고, 박 상사는 산전수전 다 겪은 자였습니다. 윤 소위가 계급으로 박 상사를 몇 번인가 찍어 누르려고 시도한 적이 있었지만, 그러다 오히려 박 상사에게 심하게 데인 뒤로는 박 상사의 말을 고분고분 따르더군요. 마지못해서 한 거지만 그래도 그 수그리는 자세는 인상적이었지요. 강약약강, 그 줄임말의 본보기 같은 모습이었으니까요.

겨우 몸을 일으키다가 나는 문득 박 상사와 눈이 마주쳤습니다. 그자의 눈동자 너머, 전쟁 내내 상처 입었지만 아직은 깨끗해 보이는 영혼이 보였지요. 내가 힘껏 타락시킬 가치가 있는 영혼이었습니다. 하지만 이 영혼을 어떻게 오늘 밤 안으로 타락시켜 거둘 수 있을지 그 방법이 전혀 떠오르지 않았습니다.

사실 용변을 핑계로 자리를 비웠던 건, 지옥의 높은 분이 호출해서였습니다. 그분은 끔찍한 울림으로 내게 전했지요.

하나 부족하다.

여태 악마로 일하면서 들으리라고는 전혀 생각하지 못한 말이었습니다. 기한 내에 보내야 할 영혼이 부족해서 부름을 받았다니, 엄청난 굴욕이었지요. 하지만 그 굴욕 뒤로 곧장 무저갱으로 서서히 잠기는 공포가 덮쳐왔습니다. 영혼을 제때 보내지 못한 악마의 처우는, 차라리 내가 그 영혼 대신 지옥에 떨어지는 편이 낫겠다 싶을 만큼 끔찍해지거든요. 아, 어떤 꼴이 나는지는 구체적으로 말할 수 없습니다. 이건 나름 대외비예요.

우리는 지리산 산길을 일자로 걸었습니다. 박 상사가 선두, 가운데는 윤 소위, 내가 후위였지요. 목적지를 향해 걸으며 나는 내 바로 앞 윤 소위를 보았습니다. 산길을 위태롭고 느리게 어적거리며 디디는 그를 보며 충동이 차올랐습니다.

당장에라도 이놈 영혼을 거둬갈까?

자신 있었습니다. 윤 소위 정도의 얄팍한 자라면 말 열 마디, 아니 세 마디로 타락시킬 수 있었지요. 운이 좋다면 한 마디로도 충분할 터였고

26

요! 게다가 어째서인지 윤 소위는 여태 영혼이 타락의 선을 아슬아슬하게 넘지 않고 있었으니 조건도 좋았지요. 하지만 나는 굳이 그러지 않았습니다. 아까도 말했지만 나는 나름대로 원칙이 있는 악마입니다. 내가 납득할 만한 이유가 없는 한, 그런 수준 낮은 영혼을 타락시켜 상납할 양을 채울 수는 없었지요.

그날따라 바람이 무척 차가웠던 기억이 납니다. 12월이라서 그랬던 탓도 있지만, 곧 닥쳐올지도 모를 나의 파멸이 두려워서 더 그랬던 것 같군요.

얼마나 걸었을까요. 박 상사가 수신호를 보냈습니다. 우리는 걸음을 멈추고 경계 태세를 취했습니다.

숲길의 저편으로 불쑥 드러난 평지에 낡은 초막이 서 있는 게 보였습니다. 산자락 아래 돌담을 낮고 위태롭게 두른 낡고 보잘것없는 그 초가집이 오후의 노을을 받아 붉은빛으로 물들어 있더군요. 박 상사가 작게 말했습니다.

"저깁니다."

윤 소위는 주위를 살피며 나직이 물었습니다.

"적은?"

"보이지 않습니다."

"연기가 올라오는 걸 보면, 집 안에 사람은 있는 거 같습니다."

박 상사에 이어 나도 곧바로 말했습니다. 윤 소위가 중얼거렸지요.

"그게 사람인지 빨갱이인지는 집 안에 들어가봐야 확인할 수 있겠군."

"하지만 빨갱이 놈들이 매복하고 있을 수도 있습니다."

내 말을 들은 윤 소위가 얼굴을 찌푸렸습니다. 그러자 박 상사가 곧바로 대답했습니다.

"제가 앞장서겠습니다. 둘은 절 엄호해주십시오."

윤 소위의 얼굴에 안도하는 기색이 대놓고 드러났습니다. 나는 이 순간 내 코끝을 스친 두 사람의 것이 섞인 그 냄새를 기억합니다. 고결한 영혼의 향취와 얄팍한 영혼의 구린내가 섞인 그 묘한 냄새를요.

그날 우리 셋에게 주어진 임무는 정찰이었습니다. 그 초가집에 간 이유도 바로 그 때문이었지요. 내가 '수색' 대신 '정찰'이라는 단어를 쓴 걸 유념해주십시오. 우리 셋에게 주어진 임무는 적을 찾아 지리산 자락을 수색하는 것과 달랐으니까요. 우리는 적이 모처에 숨어 있다는 소문을 듣고 그게 사실인지를 확인하러 간 거였어요.

빨갱이 대장이 숨어 있다고 한다. 그 첩보가 사실인지를 확인하라.

우리가 받은 명령이었습니다. 당시 국군이 펼쳤던 작전 때문에 외딴 장소에 고립된 빨갱이 대장과 휘하의 몇 명이 그 집에 숨어들었다는 보고가 올라왔던 거지요. 뭐, 솔직히 말해 우리를 미끼로 던지는 임무나 다름없었습니다. 하지만 어쩌겠습니까? 사람 중에서도 가장 목숨 값 싸게 취급받는 건 군인이고, 그런 군인의 값이 가장 싼 곳은 전장 한가운데입니다. 그리고 잘 아시겠지만 빨치산이 숨은 1951년의 지리산 자락은, 그곳이 아무리 명목상 한 나라의 통치력이 미치는 곳이라 선포되었다고 해도 엄연한 전장이었고요.

박 상사가 윤 소위 대신 내게 해준 이야기대로라면, 그 빨갱이 대장의 이름은… 김씨였나, 이씨였나…. 죄송합니다. 이름이 잘 기억나지 않는군요. 아무튼 그는 공산주의를 열렬히 따르는 자였고, 자신을 열렬히 따르는 추종자들과 함께 지리산에 숨어 유혈 낭자한 무력 투쟁 중이었습니다. 심지어 거기에 자기 형제며 부인까지 죄다 데리고 갔지요. 거짓된 이상에 취해서 멀쩡한 다른 이들까지 말려들게 하다니, 참 어리석지 않습니까? 그리고 보니 당시 제가 속한 곳에서는 공산당은 죄다 지옥에 갈 거라고, 자유민주주의가 절대선이라고 했었지요. 하지만 지옥에서 유황불 지지고 있는 분 중 공산 진영 지도자 못지않게 자유 진영 지도자들도 많아요. 당연하지요. 서로 자유니 평등이니 하는 이상을 명분 삼아 사람을 죽이고 죽여대는 짐승 같은 짓을 했으니…. 아차, 쓸데없는 소리가 길었군요.

아무튼 우리는 그 허름한 초막을 수색하고, 거기 빨갱이 대장이 숨어 있다면 체포하거나 사살해야 했습니다. 그 말은 곧, 빨갱이 대장이 저항한다면 우리 셋이서만 온전히 감당해내야 한다는 뜻이기도 했지요.

앞장선 박 상사가 수신호를 보냈고, 우리는 곧바로 돌입했습니다. 박 상사는 초막 문을 소리 없이 연 뒤 마당을 빠르게 훑어보고는 다시 수신호를 보냈습니다. 아무 이상이 없다는 뜻이었지요. 우리는 재빨리, 하지만 소리는 내지 않고 집 안에 들어섰습니다. 마당 한쪽에 놓인 낫이며 쟁기며 보습 따위에 흙이 뿌옇게 덮인 꼴이 누가 손댄 것처럼 보이지 않았습니다. 그것만 보았다면 빈집이라고 생각했을지도 모릅니다. 하지만 장독대에 놓인 열 개가 넘는 장독 뚜껑이 모두 깨끗하더군요. 분명 누군가 여기서 생활하고 있다는 흔적이었지요.

박 상사는 절 보며 수신호로 부엌 쪽을 가리켰습니다. 내가 부엌 쪽을 맡으라는 거였어요. 그동안 윤 소위는 우리 뒤에서 언제든 총 쏠 준비를 마쳤습니다. 박 상사와 윤 소위의 몸에서 땀 냄새가 훅 풍겼습니다. 긴장으로 흘린 짙은 내음이었지요. 두 영혼의 본질을 담은 짙은 내음을 음미하고픈 욕심이 컸지만, 나는 명령을 따라 부엌 입구 쪽으로 걸음을 옮겼습니다.

모든 준비가 끝난 뒤, 박 상사는 한달음에 마루 위로 올라가서는 방문을 걷어찼습니다.

"국군이다! 움직이지 마!"

"여긴 아무도 없습니다!"

나는 외쳤습니다.

부엌에는 잔불이 남은 아궁이와 그 위에 걸린 따스한 김 올라오는 물 담긴 가마솥, 한쪽 구석에 닦인 채 뒤집힌 놋그릇 두 개, 그리고 한편에 뽀얗게 먼지 쌓인 채 방치된 그릇과 수저 따위가 전부였습니다. 아, 한쪽에 작은 물그릇이 있었군요. 조왕신에게 뭔가를 빌 때 올리는 그 그릇 말입니다. 거기 인기척이나 누군가 도망친 흔적 같은 건 보이지 않았습니다. 더 경계할 필요는 없을 것 같아서 나는 얼른 밖으로 나왔습니다.

그때 나는 박 상사의 얼굴에 당혹감이 깃든 찌푸림이 잠깐 지나간 것을 보았습니다. 무언가 잘못된 게 분명했습니다. 무슨 문제가 생겼나?

내가 박 상사 쪽으로 조심스레 다가갔을 때, 그제야 왜 그가 그런 표정을 지었는지 알 수 있었습니다. 작은 방 안에는 여자 둘과 갓난아이 하나만 있었습니다. 곧 갓난아이가 울음을 터트렸고, 노파와 며느리가 겁먹은 얼굴로 박 상사를 올려다보았지요.

빨갱이 대장은 거기에 없었습니다.

3

윤 소위도 박 상사도 나도 초가집을 샅샅이 조사했습니다. 지붕과 구들장 틈까지 샅샅이요. 하지만 누가 숨어 있는 흔적은 전혀 보이지 않았지요.

"여기 빨갱이 대장 놈이 숨어 있다는 신고를 받았다. 그놈은 어디 갔지?"

박 상사는 세 사람, 정확히는 두 사람을 다그쳤습니다. 갓난아이는 말을 할 수 없으니까요. 노파가 뭐라고 웅얼거렸는데 목소리가 탁하고 사투리도 심해서 대체 뭐라고 하는지 알 수 없었지요. 그래서 며느리가 대신 말했습니다.

"도망쳤어요."

이 지역의 사투리 억양이 약간 섞인, 그래도 서울말에 가까운 발음이었습니다. 박 상사가 다시 물었습니다.

"도망쳤다고?"

"이상한 남자가 와서는 총을 겨누며 먹을 걸 달라고 했어요. 그걸 먹고 나서 저기 산속으로 도망가버렸어요."

떨고 있긴 했지만 비교적 침착한 목소리였습니다. 아니, 단지 기운이
없어서 그랬던 건지도 모릅니다. 아기는 그냥 봐도 태어난 지 하루가 되
었을까 싶었으니, 그녀도 몸 푼 지 얼마 지나지 않았을 겁니다.

"이년 봐라? 빨갱이 새끼에게 먹을 걸 줘?"

윤 소위가 카빈 소총을 치켜들었습니다. 하지만 박 상사가 노려보자
그는 동작을 멈췄습니다. 아마 박 상사가 아니었다면 소총 개머리판이
분명 노파나 며느리의 머리를 찍었을 겁니다. 윤 소위는 충분히 그러고
도 남을 사람이었지요. 박 상사가 다시 물었습니다.

"그게 언제지?"

"오늘 아침이에요. 어젯밤에 아이가 나와서 여태 누워만 있었어요. 그
래서 차마 그자에게 저항하질 못하고…."

"그래서? 그놈 말고 다른 자는 없었나?"

여자는 고개를 저었지요. 윤 소위는 혀를 찼습니다.

"재빠른 놈이네."

이걸 어떻게 보고하느냐는 걱정이 반, 그 보고로 된통 깨질 걱정이 반
이었을 겁니다. 아무튼 윤 소위는 우리에게 곧장 손짓했습니다. 얼른 나
가자는 신호였지요. 괜히 이곳에서 얼쩡거렸다가 빨갱이들의 과녁이 될
까 두려워서였을 겁니다.

"윤 소위님, 여기서 밥 먹고 가는 게 어떻겠습니까?"

그래서 나는 얼른 말했습니다. 박 상사와 윤 소위가 동시에 날 보았
습니다. 당연하지요. 부하 놈이 상관의 명령에 반항하는 거지 않습니까.
곧바로 나는 그럴듯한 이유를 던졌습니다.

"돌아가도 배식 시간 놓칠 겁니다. 퍽퍽한 건빵이나 식어빠진 주먹밥
으로 저녁 때우고 싶진 않으실 거잖습니까."

윤 소위의 얼굴이 밝아졌지요. 윤 소위를 움직일 방법은 무척 간단했
습니다. 그의 탐욕을 자극하기만 하면 되었거든요. 그런 말 중에서도 식

욕을 톡 건드리는 말을 던졌으니, 즉각 효과를 볼 수밖에요. 한편 박 상사가 날 쳐다보는 눈빛은 의미심장했습니다. 하지만 다행히 그 역시 고개를 끄덕였습니다. 그는 곧바로 덜덜 떠는 노파와 며느리에게 말했습니다.

"먹을 걸 좀 주실 수 있습니까? 저희 끼니를 해결해야 할 것 같습니다."

며느리가 비틀거리며 자리에서 일어나려 했지만, 노파가 한사코 손사래 치면서 뭐라고 하더군요. 그러고는 노파가 종종걸음으로 부엌에 갔습니다. 윤 소위가 박 상사에게 손짓했습니다.

"따라가 봐. 일단 내가 먼저 밥 먹을 테니, 너희들은 그동안 주위를 감시해."

윤 소위가 박 상사를 보는 눈빛이 곱지 않았습니다. 조금 전까지의 상황에서 상관인 자신보다 오히려 더 윗사람처럼 행동해서였겠지요. 박 상사는 고분고분 그 지시를 따랐습니다.

밖으로 나간 뒤 박 상사가 곧장 나를 툭 쳤습니다.

"마 상병, 무슨 생각으로 여기서 밥 먹자고 한 거냐?"

"그건 밥 먹으면서 차근차근 말씀드리겠습니다."

작은 목소리로 그렇게 대답하고 나는 웃어 보였죠. 저 방 안에서 여전히 안절부절못하고 우리와 방 안에 다리 뻗고 앉은 윤 소위를 보는 며느리의 시선이 신경 쓰였습니다. 윤 소위는 그 며느리를 흘끔거리느라 우리의 모습은 신경조차 쓰지 않더군요. 그 여자가 이런 산에 처박혀 있는 것치고는 그럭저럭 볼 만한 얼굴이기도 했고, 흐트러진 옷매무새가 그를 자극했던 것일지도 모릅니다.

아무튼 박 상사와 나는 밖에 서서 주위를 살폈습니다. 하지만 별다른 건 없어 보이는 평화로운 풍경이었지요. 새소리 들리는 사방을 둘러싼 산의 모습은 이곳이 전장이라는 걸 잊을 만큼 아늑했습니다. 지나가는 구름을 보며 남은 영혼 하나를 어떻게 거둬갈지 생각하고 있는데, 박 상사가 말을 걸었습니다.

"자네, 아내가 있다고 했었나?"

박 상사의 목소리가 은근했습니다. 내가 인간들 사이에 들어가려고 그때그때 지어내는 설정인, 아내가 거제도에 피난 가 있다고 한 거짓말을 기억하고 있었던 거지요.

"그렇습니다."

"아이는?"

"아직 없습니다. 전쟁 끝나면 다시 노력해봐야 할 거 같습니다."

"힘내게."

내 대답을 들은 박 상사는 웃었습니다. 그 웃음이 좀 쓰게 보이더군요. 아마 그는 전쟁 직전에 바람나서 도망친 뒤 생사가 불분명하다는 자기 아내를 생각했을 겁니다. 참고로 그 아내는 그때 바람나서 따라간 남자도 얼른 버리고 재주 좋게 북한군 장교를 유혹해 호의호식하고 있었지요. 전쟁이 끝난 뒤 북쪽 땅에서 사상검증을 당한 뒤 총살형에 처해지기는 했지만⋯. 아, 이야기가 딴 데로 흘러갔군요.

"윤 소위님도 이 전쟁이 끝나면 대학교에 돌아갈 수 있겠지."

며느리에게 뭐라고 말을 걸며 치근덕거리는 윤 소위를 보며 박 상사가 중얼거렸습니다. 나는 입 꾹 다물고 있었습니다. 저 무식한 윤 소위가 서울대학교 출신의 소위 '엘리트'라는 게 참 희한하기만 했거든요. 오히려 내 옆에 있는 소학교나 겨우 나온 박 상사가 훨씬 침착하고 지적으로 보였지요. 이 표면과 속이 일치하지 않는 기이한 어긋남이야말로 인간의 재미있는 점이지요. 그렇지 않습니까?

우리 옆으로 다가온 노파가 우리 눈치를 보며 장독 뚜껑을 열고 간장을 떴습니다. 누군가 그 모습을 보았다면 참 평화로운 풍경화를 연상했을 겁니다. 우리가 그 옆에서 눈 부라리며 총을 들고 있지 않았다면 더더욱 그러했겠지요.

곧 밥상이 나왔습니다. 밥상을 받은 윤 소위는 허겁지겁 밥을 먹었습니다. 정말로 순식간에 밥을 비우더군요. 하지만 그자는 정작 그때부터 괜히 미적거렸습니다. 아마 우리가 밥 먹는 동안 혼자 나와 망보기가 싫어서였을 겁니다. 결국 박 상사가 곧 해가 진다고 완곡하게 말하고 나서야 윤 소위는 느릿느릿 군화를 신고 일어섰습니다.

그리고 우리의 식사 차례였습니다. 방에는 밥상에 남은 밥과 반찬들이 우리를 기다리고 있었습니다. 밥과 국은 그래도 인원수에 맞게 세 그릇씩 놓여 있었지만, 그 차림새는 초라하고 지저분했습니다. 심지어 박 상사 앞의 밥그릇은 갓 씻은 채라 물기가 여전히 묻어 질척거리더군요. 게다가 반찬은 몇 남지 않았더라고요. 그릇에 남은 흔적을 보면 윤 소위가 죄다 먹은 것 같았습니다. 그러니 우리가 먹으라고 남아 있던 건 차갑게 식은 잡곡밥인지 곡식 범벅인지 모를 밥 한 덩이와 푸성귀 조금 썰어서 희멀겋게 된장을 푼 식은 국, 벌레 먹은 잎이 보이는 김치 몇 쪽, 그리고 바닥을 드러낸 간장 한 종지가 전부였지요. 하지만 전쟁 중에 이런 밥상도 감지덕지거든요. 우리는 급히 수저를 놀렸습니다.

밥을 먹다 말고 나는 문득 물었습니다.

"애 이름은?"

"아직 못 지었습니다…. 남편과 상의해야지요."

멍하니 있던 며느리가 깜짝 놀라서 대답하더군요. 나는 아기를 가만히 바라보았습니다. 태어난 지 하루가 채 되지 않은 새빨간 아기는 눈도 뜨지 못하고 다시 잠들어 있었습니다. 그 자그마한 손가락을 나는 살짝 건드려보았습니다.

과연 이 아이는 제대로 클 수 있을까? 나중에 내가 지옥으로 거둬갈 만큼 영혼이 무르익을 수 있을까? 이 전쟁터에서 그런 온전한 시간을 누릴 수 있을까?

"남편은 어디 갔소?"

내가 속으로 한 생각을 당연히 박 상사가 알아챌 리 없었지요. 부지런히 수저를 놀리며 박 상사가 묻자 며느리가 작게 대답했습니다.

"애를 낳자 그이가 급히 미역 같은 거라도 구해오겠다고 하더니, 아침

밥술만 뜨고 나갔습니다. 그러고는 아직….”

“어디로 간다는 말은 하지 않고?”

“근처에 혹 장이 섰는지 가보겠다고는 했습니다만….”

그리고 다시 대화가 끊어졌습니다. 밖에 선 윤 소위가 불만 가득한 얼굴로 우릴 노려보더군요. 그래서 박 상사와 나는 얼른 밥을 먹어야 했습니다. 윤 소위가 우리더러 괜히 미적거린다며 별의별 심술을 부릴지도 몰랐으니까요.

“마 상병.”

박 상사가 나를 툭 건드렸습니다. 내게 왜 여기서 밥 먹고 가자고 한 건지 넌지시 물어보려는 거였지요. 하지만 나는 그 질문을 못 들은 척, 마침 방에 돌아온 노파에게 물었습니다.

“어르신은 식사하셨소?”

“어머님께서는 아직 안 드셨습니다. 이제 새로 차려야지요.”

며느리가 대신 대답했습니다. 나는 고개를 끄덕여 보이고는 곧바로 목소리를 높였습니다.

“박 상사님, 국이 영 싱겁지 않습니까?”

그러면서 난 박 상사에게 눈짓을 한번 보냈습니다. 박 상사는 그 신호를 알아채고 고개를 끄덕이더군요. 나는 얼른 말을 이었습니다.

“여기 간장 한 종지만 더 떠주시겠소? 묵힌 거 말고 새로 담근 걸로.”

노파가 다시 일어서려고 하더군요. 그래서 나는 얼른 크게, 위협적으로 보이면서도 협박은 아닌 것처럼 손을 휘휘 휘둘렀습니다.

“거, 할매는 날도 찬데 무릎 시리지 않소? 아주머니가 좀 다녀오시오.”

“하지만….”

애를 품에 안고 다독이던 며느리가 당혹스러운 얼굴로 뭐라고 말하려 하더군요. 그래서 나는 얼른 그녀에게 무릎걸음으로 다가가 품 안에 안고 있던 아기를 대신 들었습니다. 아니, 빼앗았다고 하는 게 좋을까요?

“잠깐이면 되지 않소. 애는 내가 보겠소. 내가 이래 보여도 아기 많이 돌봐본 사람이거든. 안 울릴 자신 있소."

노파가 뭐라고 다시 웅얼거렸지만 나는 그걸 무시하고 괜히 웃음을 지어 보였죠.

"얼른 다녀오시오. 밥 다 식겠소."

이미 차게 내온 밥이었지만, 일단 이런 건 말이 중요한 거니까요.

잔뜩 굳은 얼굴로 며느리가 자리에서 일어났습니다. 그녀는 밥상 위 빈 종지를 집어들고는 마루 아래로 내려갔습니다. 그녀가 장독대로 가서 장독 하나를 열었지요. 그녀는 곧바로 그 장독 뚜껑을 닫고 그 옆의 뚜껑을 열었습니다. 그렇게 세 번째 장독을 열고 나서야 그녀는 거기서 간장을 퍼 담았습니다. 그녀의 얼굴이 굳어진 게 멀리서도 똑똑히 보였습니다.

"고맙소."

다시 방에 돌아와 그녀가 간장을 밥상에 내려놓자, 박 상사가 말했지요. 그의 눈은 그녀를 날카롭게 응시했습니다. 분명히 조금 전과는 다른 눈빛이었지요. 내가 생각한 그대로였습니다.

자, 과연 이자는 어떻게 할까?

박 상사가 국물을 들이켜는 걸 보며 나는 속으로 생각했습니다. 그의 앞에는 여러 선택지가 제시된 셈이었어요. 그중 최악의 하나만 제외한다면, 나로서는 어찌 되도 좋은 결말이 기다리고 있었지요.

하지만 그때의 나는 오만했던 겁니다. 운명은 여전히 내게 역풍을 퍼붓고 있다는 걸 잊었던 거지요. 국그릇을 내려놓은 박 상사가 말했습니다.

"일어나자."

"네?"

나는 저도 모르게 그렇게 되물었습니다.

"얼른 부대 복귀해서 보고해야. 윤 소위님도 오래 기다리셨다."

박 상사의 표정은 굳어 있었습니다. 하지만 그의 눈빛은 고결하게 빛나고 있었지요.

아차.

나는 속으로 욕을 내뱉었습니다. 박 상사가 최악의 선택지를 고른 걸 깨달았거든요.

4

부대로 복귀하던 그때의 산길을 잊을 수 없습니다. 어둡고 험한 길을 싸구려 군홧발로 디디는 막막함을 뭐라고 설명할 수 있을까요? 이제 곧 모든 게 끝장날 판이 된 절망감이 좀먹어 들어갔습니다. 게다가 가는 길 내내 바로 뒤에 선 윤 소위가 선두의 나를 계속 찼습니다.

"허탕 친 거, 다 너 때문이야. 네가 느려터져서 빨갱이 새끼 도망칠 시간 준 거잖아, 응?"

사실 따지고 보면 윤 소위가 느려터진 게 더 큰 원인이었겠지만, 내가 영혼이 모자란다는 말을 듣고 오느라 늦은 탓도 있었으니 그냥 묵묵히 있을 수밖에요. 인간 사회의 군대라는 곳은 계급 때문에 변명은 허용되지 않았지요. 뭐, 사실 구타는 전혀 아프지 않았습니다. 악마는 물리적 폭력 따위는 무시할 만큼 튼튼하기도 하고, 그런 고통을 회피하는 기술도 있거든요. 하지만 정신적 피로, 울컥 솟구치는 짜증, 그리고 그 위를 뒤덮는 절망은 어쩔 수 없었어요. 그렇게 더러운 기분은 난생처음이었습니다.

그런데 그거 아십니까? 극한의 스트레스를 받으면 별안간 좋은 생각이 떠오르기도 한다는 걸요. 윤 소위에게 걷어차여 구를 뻔한 순간, 내 머릿속에 딱 그런 게 떠올랐던 겁니다.

"이상하지 않습니까?"

그래서 나는 아주 작게 속삭였습니다. 아, 이건 영업 비밀인데, 악마는 특정한 사람에게만 들리도록 속삭일 수가 있습니다. 가장 뒤를 지키고 선 박 상사에게는 들리지 않게, 하지만 내 뒤에 선 윤 소위의 귀에는 들리게 하는 기술이 있었지요.

"윤 소위님, 우리 밥상에 올라온 밥그릇 중 박 상사님 그릇에만 물기가 묻어 있는 거 보셨을 겁니다. 그게 부자연스럽지 않았습니까?"

"그게 왜?"

윤 소위가 부루퉁하게 되물었습니다. 나는 속으로 욕했습니다. 이 나라에서 가장 좋은 대학에 다닌다는 놈의 머리 돌아가는 게 이따위라니…. 하지만 나는 침착하게 말을 이었습니다.

"그 집에 있던 사람은 셋이고, 저 집 며느리 말대로 장에 갔다는 남편까지 포함하면 넷입니다. 갓난아이를 빼면 밥그릇을 써서 식사할 사람은 일단 셋일 겁니다. 그런데 아침에 세 사람이 식사했다면, 왜 박 상사님 그릇에만 물이 묻어 있었을까요? 밥 먹고 나서 설거지했으면 그릇은 그사이 말랐을 겁니다. 아니면 내온 밥그릇 셋 다 젖어 있어야 했거나. 밥그릇 하나에만 굳이 물기가 묻어 있을 이유는 없습니다. 우리 셋에게 밥을 내주려고 할 때, 피치 못하게 그 그릇을 씻어야 할 사정이 있었던 게 아니면 말입니다."

나 말고 다른 이들도 수색 과정에서 부엌을 살폈고, 그러면서 부엌에 쓴 흔적이 있던 밥그릇이 두 개고 나머지 그릇엔 먼지가 쌓여 있던 걸 보았을 겁니다. 그러나 윤 소위는 여전히 내가 무슨 말을 하려는 건지 눈치채지 못한 모양이었습니다. 윤 소위는 꽤 좋은 집에서 태어난 모양이었고, 그 당시에는 남자는 손에 물 묻혀서는 안 된다는 웃기는 이야기가 통하던 시대였으니까요. 할 수 없이 나는 박 상사에게는 들리지 않게 말을 덧붙였습니다.

"저 집에 남자는 없을 겁니다. 아니, 있었지만 꽤 오래 자리를 비웠을 겁니다. 오늘 아침에 나간 게 아니라 꽤 오래전에 집을 나갔을 겁니다."

"그걸 네가 어떻게 알아?"

"마당의 농기구에 먼지가 자욱이 쌓여 있었지 않습니까? 아무도 잡지 않았다는 겁니다. 남자가 있었다면 분명 겨울에 보리밭이라도 일구려 했을 테고, 그러면 묵직한 농기구에 먼지가 그렇게까지 쌓여 있진 않았을 겁니다. 그래서 저 집 남자는 오래전에 자리를 비웠을 게 분명하다고 생각했습니다. 그런데 애 낳은 여자는 남편이 그날 아침에 밥 먹고 나갔다고 말했습니다. 왜 그런 거짓말을 했겠습니까?"

드디어 멍청한 윤 소위의 얼굴에 의심이 깃들었습니다. 나는 얼른 말을 이었습니다.

"그래서 저는 일부러 며느리에게 간장을 떠와달라고 했습니다. 그것도 새로 담근 간장으로 말입니다."

"그런데?"

그걸 되묻는 윤 소위 면전에다 대놓고 머저리라고 욕하고 싶은 걸 꾹 참기가 어려웠습니다. 하지만 나는 엄청난 인내심을 발휘할 수 있었습니다.

"그러고 나서 그 며느리가 어떻게 했습니까? 장독대 뚜껑을 세 번이나 열었습니다."

멍청한 자가 여전히 이해하지 못하는 눈치여서 나는 굳이 말을 덧붙여야 했습니다.

"세 번입니다. 제가 장을 여러 개 가져와달라고 한 게 아니지 않습니까? 전 분명히 새로 담근 간장을 달라고 했습니다. 그런데 며느리는 갓 담근 간장독이 뭔지를 세 번이나 열어보고서야 겨우 찾은 겁니다."

윤 소위가 그제야 상황을 파악한 모양이었습니다. 아, 소리를 내며 발걸음을 멈추려고 해서 나는 급히 말했습니다.

"걸음을 멈추지 마십시오. 박 상사님이 눈치채기 전에 말입니다."

"…뭐?"

"박 상사님도 제가 의심쩍어한 것들을 다 보았고, 그 모습이 수상하다는 걸 알아챘습니다. 하지만 박 상사님은 그냥 부대로 복귀하자고 하셨지요. 대체 왜 그랬겠습니까?"

"대체….."

거기서 윤 소위가 말을 멈췄습니다. 그의 머릿속에서 꽤 그럴듯한 이야기가 하나 불쑥 떠올랐을 겁니다. 그래서 나는 일부러 모두에게 들리도록 큰 소리로 말했습니다.

"서두릅시다. 어서 돌아가야 합니다."

"그래, 어서 서두르자."

박 상사가 대답했습니다. 내 뒤의 윤 소위도 음, 하고 대답인지 신음인지 모를 소리를 냈습니다. 나는 히죽 웃었습니다. 최선두에 섰기 때문에 내 득의만만한 미소를 두 사람이 볼 수 있을 리 없었습니다.

그때 윤 소위의 눈을 보았다면 참 좋았을 것 같습니다. 사람이 타락하는 순간의 눈빛은 참으로 볼 만하거든요. 아무리 그 영혼이 보잘것없다고 해도요.

5

이제야 하는 말이지만, 박 상사는 부대로 복귀하는 그 산길에서 여전히 갈등하고 있었을 겁니다. 빨갱이 대장의 부인을 체포하러 돌아가야 하나? 하지만 갓 아기를 낳은 사람을 체포할 수는 없지 않나?

머릿속에 갈등을 잔뜩 집어넣은 채 번민하던 그에게, 나는 복귀 신고를 하기 직전에 그의 귀에만 들리도록 속삭였습니다.

"박 상사님, 서두르십시오. 윤 소위님도 뭔가를….."

지옥의 우두머리께 맹세코, 난 딱 거기까지만 말했습니다. 무슨 말을 하려는 건지는 명확하지 않게, 하지만 듣는 이에게 그럴듯한 상상을 불러일으킬 만큼만 말하는 게 기술입니다.

그렇게 나는 박 상사에게도 씨앗 하나를 던졌습니다. 사실 그 또한 도

박이었습니다. 박 상사에게 던진 씨앗은 급히 만들어진 것이었고, 그게 싹이 틀 가능성은 적어 보였습니다. 하지만 농부는 모든 씨앗에 싹이 트길 기다리지 않습니다. 싹이 트면 그걸 잘 키우면 될 뿐, 그전까지는 부지런히 씨앗을 계속 뿌려야 하는 거지요.

그리고 윤 소위는 내가 생각한 대로 움직였습니다. 그는 곧바로 높은 분에게 달려가서, 박 상사가 빨치산과 밀통했고 빨갱이 대장의 부인이 있는 걸 뻔히 보고도 모른 척 놔주었다고 보고했습니다. 딴에는 그럴듯하게 꾸민 이야기였지만, 사실 그 여자의 정체가 무엇인지, 정말로 빨갱이 대장의 부인인지 혹은 빨갱이 여대원이었을지는 윤 소위가 어떻게 알 수 있었겠어요? 하지만 소도 뒷걸음질 치다가 쥐를 잡는다지요? 그가 그럴듯하게 만들어낸 이야기가 놀랍게도 그때는 사실과 맞닿아 있었습니다.

아무튼 윤 소위의 밀고가 더 빨랐습니다. 박 상사는 즉시 체포되어 다음 날 총살당했지요.

*

거기까지 이야기를 듣던 나는 대꾸했다.

"이제 알겠네요. 당신이 악마라는 건 거짓이군요."

"어째서죠?"

"결국 당신이 노리던 박 상사의 영혼은 그날 거두어가지 못한 거잖아요? 그 사람이 다음 날 총살당해 죽었다면 하루가 늦은 겁니다. 그 하루를 관대하게 봐주는 곳이라면 악마인 당신이 그렇게 두려움에 떨었을 리도 없었을 텐데요."

"아, 날카로우시군요."

악마는 웃었습니다.

"지옥이 시간에 깐깐하다는 건 용케 맞히셨습니다. 하지만 나머지는 틀렸습니다. 내가 그날 거둬간 건 박 상사의 영혼이 아니었습니다. 내가 바친 건 윤 소위의 영혼이었어요."

"네? 설마 그날 윤 소위가 죽었다는 겁니까?"

"그렇습니다. 그 부대는 공비 소탕 작전을 위해 그날 밤 즉시 초가집으로 출동했습니다. 윤 소위는 앞장서서 달려갔습니다. 그자가 그렇게 재빠르고 민첩하게 움직이는 건 처음 봤지요. 그는 며느리로 위장해서 갓 아기를 낳은 몸을 쉬고 있던 빨갱이 대장의 아내와 아기를 생포하려 했습니다. 그때까지만 해도 난 윤 소위가 꿩 대신 닭을 선택했다고 여겼지요."

"꿩 대신 닭이요?"

"네, 빨갱이 대장 대신 대장의 아내를 잡아서 자기 공적을 채우려 한 거라고 여겼던 겁니다. 하지만 윤 소위는 그보다 더 똑똑하더군요. 그의 마음속 속셈인즉, 굳이 빨갱이 대장의 아내를 생포한 뒤 빨갱이 대장이 들을 수 있게, 아내와 갓난아기를 체포했으니 어서 항복하라고, 그러지 않으면 둘을 죽이겠다며 산에 숨은 공비들을 협박하려던 것이었지요. 아마도 윤 소위가 읽은 《시튼 동물기》가 그 생각의 밑바탕이 되었을 겁니다. 그가 서울대를 나온 지식인이라는 걸 그때 실감할 수 있었지요. 하지만 안타깝게도 그는 빨갱이 대장의 아내에게 덤벼들려다가 그녀가 숨기고 있던 권총에 목이 꿰뚫려 죽고 말았습니다. 그녀 역시 곧바로 윤 소위의 총알에 목숨을 잃었지만요."

"…"

"빨갱이 대장의 아내는 그렇게 죽었지요. 그리고 빨갱이 대장은 나중에 국군 쪽에서 그자의 아내를 생포했다는 거짓 소문을 흘리자, 어떻게 해야 할지 갈등하다가 내부 분란으로 동지로 믿었던 자들에게 사살되었습니다. 그 두 사람 사이에서 태어난 아기가 어떻게 되었는지는 모르겠어요. 그때 제 어미와 자신을 돌봐준 노파의 피를 뒤집어쓰긴 했지만, 그 초가집에서 유일하게 살아남은 게 그 아기였거든요. 하지만 아기가 어떻게든 무사히 컸을지, 아니면 거기서 죽었는지는 알 수 없어요. 한편 윤 소위는 그 공비 토벌 작전에서 수훈을 세운 공적으로 두 계급 특진했습니다. 하지만 죽은 자가 계급이 올라서 좋을 게 뭐가 있나요?"

"하지만 윤 소위가 타락할 시간이 있었습니까?"

"무슨 소립니까? 그는 그날 이미 타락했습니다."

내 항의 같은 물음을 들은 악마는 나를 빤히 바라보았다.

"그는 부하를 거짓 모함으로 팔아넘겼고, 약하고 곤란한 처지에 놓인 이들을 구하기는커녕 그들을 비참하게 이용하려 했습니다. 그의 영혼 역시 타락하고 만 겁니다. 그렇게 인간이길 포기한 자가 죽자마자 그 영혼을 바로 갖다 바쳤습니다. 내가 유일하게 내 기준을 낮춰 질 나쁜 영혼을 바쳤던 굴욕적인 일은 그렇게 종결되었습니다. 하지만 나는 다음 날부터 곧바로 아주 질 좋은 영혼들을 수거할 수 있었습니다."

"네?"

내 놀란 모습을 보며 악마는 노란 안경 너머로 의기양양한 눈빛을 보냈다.

"박 상사는 결국 내 말에 의심을 품었습니다. 그는 윤 소위를 모함하려 했습니다. 윤 소위야말로 빨갱이들과 내통하고 있었다고 보고하려 했던 거지요. 하지만 아까 말했지요? 윤 소위가 조금 더 빨랐다고요. 박 상사는 총살당하기 직전까지 윤 소위가 빨갱이고, 자기는 결백하다고 고래고래 외치더군요. 물론 그 말을 들을 이는 없었고 총알은 참과 거짓을 분별하지 않습니다. 그는 그렇게 죽었고, 배신으로 갓 더럽혀진 영혼은 곧바로 내 것이 되었지요. 난 그 영혼을 수거하자마자 곧바로 빨갱이 대장과 부하들 사이에 잠입해 양쪽을 이간질했습니다. 아, 당연히 빨갱이 대장이 내분으로 죽은 것 역시 내가 한 일입니다. 그들의 영혼 역시 내 것이 되었고요."

아무 말도 하지 못하는 나를 보며, 악마는 보란 듯 석탄 향 풍기는 아드벡 위스키를 마셨다.

"아시겠습니까? 나중을 위한 수지맞는 장사 때문에, 나는 그때 꿩 대신 닭을 택한 겁니다."

노란 안경 렌즈 너머로 그의 눈동자가 붉게 타오르는 것처럼 보인 건 내 착각이었을까?

무경 부산에서 태어나 부산에서 살고 있다. 고려대학교 국어교육과를 졸업했다. 좋은 이야기는 세상을 좋은 방향으로 움직이고, 이야기 한 줄에 무한한 가능성이 담겨있다고 믿는다. 다른 이에게 재미있는 이야기를 전하고 싶어하며, '작가'라는 호칭 못지않게 '이야기꾼'이라는 말을 듣고 싶어 한다. 《1929년 은일당 사건 기록》 시리즈를 썼다.

심사평

공교롭게도 지난 호 심사평에 이어 이번 호에서도 리사 크론의 말을 인용해서 서두를 시작하고자 한다. 최근 번역 출간된 《스토리 설계자》에서 그녀는 스토리에 대해 이런 말을 한다.

"애초에 흥미진진한 스토리를 쓰는 능력이 흥미진진한 스토리를 알아보는 능력처럼 우리 뇌에 단단히 새겨진 본능이었다면, 우리는 모두 유명한 작가가 되어 있을 것이다. 풀장 딸린 저택에 앉아 쉬고 있으면, 옆에서는 비서들이 해외 판권이니 영화 계약이니 고액 강연이니 하는 요청들을 처리하느라 바쁠 것이다. 다만 비서를 고용하기가 쉽지 않을지도 모른다. 세상 사람이 다 유명한 작가일 테니까."

우리 대부분은 창작보다는 감상에 더 뛰어나다. 모두가 창작자이자 독자인 《계간 미스터리》 심사위원들도 그 사실을 통렬히 실감하며 심사에 임하고 있으며, 우리를 흥분시키는 뛰어난 작품을 발굴하기 위해 최선을 다하고 있다.

이번 호에도 많은 응모작이 있었는데, 그중 〈이웃을 놀라게 하는 법〉, 〈누가 빨강머리 독고 씨에게 돈을 보냈나〉, 〈치지미포雉之未捕, 꿩을 잡지 못하고〉 세 편이 최종 심사 대상이 되었다. 각 작품이 다양한 하위 장르에 포진하고 있어 심사위원들 사이에서도 많은 논의가 있었다.

〈이웃을 놀라게 하는 법〉은 최근 들어 빈번하게 발생하는 여성을 대상으로 하는 이상동기범죄異常動機犯罪[1]를 다루는 스릴러다. 범인의 심리 묘사나 행동 묘사가 잘되어 있는 편이지만, 지나치게 상스러운 표현이 눈살을 찌푸리게 했다. 대개의 미스터리는 현실을 반영하는 범죄를 소재로 삼고 묘사하기 때문에 타 장르보다 엄격한 품위가 요구된다. 자칫하면 범죄를 지나치게 희화화하게 될 위험이 있기 때문이다. 범행 과정에서 우연이 너무 자주 겹친다는 점도 단점으로 지적되었다.

〈누가 빨강머리 독고 씨에게 돈을 보냈나〉는 일상 미스터리 계열의

---

[1] 과거에는 다수의 언론에 '묻지 마 범죄'라고 표현되었으나, 범죄의 동기와 원인을 오해하게 할 수 있어 2022년부터 경찰에 의해 '이상동기범죄'로 명명되었다.

작품인데, 장미홍신소나 오느릅 팀장의 캐릭터가 독특한 재미를 주었고, 의뢰인에게 매달 돈을 보내고 빨간색으로 머리를 염색하게 한 이유 등이 설득력이 있었다. 단지 의문을 해결하는 과정이 너무 간단하고 직설적이라는 의견이 있었다. 돈을 보낸 동기가 밝혀졌을 때, '내가 왜 이걸 놓쳤지?'라고 독자가 느낄 수 있도록 서두 부분에 은근슬쩍 언급해뒀다면 더 좋은 평가를 받았을 것이다.

논의 끝에 〈치지미포雉之未捕, 꿩을 잡지 못하고〉를 신인상 수상작으로 선정했다. 실제 악마가 인간의 영혼을 타락시킨 무용담을 하는 것인지, 그저 이야기를 지어내기 좋아하는 사람이 장광설을 늘어놓고 있는 것인지 모호하게 처리한 점도 좋았고, 배경을 한국전쟁으로 선택한 점도 독특했다. 군더더기 없는 문장과 전체적으로 안정적인 톤도 좋은 평가를 받았다.

많은 추리소설 작가가 열렬한 독자였다가 작가가 된다. 일단 작가가 되기로 마음먹으면, 그동안 우습게 봤던 작품들 역시 치열한 고뇌의 산물이었음을 깨닫게 된다. 비로소 "소설을 쓰는 사람은 읽는 사람보다 몇 배는 깊은 고독을 경험해야 합니다. 고독의 숙련공이 아니면 소설가일 수 없습니다"[2]라는 마루야마 겐지의 말이 매섭게 뼈에 박히는 것이다. 그럼에도 불구하고 지금도 수없이 많은 이야기꾼이 자신만의 스토리를 내놓기 위해 뜨거운 열정을 불태우고 있을 것이다. 《계간 미스터리》는 당신들을 응원한다. 그것이 우리가 매호 신인상을 기다리는 이유다.

---

2 마루야마 겐지, 김난주 옮김, 《아직 오지 않은 소설가에게》, 바다출판사, 2019, 75쪽.

신인상 인터뷰
《계간 미스터리》편집부

작가는 언제 작가가 되는 것일까? 글을 쓰기 시작한 순간 작가인가? 책을 출간하거나 어느 공모전에 당선되면 작가가 되는 것일까? 한때는 작가로 불렸고 글을 쓰기도 했지만 더 이상 아무것도 쓰지 못한다면, 여전히 작가일까? 자신을 단 한 번이라도 작가라고 소개했거나, 소개되었거나, 그렇게 불릴 날을 은밀하게 꿈꾸고 있는 모든 이들이 가진 고민일 것이다.

노벨문학상을 수상한 토니 모리슨도 1986년 미시시피대학교에서 강연할 때 비슷한 경험을 이렇게 말했다.

"세 번째 책《솔로몬의 노래》를 끝낸 뒤에야 저는 '이게 내가 하는 유일한 일인지 모른다'고 생각했습니다. 그전에는 제가 편집자지만 책도 쓴다, 학생을 가르치지만 책도 쓴다고 생각했습니다. 제가 작가라고 말한 적이 없습니다. 한 번도요. (…) 세 번째 책을 쓰고 난 뒤 마침내 말할 수 있는 순간이 왔습니다. 그래서 여권을 들고 입국 심사를 받을 때 '무슨 일 하세요?'라고 물어오면 또박또박 대답합니다. 작가라고요."[3]

우리는 꿈을 꾼다. 언젠가 누군가 어떤 일 하냐고 물을 때, 아무런 부끄러움 없이 또박또박 '작가'라고 대답할 수 있을 때를. 이번 신인상에 당선되면서 조금은 '작가'라는 말의 짐을 덜어냈다고 말하는 당선자와 인터뷰를 진행했다.

신인상 당선을 축하드리면서, 먼저 간단한 자기소개를 부탁드립니다.

저는 무경이라는 필명을 쓰는 작가입니다. 부산에서 태어났고 10여 년을 서울에서 산 적도 있지만 지금은 부산에 거주하고 있습니다. 재미있는 이야기를 좋아하고, 어떻게 하면 재미나고 좋은 이야기를 다른 이에게 들려줄 수 있을지를 늘 고민합니다.

신인상을 수상하신 〈치지미포(雉之未捕), 꿩을 잡지 못하고〉는 앤 라이스의 《뱀파이어와의 인터뷰》를 떠올리게 하는 작품이었는데요. 어떻게 이 작품을 구상하게 되셨나요?

아드벡 위스키 덕분입니다! 그 위스키 특유의 기묘한 향과 맛은 어

3　토니 모리슨, 이다희 옮김, 《보이지 않는 잉크》, 바다출판사, 2021, 209~210쪽.

떤 이들에게는 무척 매력적이겠지만 어떤 이들에게는 '으엑, 이딴 걸 누가 먹어? 지옥에서나 마시지!'라고 받아들여질 겁니다. 그 '지옥의 악마나 즐길 듯한 음료'를 생각하다가 '악마가 바에서 자기의 그럴듯한 성공담을 떠벌리는 장면'이 떠올랐습니다.

악마의 성공담은 인간에게는 쓰라린 타락 이야기이기도 하죠. 그렇다면 어떤 타락 이야기를 쓸까? 그러다가 떠오른 소재 가운데 하나가 한국전쟁 당시의 빨치산 토벌이었습니다. 당시의 혼란은 선도 악도 없는 그저 무저갱의 혼돈일 뿐이었겠지만, 그 비극의 현장을 악마는 즐거이 거닐며 인간을 타락시켰을 거란 생각이 들었고요. 그렇게 뭔가 냉소적인 이 이야기가 만들어졌습니다.

프로필을 보니 2022년에 《1929년 은일당 사건 기록》, 《1929년 은일당 사건 기록 2: 호랑이 덫》을 발표하신 이력이 있는데요. 어떻게 《계간 미스터리》 신인상에 응모하게 되셨나요?

2022년, 《1929년 은일당 사건 기록》 시리즈의 두 이야기를 책으로 연속해서 낼 수 있었습니다. 하지만 그게 정말로 제 실력일지, 아니면 그저 운이 좋았을 뿐이었는지 늘 의문이었어요. 그래서 다른 분들에게 제가 쓰는 이야기를 '공식적으로' 인정받을 방법을 찾다가 한국추리작가협회에서 주관하는 《계간 미스터리》 신인상에 응모하게 되었습니다.

사실 공모전에 대한 안 좋은 추억이 너무 많았습니다. 이런저런 공모에 출품하고 낙선하기를 반복할 때마다(최종심에서 낙방한 적도 더러 있었지요. 심지어 제 작품과 다른 분의 작품 둘을 놓고 고민 끝에 다른 분의 것을 당선시켰다는 심사평도 몇 번이나 받았고요!) 내 앞을 가로막은 은산철벽銀山鐵壁에 무작정 몸을 부딪치는 기분이었어요. 그런 아픔을 더 겪고 싶진 않았습니다만, 어떻게든 조금 더 용기를 쥐어 짜내고 짜내 계속 도전했습니다. 다행히도 그 용기 한 방울 덕분에 결국, 바라 마지않던 좋은 소식을 들었습니다.

은산철벽 앞에 서야 비로소 화두(話頭)가 효용을 발휘하듯이 벽을 마주했을 때라야 작가의 숨겨진 역량이 발현되는 것 같습니다. 작가님의 지난한 도전이 결국 벽을 뚫은 셈이네요. (웃음) 이번 〈치지미포(雉之未捕), 꿩을 잡지 못하고〉도 1950년대를 배경으로 하고 있고, 위의 두 장편도 1929년 경성이 배경인데요, 특별히 역사를 소재로 삼으시는 이유가 있나요?

무엇보다도 제가 한국사에 관심이 많기 때문입니다. 현재 제 관심은 그중에서도 한국 근현대사에 집중되어 있습니다. 한국 근현대사에는 영광스러운 순간도 있지만 그만큼 안타깝고 슬픈 순간 역시 가득합니다. 그런 역사 속 비극을 어떤 이야기로 다룰 수 있을지 고민했습니다.

현재 역사를 다루는 작품들을 보니, 역사적 사실을 집중적으로 그리거나 혹은 역사적 사실보다는 이야기의 재미에 좀 더 치중한 것들이 다수더군요. 과연 나는 그런 흐름과는 다르게, 역사라는 소재를 어떤 방식으로 다룰 수 있을까, 어떻게 이야기의 재미와 역사적 사실을 둘 다 훌륭하게 담아낼 수 있을까를 궁리하며 이리저리 시도해보고 있습니다. 그런 연구의 결과물 중 하나가 이 작품입니다.

작가님의 시도가 결실을 보아서 좋은 작품으로 만나길 기대하겠습니다. 작가가 되기 전에는 어떤 일을 하셨나요? 작가가 된 계기가 있다면 말씀해주시죠.

과거에 무슨 일을 했느냐는 질문은 꽤 쓰라립니다. 사실 큰 시험에 계속 도전하다가 낙방하기를 반복한 상황이거든요.

어릴 적부터 무언가 만들기를 좋아했습니다. 그러다가 글로 무언가 만드는 과정에 흥미를 느껴 계속 이야기를 써왔습니다. 한때는 큰 시험에 도전하려고 글을 접었던 적도 있습니다. '시험에 합격하고 난 뒤에 다시 글을 써도 늦지 않아'라고 생각하면서요. 하지만 그 일을 하지 못하게 되고, 오랜 실패로 좌절감을 겪다가 문득 다시 글을 쓰고 싶다는 욕구가 끓어올랐습니다. 그렇게 쓰게 된 게 《1929년 은일당 사건 기록》 시리즈입니다.

작가님은 미스터리 장르의 매력이 무엇이라고 생각하시나요?

두근거림입니다! 매력적인 미스터리는 이야기의 처음부터 독자를 두근거리게 하는 강렬한 힘을 가지고 있지요. 그 힘에 홀리듯 책장을 넘기고 넘긴 뒤, 독자는 만족감을 느끼고 책을 덮지요. 미스터리 장르는 여러 이야기 장르 중에서도 독자를 두근거리게 하는 힘이 큽니다. 저는 미스터리를 떠올리고 글로 옮기는 내내, 나 자신이 만들어내는 이야기의 반짝임에 먼저 가슴 두근거리며 글을 씁니다. 어떻게 내가 느끼는 두근거림을 독자들에게도 전할 수 있을까를 고민하면서요.

미스터리 장르에 대한 작가님의 애정을 느낄 수 있는 답변이네요. 다음은 신인상 수상자에게 공통으로 드리는 질문인데요. 생존 여부에 상관없이 단 한 명의 작가를 만날 수 있다면 누구를 만나고 싶으신가요? 만나서 무엇을 물어보시겠어요?

고민되는 질문이네요. 제가 무척 좋아하는 작가인 G. K. 체스터튼을 만나고 싶다는 생각도 들었습니다만, 결국 한 명을 꼽자면 애거사 크리스티 여사님을 만나 뵙고 싶습니다. 그리고 그분께 꼭 묻고 싶어요. "어떻게 하면 계속 꾸준히 양질의 작품을 내놓을 수 있나요?"라고요. (아, 물론 사인도 받아야 하고요!)

만나게 되면 제 사인도 부탁드리겠습니다. (웃음) 당선 전화를 드렸을 때도 집필 중 잠깐 쉬는 중이라고 말씀하셨는데요. 어떤 방식으로 집필하시나요? 특별한 루틴이 있으신가요?

지금은 과도기라서 새로운 루틴을 찾는 중입니다. 그전의 루틴이라면, 정해진 시간에 단골 카페에 가서 몇 시간 글을 쓰고 필요하다면 집에 돌아와서도 좀 더 집필하는 게 다지요.

집필이라고 해도 거창한 걸 하진 않습니다. 이런저런 책을 읽고 음악을 듣고 영상물을 보고 산책도 가볍게 하며 머릿속에 씨앗을 계속 뿌립니다. 어떤 씨앗은 금방 그럴듯한 이야기로 싹트고 어떤 건 조금 늦게 발아하지요. 그렇게 싹튼 이야기가 몽글몽글 머릿속을 채우다가 그 압력을 견디지 못할 즈음, 비로소 글로 써내려갑니다. 머릿속 이야기를 맹렬하게 받아 적어서 초고를 끝내고, 그 뒤부터는 힘겹게 퇴고합니다. 어, 그런데 이걸 루틴이라고 할 수 있을까요?

좋은 루틴인데요? 저도 비슷하긴 합니다만, 아무리 기다려도 좀체 씨앗이 발아하지 않는다는 차이점이 있네요. (웃음) 지금 집필 중인 작품이나 앞으로의 집필 계획, 추구하는 작품 방향에 대해 말씀해주시죠.

1928년 부산을 소재로 한 연작 중편을 쓰고 있습니다. 현재 '부산 3부작'이라는 가제를 정하고(폴 오스터의 《뉴욕 3부작》에서 빌린 제목입니다) 거기 들어갈 세 편의 중편을 쓰고 다듬는 중이지요. 두 편은 완성되었고(그중 한 편은 예전에 《계간 미스터리》 신인상에도 응모했었습니다. 그때 최종심까지 올랐었지요), 한 편은 열심히 쓰는 중입니다. 언젠가 여러분께 선보일 때가 오겠지요?

앞으로 어떤 작품을 쓸지는 아직 잘 모르겠습니다. 이런저런 씨앗을 뿌려놨는데 그중 발아한 것들을 계속 지켜보는 중이거든요. 아, 당장 부마민주항쟁을 소재로 단편 하나를 쓸 계획은 있습니다. 과연 그 사건에 미스터리를 어떻게 녹일 수 있을지, 아주 골치 아픕니다. 그리고 대한제국 시기를 배경으로 한 첩보물을 쓰겠다고 마음만 먹었습니다. 공부를 많이 해야 감히 그 소재에 손댈 수 있을 거 같아요.

저는 예전부터 지금까지 계속, 제가 좋아하거나 흥미로워하는 것을 소재로 삼아 이야기를 썼습니다. 지금은 그 호기심이 역사라는 지점에 깊이 머물러 있기에, 당분간은 역사를 소재로 한 작품을 계속 쓸 듯합니다. 하지만 소재와 상관없이 '재미있는 이야기를 쓰자', '좋은 이야기를 쓰자'라는 두

가지 다짐을 품고 계속 이야기를 쓰려고 합니다. 지켜봐주십시오.

《계간 미스터리》가 작가님의 행보를 응원하겠습니다. 끝으로 당선 소감 부탁드립니다.

감사할 분들이 여럿 있습니다. 특히 이 작품을 집중적으로 읽고 평해준 (가나다순으로) 김명희, 이소희, 황선영 님께 큰 감사 인사를 드립니다.

책을 내게 된 이후로 '작가'라고 다른 이들에게 제 소개를 했지만, 늘 그 칭호 뒤에 커다란 의문부호가 하나 붙은 기분을 느꼈습니다. 과연 나는 정말로 작가일까? 다른 이들에게 내 이야기를 당당히 선보여도 될까? '작가'라는 칭호는 그저 자기만족일 뿐 아닐까? 그런 의문을 스스로 극복해보려고 이런저런 도전을 했습니다.

그리고 이렇게 《계간 미스터리》 신인상을 받게 되었습니다.

제 마음속에는 여전히 '작가'라는 칭호 뒤에 의문부호가 붙어 있습니다. 하지만 그 의문부호는 확실히 그전보다 무척 작아졌습니다. 이번 신인상 당선으로 의문부호가 커다란 짐에서 웃으며 들고 다닐 수 있는 소지품으로 작고 예쁘게 다듬어진 기분입니다. 작가라는 정체성을 되새길 때마다 오늘의 기억을 떠올리겠습니다. 제게 큰 선물을 주셔서 감사합니다.

단편소설

알리바바와 사라진 인형

김세화

　도치가 머뭇거린다. 물건을 가져오지 못해 변명하는 것이다. 그렇다고 양아치 근성이 무뎌지지 않을 것이다. 비꼬는 말투가 공손하게 바뀌었을 뿐이다. 도치 뒤에 병풍처럼 서 있는 졸개 네 명은 영화에 등장하는 콜롬비아 출신 조직원처럼 위압적이다. 주먹으로 겨룬다면 도치는 누구에게도 굽힐 이유가 없다. 그의 태도가 부드러워진 이유는 협상을 계속해야 하기 때문이다. 나는 불쾌한 감정을 감추지 못하는 척했다. 그래도 점잖게, 나무라듯이 말했다.

　"무슨 개수작이야!"

　도치 역시 조용히 말했다.

　"내 말은 사실이지."

　도치가 자초지종을 조리 있게 말할 수 있도록 분위기를 만들어주는 것이 중요하다. 그러면서 도치는 보고하고 나는 보고를 듣는 모양새로 유도해야 한다. 안 그러면 도치는 자기 생각에 도취해 지껄이면서 주도권을 잡으려 할 것이다.

　"알아듣게 천천히 설명해봐."

　"물건을 둘리 인형 속에 넣어 어린이집에 기증했지. 그런데 그게 없어진 거지."

　"아기 공룡 둘리? 없어졌다면 찾아야 할 거 아니야?"

"내 뒤 덩치들을 봐. 둘리 인형 찾는다고 설치면 저녁 뉴스에 나오지."

"그래서?"

"함께 찾자는 거지. 우리는 뒤에서, 너희는 앞에서 말이지."

"우리가 앞에서? 너희들과? 왜?"

"없었던 일로 할까?"

"없었던 일? 그러면 너는 통닭이 되지 않겠나?"

"그러니까 원원하자는 거지. 1억 깎아줄 수 있지."

나는 잠시 생각했다. 바로 액수를 말하면 말려든다.

"계속해봐."

"어린이집에 기증한 둘리 인형은 모두 마흔 개였지. 그중 물건이 든 인형은 한 개였고. 그런데 마흔 개 가운데 스무 개가 없어졌지. 물건이 든 인형도 함께 말이지. 그런데 없어진 스무 개 인형을 누가 가져갔는지 알고 있지만, 그중 물건이 들어 있는 인형을 누가 가져갔는지는 모른다는 거지, 현재."

머리 나쁜 도치 녀석 설명이 제법이다. 그래서 의심이 더 간다. 도치는 처음 상대지만, 이런 종류의 녀석 가운데 꿍꿍이가 없는 놈은 본 적이 없다. 도치가 무슨 수작을 부리는지 알아내야 한다.

"스무 명이라면 누굴 말하는 거야?"

"아이를 데리러 온 엄마들이지. 엄마들이 둘리 인형을 보고 환장한 거지. 아이들 갖고 놀라고 인형을 기증했는데 엄마들이 갖고 달아난 거지."

"엄마 스무 명이 한꺼번에 인형을 훔쳤다는 건가?"

"그렇지. 어린이집 CCTV를 확인했지. 어떤 험상궂은 엄마가 '어머머, 둘리 인형 아냐?' 하면서 슬쩍 들고 가니까 다른 엄마들이 그걸 보고 '어머, 둘리 맞네' 하면서 너도나도 인형을 품에 안고 갖고 간 거지."

"그런데 물건이 든 둘리 인형은 그중에서 누가 들고 갔는지 알 수 없다는 거고?"

"그렇지."

"인형에 표시하지 않았나?"

"빙고! 물건을 넣은 뒤 꿰맨 둘리 인형만 코를 빨간색으로 칠했지. 그런데 CCTV 화면에서는 그 빨간 코 둘리 인형을 구별할 수 없었던 거지."

"스무 명 엄마에게 인형을 돌려달라고 하지 않았나?"

"딱 잡아떼는 거지, 엄마들은. CCTV를 증거로 들이밀 수도 없지. 엄마들이 도둑 취급한다고 아이들을 데리고 나갈걸. 그러면 어린이집은 문 닫아야 하는 거지."

거지, 거지, 거지 녀석! 물건 잃어버린 것도 자랑이라고 드라마 배우처럼 떠들어댔다. 나는 머리 나쁜 도치가 이렇게 정교하게 이야기를 꾸며낼 수 있다고는 생각하지 않았다. 그래도 몇 단계 더 도치의 말이 사실인지 시험해보기로 했다.

"왜 인형을 마흔 개나 기증한 거야? 두세 개만 기증했으면 관리하기도 쉬웠잖아."

"어린이집 아이들이 모두 서른아홉 명이라서 그냥 마흔 개 기증한 거지. 인형이 모자라면 서로 가지려고 싸움 날 거 아니겠어, 그렇지?"

"하기야, 아이가 마약 든 인형을 갖고 논다는 건 아무도 상상할 수 없을 거야."

"바로 그거지."

"어이 고도치, 너는 어린이집 원장 기둥서방이라도 되나?"

"너무 간 것 같은데. 알려고 하지 말지. 피차 곱게 살아야 안 되겠어?"

"그래서 어떻게 둘리 인형을 회수하자는 거야."

"인형을 가져간 스무 명의 집에 들어가 찾아오자는 거지."

순간 말문이 막혔다. 도치 같은 녀석을 상대할 때 마주치는 전형적인 난관이다. 단순 무식해 모두를 위험에 빠트린다. 나는 자리에서 일어서서 두 팔을 위로 뻗으며 심호흡했다. 테이블 맞은편에 앉아 있는 도치와 그 뒤 졸개들이 멈칫하며 경계 자세를 취했다. 경계 자세란 게 뭐 별 거 아니다. 눈을 크게 뜨고 몸의 각도를 5도 정도 비트는 것이다. 내 뒤에 있는 부하 네 명도 그들을 주시하며 긴장하는 척했다. 그런 척을 한 것은 격투가 아니라 협상이 계속될 것임을 알고 있기 때문이다. 오늘 협상 장소는 한바탕 푸닥거리를 대비해서 물색한 재개발 지역 폐공장 창고다. 하지만 오늘은 그날이 아니다. 나는 다시 의자에 앉으면서 히죽거리고 있는 도치에게 조용히 말했다.

"미쳤나?"

"너는 기술자도 쉽게 수배할 수 있잖아?"

"좀도둑하고 거래한 적 없어. 주택이 아니고 아파트야. 한 집 들어가는데 적어도 한 달씩 준비 기간이 필요해."

"둘리 인형 말고 아무것도 건드리지 않으면 도둑이 들었다는 사실을 모를걸. '인형을 어디 두었지?', '둘리 인형 못 봤어?' 하면서 집 안을 뒤지기만 할 거라고. 경찰에 신고하거나 CCTV를 확인하거나 할 생각은 못하지."

"대체 웬 둘리야?"

"신의 한 수지, 히히히…."

머저리 같은 놈, 신의 한 수라서 그렇게 쉽게 잃어버렸나? 도치는 그 답답한 머리통을 앞으로 숙이며 자랑스럽게 말했다.

"물건을 어디에 보관할까, 생각해봤지. 그런데 어디서 들었지. 아기 공룡 둘리가 태어난 지 40년 됐다고. 몰랐지? 히, 히, 히…. 둘리가 마흔 살 된 거지. 그래서 둘리 인형 마흔 개를 어린이집에 기증한 거지. 근사하지? 근데 말이지, 아이한테는 하나의 인형일 뿐인 거지. 아기 공룡 둘리를 본 적이 있어야. 하지만 엄마들한텐 특별한 인형이었지. 정말 예상 못했지."

"그럴지도 모르겠군. 이번 일 끝나면 둘리 인형 사업이나 해볼까?"

"모르는 소리. 둘리 인형 파는 데도 없지, 가게마다 돌아다니면서 한 개씩 찾아내 살 수도 없지. 그래서 중국에서 수입했지."

중국이라는 말에 촉각이 곤두섰다.

"중국?"

"중국에 있는 인형 업체가 한국에 대량 공급하려고 둘리 인형을 만든 거지."

"중국에도 친구들이 있나?"

"궁금한 게 많군. 쓸데없는 데 신경 쓰지 말지."

"둘리 인형을 찾으면?"

"누가 찾든 일단 내가 가져가야지. 그다음에 다시 처음부터 거래하는 거지."

"우리가 가져가면?"

"선수들끼리 왜 이러는 거지? 그러면 미국에 있는 도넛이 싫어하겠지?"

"좋아, 3억 디스카운트. 싫으면 서로 갈 길 가는 거야."

도치는 기분 나쁘게 웃었다. 상대의 심리를 파악하고 있었던 것처럼.

*

도치 졸개들은 인상이 더럽게 생겨서 민주가 함께 일하기 싫어했지만, 조직이 깡패라서 어쩔 수 없었다. 다만 연미를 불러 민주를 도와주도록 했다. 나는 밖에서 두 명의 부하와 함께 민주와 연미의 작업을 주시했다. 도치는 인상 더러운 두 명을 마스크와 모자를 쓰게 해서 아파트 1층 로비에 대기시켰다.

민주와 연미는 아파트 30층부터 내려오면서 집마다 소독약을 뿌렸다. 연미는 욕실 두 곳과 발코니, 세탁실을 돌면서 하수구에 약을 치고, 민주는 그런 연미를 감독하면서 거실과 방 안을 살폈다. 만일 빨간 코 둘리 인형을 발견하면 나에게 알리고, 나는 그 사실을 도치와 공유하기로

했다. 그런 뒤 그 집에 몰래 들어가서 인형을 갖고 나오는 것이다. 만일 민주와 연미가 둘리 인형을 들고 나오면 로비를 지키는 인상 더러운 도치 부하 두 명에게 잡혀서 상황이 험악해질 것이다.

민주와 연미는 5일 동안 700가구를 방문해 약을 뿌렸다. 주인이 비운 집은 건너뛰었지만, 둘리 인형을 가져간 스무 집은 빼놓지 않고 세심하게 살폈다. 먼저 연미가 천천히 약을 뿌리며 엄마들의 관심을 끌었다. 엄마들에게 하수구 주변에 있는 용품을 치워달라고 하거나 욕실 컵을 떨어트리거나 다용도실 선반 위 세제를 건드려 가루를 퍼트리거나 하는 방식으로 정신을 빼앗았다. 민주는 그사이에 거실과 방에 둘리 인형이 있는지 들여다보았다. 맞벌이 집은 주인이 퇴근한 뒤 방문해서 확인했다. 나는 관리사무소와 소독업체에 사전 협조를 구했다.

민주와 연미는 대부분 거실이나 아이 침대에서, 일부는 엄마 화장대에서 둘리를 발견했다. 다만 스무 개 가운데 열아홉 개의 인형만 확인한 것이 문제였다. 그런데 공교롭게도 확인한 열아홉 개 모두 하얀 코 둘리였다. 스무 집 가운데 한 집에서만 둘리 인형을 찾지 못했다. 하지만 민주 눈에 띄지 않았더라도 빨간 코 둘리 인형이 그 집에 있을 가능성은 99.9퍼센트라고 나는 생각했다. 둘리 인형을 벽장이나 서랍 안에 넣었을 수 있는 것이다. 그 집은 A동 608호, 맞벌이 부부 집이었다. 기술자를 불렀다.

*

기술자는 자물쇠 풀기의 달인이라고 민주가 설명했다. 나는 기술자를 처음 보았을 때 눈을 의심했다. 50대 중년 여성이다. 몇 년 전 출소한 뒤 조용히 산다고 했다. 의아하기도 하고 신선하기도 했지만, 우리 일에 안성맞춤이어서 만족스러웠다. 비밀 유지가 필수인데 은둔하고 있는 중년 여성이라면 믿어도 될 것 같았다.

점심시간을 이용했다. 먼저 내 부하 두 명이 A동 로비 경비원을 관리사무소로 모셔갔다. 그리고 관리사무소에 모인 아파트 경비원과 직원들을 대상으로 정비업체 흉내를 내며 리모델링을 추진할 수 있도록 도와달라는 취지의 설명회를 했다. 그러면서 CCTV에 눈을 돌리지 못하게 했다. 물론 설명 자료와 함께 맛있는 음식과 선물을 잔뜩 가져갔다.

그사이 민주와 연미가 모자에 마스크, 선글라스까지 낀 기술자를 데리고 로비를 통해 608호로 올라갔다. 기술자가 아파트 현관 전자키를 풀었다. 현관문이 열리자, 기술자는 현관 안에서 대기하고 민주와 연미는 집 안으로 들어갔다. 거실과 아이 방, 침실, 옷장, 서랍, 선반을 30분 동안 꼼꼼하게 뒤졌다. 둘리 인형을 엄마와 아이가 아빠 몰래 숨겨둘 리는 없을 테니 인형을 찾는 것은 어렵지 않을 거라 예상했다. 하지만 그게 아니었다. 민주와 연미는 빨간 코 아기 공룡 둘리를 찾지 못했다.

나도 도치도 당황했다. 도치는 나에게서 대금을 받아 공급자에게 지불해야 한다. 나 또한 계획이 틀어진다. 도치와 창고에서 다시 만났다.

"개수작 부리는 거 아냐? 아무리 찾아도 없잖아."

"너야말로 인형을 다른 데로 빼돌린 건 아니지?"

"네 졸개 두 놈이 로비에서 감시했잖아?"

"좋아, 좋아, 다시 생각해봐. 뭔가 놓친 게 없는지."

"뭘 말이야? 네가 말한 대로 했잖아. 소독업체, 관리사무소에 들어간 돈도 돈이지만, 우리가 위태로워졌다고. 내 부하들 얼굴이 다 노출됐단 말이야."

"3억 깎아줬잖아. 어떻게 좀 해보지. 같이 살아야지."

나는 주저하는 척했다. 그리고 머리를 굴리다가 결심한 듯이 조용히 말했다.

"그러면 딱 한 번만 더 해볼 테니까 시키는 대로 해."

"어떻게 하지?"

"어린이집 CCTV를 다시 확인해봐. A동 608호 엄마가 둘리 인형을

들고 갔는지 다시 보란 말이야. 그 집 아이한테도 물어봐, 둘리 인형을
어디에 두었냐고."

"그러지."

"그리고 또 하나. 맞벌이 부부잖아. 엄마가 직장에서 일하는 시간에
어떻게 어린이집에 가서 아이를 집으로 데려갈 수 있느냐 말이야."

"그런가?"

*

이틀 뒤 도치로부터 연락이 왔다.

A동 608호에 사는 아이의 이름은 이보영으로 세 살 된 여아라고 했
다. 어린이집이 끝나면 이모가 보영이를 자기 집으로 데려가 보살피
다가 엄마가 퇴근하면 인계한다고 했다. 보영이 이모는 독신으로 C동
3006호에서 혼자 산다고 했다. 도치가 CCTV를 다시 확인해보니 보영
이 이모는 바로 아기 공룡 둘리 인형을 가장 먼저 들고 간 그 험상궂은
엄마, 아니 이모였다.

기술자를 다시 부르고 부하들을 대기시켰다. 우리는 만반의 준비를
하고 보영이 이모가 외출할 때까지 기다렸다.

첫째 날 오후 3시 50분에 보영이 이모가 C동 로비 밖으로 나왔다. 도
치 말대로 무섭고 강한 인상의 얼굴이었다. 펑퍼짐한 하얀색 티와 하체
의 윤곽을 그대로 드러낸 회색 레깅스를 입고 있었고 슬리퍼를 신었다.
걸음걸이와 걸을 때 드러나는 다리 근육은 운동을 많이 하는 여성처럼
보였다. 보영이 이모는 예상대로 아파트 단지를 가로질러 F동 1층에 있
는 어린이집으로 향했다. 그리고 조금 뒤 어린이집에서 새끼 곰같이 통
통한 보영이를 한 팔로 안고 나왔다. 몇 걸음 가다가 보영이를 내려놓고
는 굴러가는 아이 걸음에 맞추며 C동 3006호로 올라갔다.

둘째 날 낮 12시, 도치와 내가 어린이 놀이터 의자에 앉아서 멍 때리

고 있을 때였다. 보영이 이모가 밖으로 나왔다. 이번에는 유모차를 끌고 나왔다. 산책하러 나온 것이다. 혼자 사는 여자가 유모차를 끌고 나온 것이 의아하기는 했지만, 나와 도치는 부하들에게 신호를 보냈다. 최소한 30분 이상 시간을 벌 수 있을 거라 생각했다.

대기하고 있던 내 부하 한 명이 C동 로비로 들어가 경비원을 데리고 나온 뒤 관리사무소로 갔고, 다른 한 명은 먹을 것을 잔뜩 들고 그들을 따라갔다. 민주와 연미가 기술자와 함께 C동 로비를 통과해 3006호로 올라갔다. 도치 부하 두 명도 어디서 나타났는지 모자와 마스크를 쓴 채 머리만 숨긴 꿩처럼 자기 존재를 촌스럽게 드러내며 로비를 점령했다.

보영이 이모는 유모차를 밀며 아파트 단지를 크게 돌았다. 한 바퀴, 두 바퀴, 세 바퀴 산책한 뒤 도치와 내가 앉아 있는 어린이 놀이터로 천천히 걸어왔다. 우리는 보영이 이모를 피해 놀이터 밖으로 나왔다.

20분이 지나도록 민주로부터 연락이 없었다. 나는 초조했다. 20분 동안에 인형을 찾을 수 없다면 뭔가 잘못된 것이다. 혹시 보영이 이모에게 그 해답이 있는 것은 아닐까? 나는 도치를 바라보았다. 도치의 인상도 어두웠다. 머리 나쁜 녀석이 어떤 행동을 할지 갑자기 불안해졌다. 도치도 나처럼 보영이 이모를 의심할 수 있기 때문이다. 도치는 보영이 이모를 매의 눈으로 째려보았다. 혹시 둘리 인형이 어디에 있는지 물어보려고 그녀를 납치라도 하면 상황은 걷잡을 수 없게 된다.

30분이 지났다. 나는 더욱 초조해졌다. 반면 도치의 얼굴은 특유의 야비한 인상으로 변해갔다. 우려했던 일이 일어나기 시작했다. 도치가 나에게서 떨어지더니 휴대폰에 대고 작은 목소리로 말했다. 영어인 것 같았다. 나는 C동 로비를 보았다. 예감이 적중했다. 로비를 지키던 도치 부하 두 명이 보이지 않았다. 3006호로 올라간 것이다. 나는 음흉하게 웃는 도치를 향해 고개를 양옆으로 흔들며 휴대폰을 들었다. 민주에게 현관문을 열어주지 말라고 지시했다. 민주가 휴대폰으로 집 안에 연장이 많다고 한 것 같지만, 새겨들을 시간이 없어 급히 전화를 끊었다. 나는 도치에게 다가서며 말했다.

"졸개들 내려오라고 해. 30층에서 소란 피우면 좋을 게 없어."

"우리도 그 아파트 안을 봐야 하지. 무슨 일이 벌어지고 있는지 알아야지."

"그럴 필요 없어."

"두 아가씨가 둘리 배를 갈라 물건 꺼낸 뒤 다시 꿰맬지, 우리한테는 인형 껍데기만 줄지 세상일은 모르는 거지."

"그런 일은 없을 거야. 보영이 이모가 집으로 올라가기 전에 철수시켜."

"보영이 이모? 쟤가 둘리 인형 배를 갈랐는지 세상일은 모르는 거지."

"보영이 이모가 둘리 배를 갈라 물건을 꺼냈다면 어린이집 원장과 내통했다고 봐야 하는 거 아닐까? 결국 너와 내통한 거고."

도치는 기분 나쁘게 씩 웃었다. 머리 나쁜 녀석의 무식한 짓이 시작될 것 같았다. 한번 꽂히면 굳게 믿고 돌진한다. 그때부터는 설득이나 설명이 불가능하다. 아니나 다를까, 도치가 보영이 이모 쪽으로 발걸음을 옮기기 시작했다. 나는 도치의 팔을 잡았다. 도치는 나를 보며 양아치 본색을 드러냈다.

"시발, 나랑 해보자는 거지?"

"가만히 있어, 양아치 새끼야. 엉망으로 만들지 말고. 어린이집에 있는 네놈 애인도 좋을 거 없잖아."

도치는 움찔했다. 갑자기 뒤통수를 한 대 얻어맞아 그런지 눈빛이 이글거렸다.

"시발, 진짜….."

그때였다. 보영이 이모가 어린이 놀이터 의자에서 일어섰다. 그리고 천천히 유모차를 밀며 C동으로 향했다. 나는 도치의 팔을 잡은 채 3006호에 있는 민주에게 철수하라고 전화했다. 보영이 이모는 유모차에 있는 아기에게 부드럽고 다정한 목소리로 말했다. 소리는 작았지만, 도치와 나는 무슨 말인지 들을 수 있었다.

"우리 꽁실이, 둘리 좋아? 둘리하고 노니까 즐겁지?"

보영이 이모가 귀에 익숙한 노래를 불렀다. 음치였지만, 발음은 정확했다.

"요리 보고, 조리 봐도, 음, 음, 알 수 없는 둘리, 둘리, 빙하 타고 내려와, 음, 음, 친구를 만났지만, 1억 년 전 옛날이 너무나 그리워, 보고픈 엄마 찾아 모두 함께 나가자, 외로운 둘리는 귀여운 아기 공룡, 호이, 호이, 초능력 내 친구….'

나와 도치가 서로를 쳐다보았다. 도치는 이제야 알겠다는 듯 표정이 밝아졌다. 나도 도치가 무슨 생각을 하는지 알았다. 도치가 움직였다. 나는 거리를 두고 그 뒤를 따라갔다. 도치가 보영이 이모를 따라잡으며 유모차 앞을 가로막았다. 그리고 유모차 안을 들여다보면서 두 손을 흔들어댔다.

"아가, 안녕. 어쩌면 이렇게 귀엽게 생겼지. 까꿍, 까꿍."

보영이 이모는 도치가 유모차를 가로막자, 험악한 인상을 찡그렸다. 도치의 생김새와 몸짓이 기분 나쁜 것 같았다. 도치가 이모의 인상에 개의치 않고 유모차 앞에 앉아 손을 안으로 넣었다.

'멍, 멍! 으르렁!'

으르렁 소리에도 도치는 아랑곳하지 않고 말했다.

"괜찮아, 괜찮아, 우리 꽁실이, 빨간 코 둘리도 함께 있네."

나는 느끼한 도치의 말소리에 비로소 상황을 파악했다. 하지만 그다음 벌어진 상황은 전혀 예측하지 못했다.

"아찌, 누군데요? 저리 가요? 왜 남의 아기 만져요. 아찌!"

도치는 빨간 코 아기 공룡 둘리를 꺼내려 하는 것 같았다.

"아찌, 아찌, 건드리지 마요!"

"멍, 멍, 으르렁, 멍, 멍, 으르렁!"

"아야! 이 똥강아지 새끼!"

"뭐 똥강아지? 우리 꽁실이가 똥강아지라고?"

"멍, 멍, 으르렁!"

"똥강아지 새끼, 사람을 물어!"

도치는 오른손에 쥔 둘리 인형을 왼손으로 옮겨 들고는 오른손에서 피가 나는지 인상을 찡그리며 들어 보였다.

"아, 피다! 똥강아지 새끼!"

도치가 유모차 안으로 주먹을 두 번 날리자, 강아지가 자지러졌다.

"깨갱!"

도치는 둘리 인형을 안고 강아지와 보영이 이모에게 죽일 듯한 인상을 그린 뒤 어깨를 으쓱거리며 돌아섰다.

"악! 꽁실아! 뭐야, 뭐야, 아찌 뭐야! 이런 씨발!"

보영이 이모가 유모차를 지나쳐 날아오르더니 도치의 등을 이단옆차기로 가격했다. 도치는 앞으로 고꾸라졌다. 이모는 일어서는 도치의 턱을 향해 라이트 훅을 날렸다. 도치는 인형을 쥔 팔로 훅을 막았지만, 주먹이 얼마나 강력한지 충격을 받고 옆으로 쓰러졌다. 이모는 넘어진 도치에게 저승사자처럼 천천히 다가갔다. 그 표정이 얼마나 무서운지 쳐다보기만 해도 보는 사람을 돌로 변하게 만드는 메두사 같았다.

"감히 꽁실이를 때려? 인형까지 훔쳐가? 강도 아냐?"

보영이 이모는 도치의 얼굴 정면을 왼쪽 주먹으로 누르며 고정한 뒤 눈에 보이지 않는 속도로, 순발력 있고 정확하게 강력한 스트레이트를 뻗었다. 작은 나무가 쇠뭉치를 정통으로 맞을 때 전체가 경련하며 흔들리듯이 앞면에 주먹을 맞은 도치는 온몸이 흔들렸다. 그 가공할 만한 위력이 기록영화에서 보았던 전설적인 복서 토마스 헌즈의 무시무시한 스트레이트 같았다. 보영이 이모는 대자로 쓰러진 도치 위에 앉아서 두 주먹을 모아 위로 올린 뒤 얼굴을 향해 강하게 내리쳤다. 그때 보영이 이모의 직업이 무엇인지 깨달았다. 도치 입에서 공기 빠지는 소리가 나왔다.

"헉!"

이모는 도치의 멱살을 잡고 상체를 일으킨 뒤 오른쪽 주먹으로 얼굴을 계속 가격했다. 짧고 순발력 있는 펀치였다. 마치 안면 뼈에 조금씩 금을 내는 것처럼 감탄할 정도로 차지고 정교하게 때렸다. 도치는 죽을 것 같았다.

하지만 도치는 횡사할 운명이 아니었다. 어디서 나타났는지 모자와 마스크를 낀 놈 하나가 보영이 이모를 밀어 넘어뜨릴 뻔했다. 보영이 이모는 한 손으로 바닥을 짚고 일어서서 주먹으로 자신을 밀어버린 녀석의 턱을 갈겼다. 큰 덩치가 빨랫줄에서 스르르 흘러내리는 나일론처럼 풀썩 주저앉았다. 마스크 안에서 피가 줄줄 흘러내렸다. 아마도 이빨 몇 개가 부러진 것 같았다. 그 모습을 본 다른 녀석이 주춤했다. 하지만 보영이 이모에게 용서란 없었다. 같은 복장을 한 것만으로도 공범으로 얻어터질 운명이었다. 이모는 어정쩡하게 서 있는 녀석의 앞면을 돌려차기로 가격했다. 이승엽이 홈런 칠 때 빠른 스피드와 순발력으로 방망이를 돌려 공을 정확하게 맞히듯이 말이다. 얼마나 충격이 컸는지 녀석은 뒤로 넘어가지도 앞으로 고꾸라지지도 않고 그 자리에 쿵 소리와 함께 얼어붙었다. 번개를 한 방 맞은 모습일 것이다. 보영이 이모는 전봇대같이 굳어버린 그 녀석의 갈비뼈를 오른쪽 주먹으로 올려 쳤다. 주먹이 올라가다가 멈춘 것 같은데 녀석은 앞으로 푹 고꾸라졌다. 보영이 이모는 그때부터 세 녀석의 턱뼈와 갈비뼈를 정교한 솜씨로 조금씩 부러뜨렸다. 나는 살육 현장이 바로 저런 것이구나, 느끼며 공포에 질렸다. 그때 공포에 질린 또 다른 여성의 목소리가 비명처럼 들렸다.

"아! 저! 저기요! 가, 강아지가 놀랐나 봐요. 바들바들 떨어요."

민주가 보영이 이모를 향해 외쳤다. 그러면서 유모차의 방향을 반대쪽으로 돌려 밀고 나갔다. 보영이 이모가 꿈속 활극에서 갑자기 깨어난 듯이 유모차 쪽으로 뛰어갔다.

"어머, 어머, 어떻게 해, 우리 꽁실이."

그녀는 유모차에서 털북숭이 강아지를 꺼내 꼭 안고 천천히 흔들었다. 울음을 터뜨릴 것 같았다. 그때 도치 일당은 꼬물거리면서 서로를 부여잡고 일어섰다. 나는 속으로 그들이 빨리 일어나 줄행랑을 치라고 진심으로 기도했다. 그래도 정신은 있는지 도치는 둘리 인형을 꼭 안고 있었고, 한 명은 도치를 부축하면서 다른 한 명은 뒷걸음으로 보영이 이모를 경계하면서 필사적으로 뒤뚱거리고 있었다. 꽁실이를 안고 있던 보영이 이모가 그들 쪽으로 몸을 돌렸을 때 도치 일당은 거리를 30미터 정도 벌리고 있었다. 보영이 이모가 그들을 쫓아가기 위해 꽁실이를 유모차에 천천히 내려놓았다. 그 느긋한 모습이 아무리 멀리 도망가도 잡아 죽일 수 있다고 확신하는 것 같았다. 그때 민주가 보영이 이모의 관심을 돌리기 위해서 소리쳤다.

"어머머, 아기가 방금 오줌을 지렸어요. 어떻게 해요."

보영이 이모는 민주가 소리치자, 당황하는 것 같았다.

"어머, 어디요. 우리 꽁실이, 충격이 심했나 봐. 어떻게 해."

"병원에 데려가야 할 것 같아요. 아기가 몸을 몹시 떨어요."

"어머, 어머, 난 몰라, 어떻게 해, 우리 꽁실이, 엄마랑 병원에 가자."

거의 통곡할 것 같은 꽁실이 엄마는 그러면서도 줄행랑을 치는 도치 일당을 향해 소리 질렀다.

"개새끼들, 둘리 인형 놓고 안 가? 잡히기만 해봐. 피똥 쌀 줄 알아, 개새끼들. 우리 꽁실이, 어떻게 해, 엄마가 꼭 찾아줄게, 흑, 흑."

*

나는 도치의 얼굴은 물론 뒤에 서 있는 네 명의 졸개 가운데 두 명의 얼굴을 제대로 쳐다볼 수 없었다. 구겨진 종이같이 참혹했다. 진정한 공포의 순간을 제대로 체험한 표정들. 갈비뼈가 부러져서 그런지 그들 자세는 구부정했고 도치 역시 의자 등받이에 의지해 억지로 앉아 있었다.

"괜찮아?"

"그 무식한 년!"

나는 웃음을 참았다. 죽사발이 됐다는 말이 녀석들을 두고 하는 것 같았다. 도치의 목소리가 냉정해졌다.

"돈, 보여주지."

나는 가방을 열며 말했다.

"잘 보라고. 3억은 뺐어. 아직 손대지 마. 둘리 인형이나 꺼내."

도치는 테이블 위에 놓인 가방 안에서 빨간 코 둘리 인형을 힘들게 꺼냈다. 팔뼈에도 금이 갔는지 움직임이 둔했다. 둘리 인형은 제법 컸다. 작은 강아지 크기였다. 도치는 인형을 자기 앞에 놓으면서 말했다.

"인형 속에 있는 거 알지?"

"직접 꺼내."

도치는 주머니에서 작은 칼을 꺼냈다. 그리고 인형 옆구리 실밥 선에 찔러 넣은 뒤 천천히 갈랐다. 움직임 하나하나가 힘이 드는지 한숨을 쉬었다. 도치는 인형 속에서 하얀 가루가 든 비닐봉지 두 개를 꺼내 오른손을 그것들 위에 얹고 왼손을 앞으로 내밀며 돈이 든 가방을 자기 쪽으로 밀어달라고 했다.

"기다려. 한 개만 이리 줘. 확인해야겠어."

도치는 말없이 봉지 한 개를 나에게 밀었다. 나는 작은 칼을 꺼내 봉지 윗부분에 구멍을 낸 뒤 손가락에 가루를 묻혀 맛보았다. 틀림없다.

"좋아, 매우 좋아."

그 순간!

내 뒤에 있는 부하들이 테이저건을 꺼내 도치 졸개 네 명을 겨냥했다. 졸개 가운데 두 명은 신속하게 품 안에서 칼을 꺼냈지만, 갈비뼈가 부러진 두 명은 눈만 크게 떴을 뿐이다. 부하들은 주저하지 않고 테이저건을 발사했고, 그들은 경련을 일으키며 쓰러졌다. 내 부하들은 순식간에 달려들어 쓰러진 그들 등 뒤로 손목에 수갑을 채웠다. 도치는 이 모든 광경을 멍한 상태로 바라보았다.

"허! 왜? 뒷일, 감당할 수 있겠어?"

내 부하 한 명이 도치의 뒤통수를 주먹으로 세게 갈겼다.

"팀장님께 예의를 차려, 양아치 새끼야."

"팀장? 그, 그러면 짭새?"

뒤통수에 주먹이 두 차례 더 가해졌다.

"이 새끼가 그래도 정신을 못 차려?"

도치는 입을 다물지 못한 채 내 얼굴만 바라보았다. 나는 그가 알아듣도록 천천히 물었다.

"고도치, 대체 네놈 뒤에 누워 있는 녀석들은 어느 나라에서 온 거야? 콜롬비아? 수리남?"

"아, 시발, 제대로 당했네!"

그때 도치 뒤통수로 주먹이 또 두 차례 날아갔다.

"사실대로 말해. 감방 생활을 조금이라도 줄여야 하지 않겠어?"

"아, 알았어, 요. 그만 좀 때리지, 요. 미국서 약이랑 같이 보낸 친구들이지, 요."

"어린이집 원장은 중국 연락책인가?"

"그 여자는 관계없지, 요. 물어봐도 아는 게 없을 거요."

"인형 속에 마약 넣고 꿰맸잖아. 중국에서 인형도 대량으로 들여오고."

"내가 꿰맸지요."

"너 바느질할 줄 알아?"

"이 가방 안에 바늘, 실, 들어 있지요."

"원장이 둘리 인형 마흔 개를 어떻게 들여온 거야?"

"내가 주문해달라고 부탁했지요. 그래서 중국에서 직수입했지요."

"인형을 대량으로 수입하는 게 간단한 일인가? 마약 보관용으로 인형을 계속 공급받고 있는 거 아니야?”

“그 여자가 알리바바 통해 직수입했지요.”

“알리바바?”

마약이 도치에게 들어온 경로는 미국에 있는 도넛을 통해 이미 파악했다. 도치를 통해서 알아내야 할 것은 국내에 들어온 마약을 어떤 경로로 사람들에게 판매하는가였다. 도치 조직이 중국 조직과 내통하고 있을지 모른다는 생각이 들어 정말 크게 한 건 할 수 있을 것으로 기대했지만, 알리바바라는 말에 맥이 탁 풀렸다. 양아치 새끼!

도치가 염려인지 협박인지 모를 말을 꺼냈다.

“미국에 있는 도넛은 피신시키시지, 요.”

“그건 우리가 알아서 한다. 기관에서 알아서 조치한다고. 너는 우리나라에서 마약을 어떤 놈들한테 파는지만 이실직고하면 돼.”

“팀장님 말고는 없지요.”

“매운맛을 좀 더 봐야 알겠나?”

“그냥, 경찰서로, 데려다주시지요. 쉬고 싶고 치료도 받아야 하고.”

“경찰서 간다고? 치료? 너 아직 체포 안 했어.”

도치는 내 말을 이해하지 못했다. 부어서 반쯤 가려진 눈으로 내 눈을 멀뚱멀뚱 쳐다보았다.

“너는 말이야, 보영이 이모에게 붙잡힐 거야. 보영이 이모가 누군가에게 제보를 받고 둘리 인형 도둑놈을 격투 끝에 정당방위로 두드려 팬 뒤 붙잡아서 경찰에 넘길 거야. 경찰은 둘리 인형이 이상하게 보여서 배를 갈라 마약을 찾아낼 거야. 그러면 우리는 너를 악질 마약사범으로 체포할 거야. 조서는 앞뒤가 잘 맞게 꾸며질 거야.”

도치의 눈이 커진 것 같았지만, 반쯤 가려져 겉으로 표 나지 않았다.

“이, 이모? 어, 어디서? 나 지금 여기 있는데….”

“그래, 여기 말이야. 조금 뒤 보영이 이모가 제보받고 이곳으로 온다니까. 아마도 배가 터진 둘리 인형을 보면 매우 슬퍼할 거야. 꽁실이도

끙끙거릴 거고."

강력팀 형사들이 정신을 차리기 시작한 도치 졸개 네 명을 끌고 밖으로 나갔다. 돈 가방과 마약 봉지도 가져갔다. 창고 안에는 나와 도치와 옆구리가 터진 빨간 코 아기 공룡 둘리, 그리고 인형을 담았던 빈 가방만 남았다.

"양아치 새끼, 어린이집을 마약 소굴로 만들어? 보영이 이모가 너를 보면 기뻐할 거야."

둔한 머리로 뭔가 계산을 열심히 하던 도치는 테이블 위에 옆구리가 터진 둘리 인형을 걱정스럽게 내려다보았다. 그러더니 갑자기 가방 안에서 뭔가를 찾았다. 그가 집어든 것은 바늘과 실이었다. 도치는 바늘에 실을 꿰고 인형을 꿰매기 시작했다. 손이 떨려서 그런지 바느질이 엉망이었다. 그때 익숙한 두 존재의 목소리가 창고 문밖에서 들렸다.

"멍, 멍!"

"우리 꽁실이, 조금만 기다려. 엄마가 둘리 찾아줄게."

도치가 바느질을 멈추고 나를 보았다. 어떤 표정을 지은 것 같은데 우는지, 웃는지 죽사발이 된 얼굴을 봐서는 알 수가 없었다. 다만 반쯤 가려진 두 눈만 계속 깜박거리고 있었다.

김세화 2019년 가을, 단편 추리소설 〈붉은 벽〉으로 《계간 미스터리》 신인상을 수상하며 등단했다. 이어서 단편 추리소설 〈어둠의 시간〉, 〈엄마와 딸〉, 〈백만 년의 고독〉, 〈두껍아 두껍아 헌 집 줄게 새 집 다오〉, 〈그날, 무대 위에서〉를 《계간 미스터리》에 발표했다. 장편 추리소설 《기억의 저편》으로 2021년 한국추리문학상 신예상을 수상했다. 단편 〈그날, 무대 위에서〉로 2022년 한국추리문학상 황금펜상을 수상했다. 방송기자로 활동했다.

꽃은 알고 있다

여실지

1

두 눈이 번쩍 떠졌다. 네모난 블라인드 틈새로 하얀 빛줄기가 보였다. 시끄러운 찬송가 소리가 방 안으로 스멀스멀 들어왔다. 조금씩 감각이 돌아오자 대충 상황을 알 수 있었다. 오늘은 엄마와 친한 교회 신도들이 우리 집 거실을 차지하는 날이다. 칠순을 넘긴 여자들이 기도하고 찬송가를 부르며 새된 소리로 울부짖는 소리는 마치 초상집 곡소리 같다.

목이 말랐다. 어젯밤에는 어떻게 집으로 돌아왔는지, 이런 밤이 몇 번째인지도 알 수 없었다. 더러운 흙발에 방바닥은 온통 흙투성이였다. 창밖에서 새들이 지저귀는 소리와 매미 소리가 시끄러워 여름이 훨씬 덥게 느껴졌다. 부엌으로 가서 냉장고 문을 열었다. 자히르가 준 꽃차를 꺼내 병째로 벌컥벌컥 들이켰다. 그래도 갈증이 가시지 않았다. 땀과 오물이 섞인 퀴퀴한 냄새. 갑자기 상한 고기 냄새가 훅 풍겼다. 구토가 일어 화장실로 달려갔다. 방금 마신 차와 노란 위산을 게워내고는 희뿌연 거울에 비친 내 모습을 바라보았다.

노르끄레한 흰자위에 핏발 선 실금. 거무튀튀한 몰골이 죽기 전의 아버지 모습과 닮았다. 나는 아버지의 병까지 닮았다. 덥수룩한 앞머리를 뒤로 넘기고 세면대에 얼굴을 담갔다. 차가운 수돗물 때문에 정신이 맑아질 법도 한데, 머릿속에 뭐가 잔뜩 낀 것처럼 흐리멍덩하고 눈앞이 뿌옇게 보였다.

다시 냉장고를 열어 대충 끼니를 때울 게 있나 들여다보았다. 먹다 남은 김치를 넣은 반찬통과 낡은 페트병이 하나 보였다. 얼마 전에 박씨 할머니가 놓고 간 매실청이다. 나는 냉장고 문을 닫았다. 엄마는 이제 반찬을 만들지 않는다. 신도들과 끼니를 해결하고 남은 음식을 싸오거나 교회에서 나누어준 음식을 가져오곤 했다.

어깨가 쑤시고 등이 결린다. 몸을 비틀어 통증 부위를 주물러보지만, 영 시원치 않았다. 싱크대 상부 찬장을 열어 라면을 꺼냈다. 생라면을 우두둑 씹어 먹고는 약통을 열어 오늘 먹어야 할 약을 먹었다. 요일별로 칸막이를 한 플라스틱 통에는 아버지가 먹던 진통제와 같은 알약들이 종류별로 들어 있다. 타진, 옥시코돈, 아스피린, 모르핀. 이것도 얼마 남지 않았다. 나는 은둔형 외톨이라 병원에 가지 않는다. 엄마에게 대리처방을 부탁할 수밖에 없다. 입에 알약들을 털어 넣고 물을 벌컥벌컥 들이마셨다.

"웬일이니? 밖에 다 나와 있고."

엄마가 기대에 찬 목소리로 말을 걸었다.

흠칫 놀라 나도 모르게 뒷걸음쳤다. 엄마 몸에서 상한 고기 냄새가 났다. 속이 메스껍고 헛구역질이 나려는 걸 겨우 참았다.

"약이…, 떨어져가."

엄마는 대놓고 경멸하는 눈으로 나와 약통을 번갈아 보다 고개를 돌렸다.

"알았어."

엄마는 박씨 할머니가 준 페트병을 꺼냈다. 뭔가 싶어 찬찬히 들여다보다가 이맛살을 찌푸리더니 다시 집어넣었다. 그리고 나서는 능숙하게 밀가루를 풀어 반죽을 만들고 반찬통의 남은 김치를 넣어 전을 부쳤다. 끓는 식용유 냄새가 느글거려 나는 뒤편으로 물러났다. 엄마는 내 쪽은 아랑곳하지 않고 자히르가 준 투구꽃 술과 유리잔 몇 개를 쟁반에 담더니 서둘러 거실로 나갔다. 할머니들의 수다를 놓치지 않으려는 듯 엄마는 그들 틈에 바싹 다가앉았다. 나는 계단참에서 머뭇거리다가 다시 2층으로 올라갔다.

"이장 내외하고, 슈퍼집 김씨하고 병원 실려 가서, 거 머라카더라, 위세탁 어쩌고 했다카던데."

"위세척이여! 거, 여편네가 미쳐도 단단히 미쳤지. 농약을 왜 거기다 처넣어?"

"근데, 그 형님이 한 게 맞대요?"

엄마가 끼어들어 묻는다.

"아니, 그럼 누가 그랬겠어? 그 추어탕 끓여온 게 그 여편넨데!"

"넨장! 부녀회장이 뭔 벼슬이라고 지랄이래?"

얼마 전 마을회관에서 있었던 농약 추어탕 사건 얘기였다. 할머니들은 부침개와 밀주를 곁들이며 박씨 할머니에 대한 울분을 토해냈다. 한바탕 악담과 욕설을 쏟아내던 할머니들은 다시 입을 모아 찬송가를 불렀다. 불콰한 취기에 물든 노랫소리가 집 안에 울려 퍼졌다.

박씨 할머니는 동네 유일한 복덕방 주인이었다. 전년도 부녀회장도 겸해서, 엄마를 교회에 처음 데려간 사람이었다. 처음 이사 온 엄마에게 동네 사람들을 소개해주고 잘 아는 가게에 데려가주기도 했다. 노인만 있는 마을로 이사를 왜 오냐고 입을 비죽 내밀던 엄마는 열 살 이상 차이 나는 할머니들하고도 잘 지냈다. 박씨 할머니 덕분이었다. 박씨 할머니도 같은 구역 예배의 일원이었고, 모두가 형님이라고 부르며 깍듯이 모셨다.

언제부터인가 엄마는 박씨 할머니 얘기만 나오면 마뜩하지 않은 표정을 지으며 혀를 찼다. "부녀회장이 뭐라고…"라며 말끝을 흐리기 일쑤였다. 삼삼오오 모인 할머니들의 입에서는 한숨과 볼멘소리가 오갔다. 어느새 구역 모임에는 박씨 할머니가 보이지 않게 되었다. 그러고 나서 며칠 후 마을회관에서 벌어진 경로잔치에서 사람들이 구급차에 실려가는 사건이 일어났고, 박씨 할머니가 경찰서에 불려갔다는 소문이 돌았다.

나는 다시 방으로 들어와 암막 블라인드를 걷어 올렸다. 잿빛으로 찌푸린 하늘이 드러났다. 비릿한 흙냄새를 맡으며 창틀에 걸터앉아 창밖을 내다보았다. 낮게 깔린 하늘 저편에서 먹구름이 몰려왔다. 마당 한 귀퉁이를 차지한 굵은 나무가 어울리지 않게 사락사락 경쾌한 소리를 내며 떨었다. 엄마가 흉흉하다고, 뽑아버리라고 했던 아카시아였다. 철거 견적이 제법 나왔는지, 더는 엄마 입에서 나무를 뽑자는 말이 나오지 않았다. 늘어뜨린 나뭇가지가 서로 부딪히며 짙은 나무 그림자가 마당에 드리워지자 꽃과 풀들이 더욱 무성해 보였다.

아버지가 심은 커다란 브루그만시아가 묵직한 대가리를 끄덕거렸다. 아버지는 뭐든 큼직한 걸 좋아했다. '천사의 나팔'이라고 불리는 이 꽃은 이름에 어울리지 않게 탐욕스럽게 생겼다. 큼지막한 나팔 모양의 꽃송이가 주렁주렁 매달려 흔들리는 본새가 오늘따라 유난히 징그러웠다.

아버지가 돌아가시고 나서, 엄마는 전보다 더 열심히 교회를 다녔다. 교회 모임이란 모임은 다 나가는 듯했다. 월요일에는 성경 공부, 화요일에는 친교 모임, 수요일에는 새벽 기도와 친목 모임, 목요일에는 청소 봉사, 금요일에는 구역 예배, 토요일에는 식당 봉사, 일요일에는 주일 예배, 모이는 사람은 다 같은 사람인데, 모임의 이름만 달랐다.

금요일 구역 예배는 늘 우리 집에서 열렸다. 이렇게 큰 집에 남편은 죽고, 큰아들은 중국에 가 있고, 작은아들은 방에만 틀어박혀 지낸다는 우리 집 사정 덕택이었다. 할머니들이 남편 눈치, 자식 눈치 볼 필요 없이 마음 편히 모이기에 딱 좋은 장소였다. 나도 딱히 신경 쓰지는 않았다.

문제는 그다음이었다. 어찌 됐건 예배 모임이기에 양심상 예배는 꼭 해야 했던 모양이었다. 기도든 찬양이든, 그게 무엇이든 간에 할머니들은 시끄럽게 울부짖고 나서 꼭 내 방으로 몰려와 문을 두드렸다. 낮은 소리로 주문을 외우듯 기도문을 읊조리는 사람도 있고, "주여!" 하고 큰 소리를 토해내는 사람도 있었다. 무엇보다 괴로운 것은 노인들의 쉰 목소리 사이에서 들릴락 말락 한 작은 소리로 "경수야, 아이고, 내 새끼, 경수야" 하고 내 이름만 애타게 불러대는 엄마의 울음소리였다.

후드득, 하고 굵은 빗방울이 바닥에 터지더니 이윽고 비가 쏟아졌다. 빗소리에 찬송가 소리가 묻혔다. 고개 숙인 노란 브루그만시아가 빗방울 무게를 견디지 못하고 땅을 향해 축 늘어졌다. 나는 까무룩 잠이 들었다.

2

10년 전, 아버지는 경기도 이천에 있는 단독주택을 샀다. 마당에 커다란 아카시아 한 그루가 서 있고 그 옆에 앙상한 살구나무와 이름 모를 잡초가 무성한 낡은 이층집이었다. 아버지는 어릴 적 소원을 이룬 셈이었다. 평소 동네 유지가 살던 마당 있는 집이 무척이나 부러웠다고 입버릇처럼 얘기했으니 말이다.

당시 이천은 판교로 이어지는 지하철역이 들어선다는 호재에 투기꾼들이 몰려들어 들썩거리는 분위기였다. 아버지는 역에서 멀리 떨어진 시골 마을에 있는 단독주택을 골랐다. 구석진 시골 마을에서 보이는 건 야트막한 산과 땅의 모양대로 생긴 논밭뿐이었다.

아버지는 돈에 관심이 많았지만, 인연이 없는 사람이었다. 주식을 사면 떨어지고, 팔고 나면 올랐다. 겨우 분양받은 서울의 소형 아파트도 건설사가 부도나는 바람에 매매가가 주변 시세보다 터무니없이 낮았다.

엄마는 펄쩍 뛰며 반대했다. 돈도 안 되는 주택을 왜 사냐고, 역 근처에 새로 짓는 아파트나 상가를 분양받자고 했지만, 아무리 서울 집값이 지방보다 비싸다고 해도 스물네 평짜리 변두리 아파트를 팔아서는 어림없는 일이었다. 엄마는 그런 현실을 잘 알았고, 아버지는 유독 고집을 부렸다. 점쟁이가 빨리 집을 팔고 나가라는 성화에 집주인이 싸게 내놓은 거라고, 이렇게 큰 집을 시세보다 싼 헐값에 살 수 있겠냐며 아버지는 뜻을 굽히지 않았다. 결국 그 집은 아버지의 로망을 실현해주었다. 내가 방에 틀어박혀 지낸 지 3년째 되는 해였다.

처음 방에서 안 나오던 며칠은 부모님도 대수롭지 않게 생각했다. 군대도 갔다 온 멀쩡한 사내놈이 방구석에 처박혀 있는 짓도 하루 이틀이라고, 소형 아파트의 비좁은 문간방이 답답해서라도 금세 나오리라 생각한 모양이었다. 나는 오히려 밖이 답답했다. 식구들이 깨어 있을 때는 자고, 모두 잠든 밤에 움직였다. 젊은 놈이 뭐 하는 짓이냐고 아버지가 윽박지르고 손찌검해도 그 순간만 참으면 되었다.

나는 타고난 은둔자였다. 낮에는 최대한 기척을 숨기고 있는 듯 없는 듯 지냈다. 나에게 내 방은 철옹성이고 천국이며 은신처였다. 밖으로 나가는 일이 없으니 씻지도 않았다. 더럽고 냄새나는 몸에 머리털은 덥수룩했다. 가끔 중국으로 유학 간 형이 한국에 올 때마다 나를 데리고 목욕탕과 이발소에 가주었지만, 서너 해가 지나자 형이 한국에 오는 횟수도 뜸해졌다. 아버지와 엄마가 밤에 나눈 대화로 보아 여자가 생긴 듯했다.

이천으로 이사 오고 나서 아버지는 집에 공을 들였다. 말년에 이룬 소망 덕분인지, 아니면 외면하고 싶은 못난 자식 때문이었는지, 아버지가 온 신경을 집을 고치고 꾸미는 데 쏟아붓는 동안 나는 평화롭게 지낼 수 있었다.

아버지는 뒤틀린 창틀을 새로 끼우고 가뭄 난 논바닥처럼 잔뜩 금이 간 벽을 페인트칠했다. 앞마당 화단에는 꽃을 심고 뒷마당에는 텃밭을 가꾸었다. 거실에는 아버지가 그동안 모아둔 큼직한 수석도 전시했다. 서울에서 살 때는 쓸데없이 공간만 차지한다며 엄마가 라면 상자에 쑤셔 박아둔 돌멩이들이었다. 지역 유지들의 취미가 수석 모으기라던 아버지는 드디어 거실에 수석을 전시할 수 있었다.

아버지는 평소 키우고 싶어 했던 커다란 개도 데리고 왔다. 어디서 구했는지, 등이 시커먼 갈색 성견이었다. 생김새로 보아 저먼셰퍼드와 시베리안허스키가 섞인 듯했다. 어느 쪽이 어미이고 아비인지 모르겠지만, 털 색깔과 체구는 셰퍼드 쪽이었다. 길쭉한 다리와 다부지고 균형 잡힌 몸에 눈동자만 허스키처럼 회색빛이 도는 파란색이었다. 아버지는 잡종이어도 독일 군용견이라고, 강인하고 용맹한 개라며 좋아했지만, 어찌 된 일인지 녀석에게 이름을 지어주지 않고 '개'라고만 불렀다. 놈은 성견인데도 강아지 때부터 키운 개처럼 순순히 목줄을 한 채 마당 한 구석에 매여 있었다.

엄마는 개 냄새가 난다며 '개'를 볼 때마다 투덜거렸지만, 정작 개에게 밥을 주는 사람은 아버지가 아니라 엄마였다. 코팅이 다 벗겨진 낡은 프라이팬에는 끼니때마다 새 사료가 채워졌다. 녀석은 덩치에 맞지 않게 순했다. 좀처럼 짖지 않았고, 누구에게나 꼬리를 흔들었다. 엄마는 집도 못 지키고 밥만 축낸다고 구박하면서도 프라이팬 가득 사료를 담아주었다.

바람에 날려 온 양귀비가 뒷마당 텃밭에 싹트기 시작할 무렵, 아버지는 앓기 시작했다. 한 달 사이에 체중이 10킬로그램이 빠지고 얼굴이 노르끄레해졌다. 소화가 안 된다고, 피곤하다는 말을 입버릇처럼 했다. 입맛이 없어 살이 빠졌다고 생각했지만 뒤늦게 간 병원에서는 간암 말기라며 길어야 서너 달 남았다고 했다. 아버지는 진통제만 잔뜩 처방받아 왔다.

매미가 시끄럽게 우는 여름날, '개'가 유난히 짖어대던 날이었다. 아버지는 양귀비를 뽑다 말고 앞으로 고꾸라진 채 숨을 거두었다.

아버지 장례식 때도 나는 내 방에 틀어박혀 있었다. 형은 상주 역할을 끝내고는 바로 중국으로 떠나 식을 올렸다. 엄마는 처음 비행기를 타본다며 들뜬 마음으로 중국에 다녀온 뒤로는 형과 연락을 끊었다. 한동안 엄마 입에서는 '남편 복 없는 년이 자식 복이 있겠냐'는 팔자타령이 끊이지 않았다.

　그 후로 엄마가 교회 사람들과 어울리는 횟수가 잦아졌다. 끼니때마다 새 사료가 채워졌던 낡은 프라이팬에는 며칠 전에 부어놓았던 사료가 말라붙어 있었다. 개는 그 자리에 엎드려 있거나 잠을 자고, 나는 방에서 잠을 자거나 게임을 했다.

　3

　"자히르! 먹이, 주지 마! 개! 똥! 냄새나!"

　엄마가 손가락으로 개 밥그릇과 배설물을 차례로 가리키며 언성을 높이자 자히르는 알았다는 듯 손바닥을 보이며 고개를 끄덕였다. 자주 있는 일이었다.

　자히르는 근처 공장 숙소에 있다 나온 파키스탄 사람이었다. 아버지가 돌아가시고 나서 엄마는 둘만 사는 집이 너무 크다고, 월세 몇 푼이라도 버는 게 어디냐며 박씨 할머니네 복덕방에다 골방을 세놓았고, 그로부터 몇 달이 채 지나지 않아 자히르가 들어와 살기 시작했다. 숙소보다 비용이 많이 들 텐데도 무슨 연유에서인지 자히르는 따로 나와 혼자사는 방을 원했다. 자히르는 꾀죄죄한 청바지의 엉덩이가 헐렁하게 남아돌 정도로 비쩍 말랐지만, 가무잡잡한 팔뚝에는 단단한 근육이 붙어 몸을 쓰는 사람임을 알 수 있었다.

　자히르는 '개'를 유난히 좋아했다. 이사 온 다음 날부터 매번 개에게 먹이를 주었다. 주로 돼지고기와 내장이었다. 말라붙은 사료만 먹던 개는 고기 맛을 본 뒤로 사료를 쳐다보지도 않았다. 자히르가 가끔 돼지간을 구해와서 삶아주면, 개는 고기 누린내에 환장하며 먹어치웠다. 별식을 다 먹어치운 개는 충성스러운 눈으로 자히르를 쳐다봤고, 자히르는 검게 그을린 투박한 손으로 개의 머리를 쓰다듬었다.

생명체는 솔직했다. 잘 먹자 잘 싸기 시작했다. 먹은 영양분만큼 배설해내는 양도 늘어나 녀석의 발길이 닿는 곳마다 배설물이 가득했다. 치워야 하는 배설물의 양도 양이지만, 똥 냄새가 지독하다며 엄마는 불만이 가득했다.

참다못한 엄마가 자히르를 불러 세우고 목소리를 높이면, 자히르는 파란 눈동자로 엄마를 멀뚱히 바라보기만 했다. 다른 아시아계 노동자들과 달리 자히르는 눈동자가 파랬다. 어딘가 모르게 백인 피가 섞인 듯하니, 무슨 언어를 쓰는지 감이 잡히지 않았다. 엄마는 손짓 발짓 다 동원하여 짧은 내용을 전달했지만, 그것도 그때뿐이었다. 결국 엄마는 개를 보며 눈을 흘기거나 답답한 가슴을 팡팡 후려치거나 만나는 교회 할머니들에게 하소연만 늘어놓았다. 방구석에만 틀어박혀 있는 내가 엄마를 대신해서 해결하리라고는 기대도 하지 않았다.

그렇게 눈엣가시 같던 자히르가 엄마의 환심을 사게 되었다. 마당에 핀 양귀비 덕분이었다. 어디서 자꾸 씨가 날아와 양귀비가 핀다고, 한국에서는 양귀비 키우는 게 불법이라 뽑아야 하는데 허리가 아파 힘들다는 엄마의 투정을 알아들었는지, 자히르가 양귀비를 다 뽑아버리고, 내친김에 화초들도 정리한 것이었다. 귀신 머리칼 같던 화초들이 가지런해지고 아무렇게나 가지를 뻗던 나무들도 이발한 듯 단정해졌다. 뽑아버린 양귀비가 어디로 갔는지 모르겠지만, 엄마는 크게 개의치 않았다. 그러고 나서 한동안은 자히르가 개에게 돼지고기를 줘도 엄마는 아무 소리도 하지 않았다.

어느새 마당과 텃밭은 자히르의 차지가 되었다. 아버지가 심은 브루그만시아 밑으로 이름 모를 꽃들이 피고 풀이 자라기 시작했다. 자히르는 엄마에게 꽃을 주기도 했다. 주책맞게 웬 꽃이냐며 핀잔을 주면서도 엄마는 오래된 꽃병을 꺼내어 꽃을 꽂아 한동안 식탁 위에 두곤 했다.

자히르는 햇볕이 드는 마당에 돗자리를 펼쳐놓아 꽃과 풀뿌리와 씨앗과 열매를 말렸다. 가끔 그것들로 엄마에게 차를 끓여주기도 했다. 엄마는 구역 모임 때마다 박씨 할머니가 준 매실차 대신 자히르가 준 꽃차를 내왔다. 정체를 알 수 없는 차를 마시면서도 할머니들은 집 안에 약초 냄새가 난다고 좋아했다. 엄마는 외국 향료 냄새가 난다며 호들갑을 떨기도 했는데, 나는 어딘가 모르게 매캐한 냄새가 상한 고기 냄새를 덮은 듯한 기분이 들었다.

나는 금방 피곤해져서 앉아 있을 기운도 없어졌다. 약을 먹으면 졸거나 헛구역질하다가 잠이 들었다. 그러다 개가 낑낑대며 안달하는 소리에 깨어 창밖을 내다보면 자히르가 마당에서 풀을 베거나 잡초를 뽑고 있었다. 나는 멀뚱히 그 모습을 지켜보았다. 내 시선을 느낀 자히르가 창문을 올려다보면 나와 눈이 마주쳤다. 우리는 서로의 눈길을 피하지 않았다. 마침내 자히르가 고개를 숙이며 인사하면 그제야 나는 묵묵히 손만 들어 보였다.

4

시골의 여름밤은 유독 덥고 어두웠다. 드문드문 켜진 가로등에는 불나방과 날벌레들이 덤벼들었다. 열대야에 방은 푹푹 찌고 끈적한 땀이 온몸을 휘감았다. 나는 방에서 나와 마당으로 갔다. 앙상했던 살구나무에 초록 열매가 달려 익어가기만을 기다리고 있었다. 나는 옆구리와 등이 결려 쭈그리고 앉아 꽃들을 살폈다. 아버지가 심은 큼직한 화초들과 달리, 자히르가 심은 꽃들은 모두 고만고만했다. 듬성듬성 매달린 브루그만시아 밑에 작은 종 모양의 보라색 꽃망울이 삼삼오오 모여 있고, 그 옆에는 노란 투구 모양의 꽃이 포도송이처럼 달려 있었다. 고개 숙인 브루그만시아와 달리 하얀 나팔꽃은 하늘을 향해 고개를 치켜들고 있었다. 모두 처음 보는 꽃이었지만, 자히르가 정성스레 키워서인지 싱싱하게 피어 있었다. 개든 꽃이든, 이 집에 사는 생명체들은 자히르의 덕을 톡톡히 보고 있는 셈이었다.

"경수, 이거 마셔."

마당을 거닐며 꽃들을 살피는 내게 자히르가 다가왔다. 한 손에는 종이컵을, 다른 한 손에는 낡은 페트병을 들고 있었다. 나는 종이컵을 받지 않고 한참 동안 자히르의 손을 바라보았다.

"뭔데?"

"저거 끓인 차야."

자히르가 턱짓으로 가리킨 곳에는 브루그만시아가 성글게 매달려 있었다. 아, 어쩐지. 그래서 뭔가 빈 듯한 느낌이 들었구나 싶었다.

"이거 마시면, 아픈 거 사라져."

자히르가 다시 한번 종이컵을 들이밀며 말했다. 나는 머뭇거리며 종이컵을 받아 냄새를 맡았다. 달큼하고 쌉싸름한 냄새가 났다. 조금씩 혀를 대며 맛을 보다가 나도 모르게 잔을 훌렁 비우고 말았다.

"더 줄까?"

자히르가 씩 웃으며 물었다. 엄마와 있을 때는 멀뚱거리며 말 한마디 하지 않던 녀석이 나에게는 한국말을 제법 잘했다. 오히려 말이 없는 건 내 쪽이었다. 나는 고개만 끄덕이고 자히르가 준 두 번째 잔을 들이켰다.

"또 마시고 싶으면 말해."

그날 이후로 나는 밤마다 자히르를 찾아갔다. 차를 마시면 신기하게도 통증이 사라진 기분이 들었다. 때마침 병원에서 처방받은 약이 다 떨어져서 자히르의 꽃차가 절실했다.

자히르는 약초에 대해 잘 아는 듯했다. 꽃을 끓여 차로 내주었는데, 주로 아버지가 심었던 브루그만시아와 다투라라고 부르는 하얀 나팔꽃이었다. 투구꽃으로 담근 술을 주는가 하면 컴프리 뿌리와 잎을 달여주기도 했다. 덕분에 병원에서 주는 진통제를 먹지 않아도 그럭저럭 버틸 수 있었다.

5

엄마가 죽었다.

어제인지 오늘인지는 잘 모르겠다. 개가 밥을 달라고 칭얼대다 멈추기를 반복하고, 매미가 환장한 듯 울어댔다. 하도 시끄러워서 나가보니 엄마가 화단에 고개를 파묻고 고꾸라져 있었다. 아버지가 죽은 그 장소였다. 나는 엄마를 부둥켜안고 엉엉 울었다. 뜨거운 땡볕 아래에서 엄마는 차갑게 식어 있었다. 나보다 엄마가 먼저 죽을 줄은 몰랐다. 기운이 없어 울음소리도 잘 나오지 않았다. 메마른 눈에 눈물이 줄줄 흘렀다. 혼자서 장례를 치를 자신도 없지만, 연을 끊은 형에게 전화하고 싶지도 않았다.

나는 먼지 쌓인 창고에서 삽을 찾아 들고 땅을 팠다. 얕게 판 구덩이에 돌처럼 딱딱해진 엄마를 묻었다. 구덩이에 들어간 엄마는 요람 속에 잠든 아기 같았다. 교회 할머니들이 불쑥 들이닥치면 어떡하나 싶어 주위를 둘러보다 파란 눈의 개와 눈이 마주쳤다. 녀석은 내가 하는 짓을 멀뚱히 바라보았다.

엄마를 다 묻자 나는 등이 쑤셔 그대로 주저앉았다가 기우뚱하고 옆으로 픽 쓰러졌다. 더위와 통증에 기진맥진해진 나는 모로 누운 채로 축축하고 차가운 흙을 만지작거렸다. 땅속에 있던 흙냄새가 땀 냄새와 섞여 묘한 안정감을 주었다.

그때 누가 옆으로 다가오는 기척이 느껴졌다. 자히르였다. 나는 화들짝 놀랐지만, 눈알만 굴려 자히르를 쳐다보았다. 혹시라도 엄마를 묻는 모습을 봤나 싶어 초조한 눈으로 바라보는데, 자히르는 심드렁한 표정으로 나에게 봉투 하나를 건넸다. 펜타닐 패치였다.

"이거 붙이면, 아픈 거 사라져."

자히르는 짧게 한마디 던지고는 뒤돌아 가버렸다. 평소처럼 개에게 먹이를 주고 골방으로 들어갔다. 나는 자히르의 뒷모습이 사라질 때까지 눈을 뗄 수 없었다.

긴장이 풀리자 중력에 이끌리듯 온몸이 땅으로 푹 꺼졌다. 겨드랑이에서 끈적한 땀이 흘러내렸다. 비닐을 뜯어 패치를 가슴팍에 붙이고는 그렇게 한참을 흙 위에 누워 있었다. 해가 뉘엿뉘엿 넘어가고, 나는 주섬주섬 일어났다. 통증이 사라지자 살 것 같았다. 방에 들어가자 피로와 통증에 시달렸던 내 몸은 졸음을 이기지 못하고 픽 쓰러졌다.

*

눈을 떠보니 밤이었다. 벽에 걸린 시계가 서서히 윤곽을 드러냈다. 11시 15분. 오랜만에 육체노동을 해서 그런지 알이 밴 팔뚝이 뻐근했다. 땅에 묻은 엄마를 어떻게 하나, 고민이었다. 장례를 제대로 치르지 못한 게 마음에 걸렸지만, 저렇게 땅에 묻어두면 썩어서 사라질 테니 그냥 놔둘까 하는 생각도 들었다. 나는 할 줄 아는 것도 없고, 할 수 있는 것도 없다.

엄마는 왜 죽었을까.

평소 앓던 부정맥 때문이었을까?

박씨 할머니가 주고 간 매실청에 농약이 들었을지도 모른다.

아니, 엄마는 매실주스를 마시지 않았다.

투구꽃 술이라고 했던가.

엄마를 땅에 묻지 말았어야 했다.

엄마한테 부정맥이 있었지. 심근경색이었나?

생각이 꼬리에 꼬리를 물고 빙빙 돌아 원점으로 돌아왔다. 피곤해졌다. 더는 생각할 힘이 없어 멍하니 천장만 바라보았다.

밤꽃 냄새를 타고 매미 우는 소리가 울렸다. 노곤하고 고요한 평화로운 밤이었다. 허탈함과 해방감이 동시에 들었다. 이 집을 산 아버지한테 처음으로 감사하다는 마음이 들었다.

'라면이 몇 개 남았더라.'

출출해서 라면을 끓여 먹을까 말까 고민하는데, 덜커덕! 하고 방문이 열렸다.

엄마였다. 엄마는 머리를 헝클어뜨리고 흙투성이인 채로 방에 들어왔다. 나는 벌떡 일어나 비명을 질렀지만, 소리는 밖으로 나오지 않고 목구멍 안에서만 맴돌았다. 시커먼 그림자가 꿉꿉한 공기를 뚫고 다가왔다. 거센 바람이 일었다. 문이란 문이 죄다 벌컥벌컥 열려댔다. 발걸음이 떨어지지 않았다. 엄마가 나를 붙잡았다. 엄마의 손아귀 힘이 이렇게 셌나 싶었다. 엄마의 손이 내 목을 조른다. 익숙한 압박감. 나는 엄마 손목을 비틀어 겨우 빠져나왔다.

나는 한걸음에 아래층으로 내려가 마당을 가로질러 대문 앞에 다다랐다. 대문 문고리를 움켜쥐자 몸이 멈췄다. 나는 집 밖으로 나갈 수 없다. 밖은 위험하다. 최 병장, 그놈을 만날지도 모른다. 가슴이 조이고 관자놀이에 핏기가 가시는 듯 싸늘했다.

뒤따라온 엄마는 거인처럼 간단히 내 뒷덜미를 잡아 올렸다. 돌풍이 불어와 아카시아 잎사귀가 눈송이처럼 흩날렸다. 뿌리치려고 안간힘을 썼지만, 대롱대롱 매달린 채 발만 버둥거렸다. 마당 한 귀퉁이에 아무렇게나 던져둔 삽이 보였다. 발로 겨우 삽자루를 차올려 잡아 나를 잡은 팔을 찍어 내렸다. 우지끈. 나뭇결대로 금이 가는 소리가 들렸다. 굵은 나뭇가지가 뚝 떨어져 나뒹굴었다. 거대한 짐승이 울부짖는 소리인지, 태풍에 나뭇가지가 흔들리는 소리인지 알 수 없었다. 나는 대문을 열고 밖으로 도망쳤다.

*

쓰르르르 맴맴맴.

매미가 환장한 듯 울어댔다. 나는 밤거리를 달렸다. 엄마가 쫓아올지도 모른다. 나는 이를 악물고 더욱 속도를 냈다. 발바닥에 유리 조각이 박혔는지 뜨끈하고 끈적한 액체가 흘렀다. 뒷산 등산로 앞에 운동기구가 보였다. 공터다. 아무도 없다. 뒤를 돌아보았다. 엄마가 없다. 나는 그제야 가쁜 숨을 몰아쉬었다. 후텁지근한 밤바람에 숨이 턱 막혔다. 끈적끈적한 땀이 증발하면서 등골이 오싹했다. 이마에서 흐른 땀이 들어갔는지 눈이 따끔거렸다. 팔뚝으로 대충 이마를 훔쳐 땀을 닦았다. 가로등도 없는 공터에 달빛이 하얗게 비쳤다. 껍데기를 잃어버린 달팽이처럼 내 몸은 바람 한 올, 달빛 한 줄기에도 움츠러들었다.

인기척에 머리털이 곤두섰다. 어디서 나타났는지 사람 모습을 한 형체가 서 있었다. 파란 눈의 그것은 시커먼 그림자를 길게 늘이며 서서히 다가왔다.

몇 번째인지 모르겠다. 이번에도 성인 남자의 완력이면 쓰러뜨릴 수 있다고 생각했다. 주먹을 불끈 쥐고 어떻게든 내리치겠다고, 사람을 때려본 적은 없지만 죽기 살기로 맞붙어 싸우겠다고 되뇌었다. 나는 주먹을 단단하게 쥐어가며 그것을 노려보았다. 눅눅하게 내려앉은 밤공기 사이로 내뱉는 숨소리가 울렸다. 나는 그것에게 달려들었다. 그것은 간단히 나를 제압하고 내 목을 눌렀다. 숨이 턱 막혔다. 혀뿌리가 목구멍을 짓누르고 흙냄새가 코끝을 찔렀다. 나는 그것을 바라보았다.

회색빛이 도는 파란 눈동자. 낯익은 눈동자가 나를 파고든다. 내 목을 조르는 그것의 팔뚝을 움켜쥐었다. 앙상하지만 매끈하고 단단한 살갗을, 나는 있는 힘껏 손톱으로 할퀴었다. 내 손톱이 단단한 살가죽을 파고들자 그것은 외마디 비명을 지르며 나를 놓았다. 나는 냅다 뛰었다.

6

지저귀는 새소리에 눈이 떠졌다. 아침이고, 내 방이었다. 나는 마당으로 가서 엄마가 묻힌 곳을 파보았다. 늙은 아카시아가 우두커니 나를 내려다보았다. 덮은 흙을 걷어내니 부패가 시작된 시신에 하얀 구더기가 들끓었다. 시신은 그대로였다. 나는 구토가 일어 헛구역질만 해댔다. 무료한 듯 엎드려 있던 개가 몸을 일으키더니 컹컹, 하고 짧게 짖었다. 대문 밖에서 누가 부르는 소리가 들렸다.

"어머니는 집에 계신가?"

박씨 할머니였다. 경찰에 불려가지 않았던가?

"새벽 기도 가서 아직 안 오셨어요."

나는 대충 둘러댔다.

"다행이구먼. 아무리 전화해도 받지 않더라고. 요즘 집마다 초상을 치르느라 난리여. 어머니는 언제 오시는가? 내가 할 말이 있는디."

대문 창살 사이로 박씨 할머니가 안쪽을 기웃거리며 내 눈치를 살폈다. 손에는 시커먼 비닐봉지를 들고 있었다. 나는 말없이 서 있었다. 저러다 가겠지. 침묵을 불편해할 사람은 아쉬운 쪽일 테니까.

박씨 할머니는 꿈쩍도 하지 않고 비닐봉지만 만지작거렸다. 가야 할 사람이 안 가고 있으니 불편한 건 오히려 내 쪽이었다.

"언제 오실지 모르는데요."

눈썹 밑으로 땀이 흘러내렸다. 할머니는 기다리려는지 한참을 그러고 서 있다가 비닐봉지를 대문 앞에 내려놓았다. 나는 까만 비닐봉지를 가만히 바라보았다.

'이 여편네가 또 저기다가 농약을 넣었나 보네.'

등 뒤에서 엄마 목소리가 들린다.

나는 박씨 할머니의 얼굴을 바라보았다.

"안에서 기다리실래요?"

'경수야! 저 여편네를 왜 집 안에 들여?'

"아, 그럴까?"

박씨는 반가운 소리라도 들은 듯 미소를 지었다. 나는 들고 있던 삽자루를 움켜쥐었다. 대문이 열리자 박씨는 마치 제 집을 드나들듯이 거리낌 없이 집 안으로 향했다. 쥐고 있던 삽을 들어 박씨의 뒤통수를 치려는데 박씨가 갑자기 멈춰 섰다.

"참, 그 골방에 세 들어 사는 눈 시퍼런 양놈 말인데…."

나는 박씨의 말이 끝나기도 전에 쥐고 있던 삽을 힘껏 휘둘러 박씨의 뒤통수를 후려쳤다.

엄마가 고개를 젖히며 큰 소리로 웃는다.

'아이고! 고소하다! 경수야, 잘했어! 아주 잘했어!'

엎어진 박씨가 신음하며 몸을 바르르 떨었다.

'한 번 더 후려쳐! 저 여편네가 너한테도 농약을 먹일 거야. 지독한 여편네! 아예 못 일어나게 후려쳐!'

나는 삽날을 세워 휘둘렀다. 공벌레처럼 몸을 동그랗게 만 노인의 몸에서 피가 튀었다. 그러고 나서 몇 번 더 삽을 휘두르자 노인은 축 늘어졌다.

나는 가쁜 숨을 몰아쉬었다. 엄마가 어딘가를 손가락으로 가리킨다. 주렁주렁 매달린 브루그만시아도 고개를 떨구며 땅을 가리켰다. 나는 땅을 파고 주검을 묻었다. 이번에는 좀 더 깊게 팠다. 하늘이 복숭앗빛으로 물들 무렵이 되어서야, 나는 삽을 내려놓았다. 파란 눈의 개가 물끄러미 나를 바라본다. 얼핏 개가 웃는 듯했다. 그 모습이 꼭 자히르를 닮았다.

7

이제 자히르는 꽃을 달인 물 대신 펜타닐을 주었다. 한 번에 대여섯 개씩 주기도 했다. 어디서 구했는지, 자히르는 꽤 많은 양을 갖고 있었다. 펜타닐 말고도 조잡한 약 봉투에 든 알약도 몇 개 얹어주고는 했다.

"집세 대신이야."

나는 점점 통증이 심해져서 패치를 하루에도 두세 장씩 붙여야 했다. 펜타닐 덕분에 통증에서 벗어났지만, 종일 졸다가 헛구역질했다. 나는 내 방에서 꼼짝없이 있을 때가 많아서 집은 대부분 자히르가 차지했다.

자히르는 금요일 밤마다 친구들을 데려왔다. 이제 거실은 찬송가와 기도 소리 대신 빠른 비트의 음악과 시끌벅적한 웃음소리로 넘쳐났다.

다음 날 아침, 겨우 몸을 일으켜 내려가 보니 거실에는 이질적인 외모의 젊은 남녀가 뒤엉켜 널브러져 있었다. 나는 젊은이들을 깨워 집으로 가라고 했다. 자히르의 친구들이 모두 떠난 다음, 나는 자히르를 불러 세웠다. 자히르에게 친구들을 그만 데려오라고 말했지만, 그는 듣는 둥 마는 둥 했다.

"여긴 내 집이야!"

나는 목소리를 높였다. 자히르가 웃으며 어이없다는 듯 나를 쳐다보았다.

"경수, 너 집 아니야. 너 집, 저 방 하나야."

나는 자히르에게 달려들었다. 자히르는 몸집이 나보다 작고 말랐는데도 힘이 셌다. 자히르는 간단히 나를 제압했다. 자히르가 내 멱살을 움켜쥐자 팔뚝에 난 손톱자국 흉터가 보였다. 머릿속에 뭔가 떠오를 듯 말 듯 했지만, 희끄무레하게 엉킨 기억뿐이었다. 결국 나는 힘에 부쳐 자히르가 휘두른 주먹에 나가떨어지고 말았다.

자히르는 나에게 약봉지를 몇 개 던져주고는 돌아섰다.

"약쟁이는 그냥 찌그러져 있어."

손에 둔탁한 물체가 잡혔다. 아버지가 모은 수석이었다. 나는 자히르의 뒤통수를 후려쳤다. 쿵 하는 소리와 함께 자히르가 픽 쓰러졌다. 잿빛 돌에 빨간 피가 묻어났다. 나는 몇 번 더 후려쳤다.

엄마의 웃음소리가 들린다.

'경수야, 잘했어!'

엎어진 자히르가 끙 소리를 내며 몸을 바르르 떨었다.

'한 번 더 후려쳐! 이 나쁜 놈! 아예 못 일어나게 후려쳐!'

나는 두 손으로 수석을 세워 잡고 모난 쪽으로 내려쳤다. 잔뜩 몸을 움츠린 몸에서 피가 튀었다. 그러고 몇 번을 더 수석을 내리찧었다. 버둥거리던 몸이 축 늘어졌다. 깨진 두개골에서 하얗고 희끄무레한 덩어리가 보였다.

거친 소리가 귓가에서 맴돌았다. 내 숨소리인지 엄마의 웃음소리인지 알 수 없었다. 나는 놈의 양쪽 다리를 붙들고 안방으로 질질 끌고 갔다.

8

집은 조용하고 평화로웠다. 동네도 쥐 죽은 듯 조용했다. 아무 때나 기웃거리며 불쑥 찾아오던 동네 할머니도, 집안일에 이래라저래라 오지랖 떠는 영감도 없었다. 나도 모르게 콧노래를 흥얼거리는데 개가 짖어댔다. 대문 앞에는 경찰 두 명이 서 있었다. 도둑 보고는 안 짖는 녀석이 경찰을 보고는 짖는다. 이제 갓 신입으로 온 듯 꼿꼿한 젊은 경찰과 머리가 벗어지고 배가 나온 50대쯤 되어 보이는 중년 경찰이었다. 제복 차림만 아니면 두 사람은 부자지간으로 보일 정도로 어딘가 닮아 있었다. 나는 뭉그적거리며 철창 대문 사이로 바라보았다.

"무슨 일이신데요?"

"여기 자히르 소하일이라고, 파키스탄인 하나가 살지 않습니까?"

젊은 쪽이 말했다.

"그런데요?"

"그 양반이, 불법체류에다 마약법 위반 사범인데…, 거참! 문 좀 열어주소!"

옆에 선 중년 경찰관이 답답한지 사투리가 섞인 억양으로 끼어들었다.

"저기, 그…, 영장 같은 거 있어야 하지 않아요?"

"하! 요즘 사람들 참, 영화를 너무 많이 봤어. 뭐 보면 알기나 하나?"

중년 쪽이 투덜대자 옆에 선 청년 쪽이 주머니에서 종이를 꺼내 보였다. 경찰관 말대로 무슨 말인지 통 알 수가 없었지만, 나는 한참을 읽는 척했다.

"조사에 응하지 않으시면 더 복잡해집니다."

회유인지 협박인지 모를 말투였다. 나는 마지못해 대문을 열었다. 둘은 내 쪽을 향해 코를 킁킁대다 두 손으로 코를 막고 신음했다.

"저쪽이에요."

나는 담장 왼쪽에 따로 입구가 있는 골방 쪽을 가리키며 안내했다. 좁고 길쭉한 반지하 방에는 이불이 개켜져 있고 벽면에는 옷가지 너덧 벌이 걸려 있었다. 한쪽 구석에는 전기 포트와 휴대폰 충전기, 면도기 같은 소품을 넣은 하얀 플라스틱 바구니가 보였다. 내 방과 달리 정리가 잘되어 있었다.

"집에 안 들어온 지 며칠 됐습니까?"

중년 쪽이 물었다. 젊은 쪽은 옷가지며 이불이며 소지품을 뒤졌다. 아무리 연고지 없이 혼자 사는 외국인 노동자래도 저렇게 찾기 쉬운 곳에 마약을 숨겼을까 싶었다.

"모르는데요."

나는 경찰들이 빨리 가줬으면 했다. 둘은 여기저기를 뒤적거리다가 나올 게 없다고 판단했는지 돌아갈 채비를 했다.

"실례 많았습니다."

젊은 쪽이 나가다가 돌아서며 인사했다. 따라가 대문을 잠그려는데, 젊은 경찰이 1층 안방 창문을 가리켰다.

"저기, 저 방은 북향인데 선팅을 너무 진하게 하셨네요? 햇빛도 안 들텐데."

"그러게, 왜 저리 시커메?"

대문을 나서다 말고 중년 쪽이 갑자기 걸음을 멈추었다.

"저기가 북향이라고?"

둘은 눈빛을 주고받더니 젊은 경찰관이 집 안으로 뛰어 들어갔다. 중년 쪽이 나를 붙잡았지만, 나는 힘껏 뿌리치고 젊은 경찰을 따라 뛰었다. 하지만 20대의 젊고 건장한 남자를 따라잡기에는 역부족이었다. 젊은 경찰은 거실을 지나 안방으로 향했다. 방문을 열자 메탄가스가 훅 풍겨 나왔다. 젊은 경찰은 기겁하며 코와 입을 막고는 몸을 돌려 구석 어딘가에 구토물을 쏟아냈다. 뒤늦게 도착한 중년 경찰이 옷깃으로 코를 막고는 어두컴컴한 방의 스위치를 켰다.

유리창에는 까만 파리 떼가 달라붙어 득실대고 있었다. 방바닥에 아무렇게나 뒹굴고 있는 시신 위로 하얀 구더기가 들끓고 깨진 두개골 안쪽에는 시커먼 딱정벌레들이 기어 다녔다. 시신의 바짓가랑이에는 뜯겨나간 펜타닐 패치 비닐도 보였다. 비위가 좋아 보이던 중년 경찰도 못 참겠는지 결국에는 고개를 돌렸다.

나는 둘을 내버려두고 조용히 내 방으로 올라갔다. 창틀에 앉아 마당을 내려다보았다. 어느새 경찰들이 나와 있었다. 젊은 쪽이 아카시아 기둥에 손을 짚고 게워내는 동안, 중년 쪽은 한 손으로 젊은 쪽의 등을 두들겨주며 전화하고 있었다.

멀리, 땅 모양대로 생긴 논과 밭 너머로 경찰차 몇 대와 구급차가 사이렌을 울리며 다가오고 있었다. 후텁지근한 바람에 노란 브루그만시아가 천천히 고개를 주억거렸다. 마치 자기는 다 알고 있다는 듯이.

참고: 임경수·김원학·손창환·위승목, 《한국의 독초(식물 독성학)》, 군자출판사, 2013.

여실지 2022년《계간 미스터리》여름호에 〈호모 젤리두스〉로 신인상을 받으며 등단했다. SF, 미스터리, 스릴러, 호러 등 장르를 넘나들며 재미와 의미를 담는 작품을 쓰고자 한다. 발표한 작품으로는 〈로드킬〉이 있다.

멸망 직전

김창현

1

이미애는 울고 있는 아이를 달래며 창밖을 살폈다. 날뛰고 있는 사람들이 눈에 들어온다. 쓰러진 사람들을 짓밟고 있는 이들과 살기 위해 달아나는 사람들까지 그야말로 지옥이 따로 없다. 그녀는 몸서리치며 창가에서 멀어졌다. 그날이 떠올랐다. 속보 속 아나운서는 다급한 목소리로 미확인 행성이 지구로 다가오고 있다는 소식을 알렸다. 당시만 해도 멸망을 생각하는 이는 없었다. 하지만 상황은 점차 나빠졌다. 뉴스를 전하는 아나운서들은 하나같이 인류의 종말을 이야기했다. 패널로 출연한 중년 남자만이 희망을 잃지 말아야 한다고 열변을 토했다.

그러나 현실은 그의 바람처럼 흘러가지 않았다. 사람들의 마음속 한편에서 두려움이 자라나고 있었다. 두려움을 먹고 자란 공포는 이성을 마비시켰다. 모두 짐승이 되어갔다. 짐승이 된 이들은 모든 것을 파괴하기 시작했다. 질서가 무너지는 건 순식간이었다. 상황이 이렇게 되자 가장 바빠지는 이들은 경찰이었다. 하지만 경찰 역시 결국 사람이 만든 조직에 불과했다. 망한 세상에서 경찰이라는 신분은 득이 될 게 없다고 판단한 이들은 미련 없이 경찰복을 벗었다. 결국 소수의 인원만이 경찰 조직에 남았다. 그들은 인류 종말 전까지 시민의 안전을 지키고자 했다.

이미애 남편 김주원도 그런 형사 중 하나였다. 이틀 전 출근을 마지막으로 돌아오지 않는 남편의 존재는 그녀를 매 시간 창밖을 내다보게 했다. 종말이 오기 전에 얼굴 한번 보고 싶을 뿐이었다.

강력반 형사는 적이 많은 직업이다. 세상이 망했다. 남편에게 붙잡혔던 범죄자들이 나쁜 마음을 먹더라도 이상할 것이 없는 상황이다. 이미애는 한숨을 내쉬며 휴대폰을 확인했다. 남편에게 온 메시지는 없었다. 소파에 앉아 텔레비전을 켰다. 아나운서의 목소리가 흘러나왔다.

"시, 시청자 여러분. 인류 멸망이… 40분 앞으로 다가왔습니다….."

지적인 이미지로 주부들에게 인기가 많은 아나운서가 말을 더듬거렸다. 베테랑 아나운서인 그에게서 보기 드문 실수였다.

"현재 많은 이들이 극단적인 행동을 보이고 있습니다. 참으로 안타깝기 그지없는 일입니다. 부, 분명 인류에게 들이닥친 재앙은 우리의 이성을 무너뜨립니다. 저 역시 마찬가지죠. 하지만 그렇다고 해서…."

그때 누군가 현관문을 두드렸다. 반사적으로 자리에서 일어났다. 품에서 잠든 아이를 소파에 눕혀놓고는 서둘러 현관문으로 다가갔다. 남편일지 모른다는 생각에 걸음이 빨라진다.

"당신이야?"라고 말하려는데 현관문을 두드리는 소리가 격해진다. 서둘러 입을 막았다. 곧 소리가 잦아든다. 조심스레 현관문 중앙에 있는 스코프를 살폈다.

"누구지…?"

스코프 너머로 삭발 머리 남자가 보였다. 까무잡잡한 피부에 숱이 없는 눈썹 그리고 날카로운 눈매가 어딘지 낯익었다. 고개를 갸웃거리고서야 남자의 복장이 눈에 들어왔다. 죄수복이었다. 죄수복 가슴에 있는 빨간색 명찰을 보고서야 남자가 누군지 기억났다. 1년 전 세상을 떠들썩하게 했던 연쇄살인마 이창호였다. 남편이 붙잡았던 범죄자 중 하나였다.

2

붉은 피가 손을 따뜻하게 적셨다. 반건영은 바닥에 쓰러진 김주원의 얼굴을 바라봤다. 창백한 안색이 그의 죽음을 알리고 있다.

"제, 젠장….'

김주원의 희미한 목소리가 반건영의 귓가를 간지럽혔다.

"40분… 남았는데… 마, 마지막은 아내… 아, 아이와… 함께….'

"선배, 아무 말 말아요.'

반건영은 김주원의 배에 올려진 손을 비틀었다.

"그러다 정말 죽어요.'

"흐허… 가고… 싶어. 가족에게… 여, 여보…!"

김주원이 허공을 향해 손을 뻗으며 소리친다. 반건영은 혀끝을 차며 손을 뗐다. 기다란 회칼이 김주원 배에서 떨어져 나온다.

"생각보다 시시하네.'

반건영은 손에 있는 회칼을 바라보며 중얼거렸다. 칼을 겨드랑이 사이에 끼고 담배 한 대를 입에 물었다. 담배에 불을 붙이며 김주원을 바라봤다.

"그런대로 좋은 세상이네. 사람 하나 죽여도 문제없고.'

발끝으로 김주원의 머리를 툭 쳤다.

"개새끼야. 그러니까 뒈지기 싫었으면 고아 앞에서 가족 자랑은 말았어야지. 그랬으면 지구 멸망 전 40분은 가족과 알차게 보냈을 거 아니냐. 이건 다 네 잘못이야. 알겠어?"

반건영은 지루한 표정으로 창문 밖을 살폈다. 붉게 물든 하늘이 심상치 않다. 핏빛처럼 붉은 하늘은 종말을 앞둔 인류와 어울렸다.

"흐으….'

신음에 고개를 돌렸다. 바닥을 기어가는 이민호가 보였다. 반건영은 이해할 수 없었다. 종말을 앞둔 마당에 저렇게까지 살려는 이유가 뭘까?

"저기 선배."

반건영이 회칼을 꺼내 들며 이민호에게 다가갔다.

"그냥 포기 좀 하면 안 돼?"

"너… 이, 이 새끼….."

"그러니까 후배 좀 챙기지 그랬어요. 응?"

"씨이… 발… 뼈, 평생 범죄자만… 쫓았는데….."

이민호가 숨을 헐떡인다.

"정작 내… 옆에 있는 살인자는 못 알아봤네….."

"알아보셨어야죠. 사냥개라 불리는 분이 이렇게 둔해서야 어디다 쓰
겠습니까? 이래서 시민들이 안심하고 생활할 수 있었겠어요?"

"너… 너… 이, 이 새끼!"

"거참!"

반건영이 자신을 향해 달려드는 이민호의 손을 낚아챈다.

"끝까지 귀찮게 하네. 이제 진짜 보내드릴 테니까. 푹 쉬셔요."

"흐… 주, 주원아….."

이민호가 죽은 김주원을 바라보며 흐느낀다.

"제, 제수씨… 랑… 미, 민서 어, 어쩌냐….."

"뭐?"

반건영이 표정을 구긴다.

"아, 진짜 이해가 안 되네. 야! 너 지금 죽는 거야. 응? 내가 널 죽이는
거라고. 그런데 그 와중에 이미 뒈져버린 새끼 처자식을 걱정해?"

이민호는 고개를 들어 반건영을 바라봤다. 어금니를 드러낸 짐승이
보였다. 수십 년간 살인자를 쫓으며 깨달은 게 있었다. 그들은 사람이
아닌 짐승이라는 단순한 진실. 단순히 짐승을 비하하는 뜻에서 하는 말
이 아니다. 인간과는 종자가 다르다는 의미에 가깝다. 인간으로서 생각
할 수 있는 당연한 상식을 그들은 이해하지 못한다. 지금 이 녀석도 그

렇다. 왜 동료의 죽음을 슬퍼하는지, 어째서 홀로 남겨질 그의 처자식을 걱정하는지 이해할 수 있는 마음 따윈 존재하지 않는다.

"짐, 짐승."

"뭐?"

"너… 불쌍한 녀석이다… 건영아…."

"이 새끼가!"

반건영이 회칼을 이민호에게 들이민다.

"불쌍한 건 내가 아니라 너야 너!"

노성을 내뱉는 반건영의 얼굴에 두려움이 번졌다. 이민호의 얼굴이 보육원 원장으로 변한다. 과거 그가 생활하던 보육원 원장은 밤이면 늘 반건영을 원장실로 불렀다. 어린 나이에 겁을 먹고 꼼짝 못하는 그에게 이렇게 말했다.

"나 아니면 갈 곳 없는 불쌍한 새끼."

그러고는 다짜고짜 매질을 시작했다. 어린 그가 어른의 폭력에서 벗어날 방법은 없었다. 돌이켜보면 지루할 정도로 무기력한 나날의 연속이었다. 더는 누구에게도 불쌍해 보이는 삶을 살고 싶지 않았다.

그 꿈은 식칼 정도는 가볍게 휘두를 수 있을 정도로 힘이 생겼을 때 이루어졌다. 식칼을 휘두르자 원장의 가면이 벗겨졌다. 가면 뒤에 숨어 있던 남자가 모습을 드러냈다. 시시한 중년 남자였다. 반건영은 삽에 있는 흙으로 그 초라한 얼굴을 덮어버렸다.

"난 불쌍한 아이가 아니야…!"

반건영은 혼잣말을 중얼거리며 이민호의 목에 회칼을 쑤셔 넣었다. 칼날을 비틀어 빼내자 원장의 얼굴이 사라진다. 그는 지난 몇 년간 동고 동락한 직장 상사의 얼굴을 바라봤다. 피로 흥건한 손을 그의 얼굴에 닦아내며 몸을 일으켰다. 김주원이 보였다.

"개, 개새끼… 너 때문이야!"

반건영은 싸늘하게 식어버린 김주원의 시체를 발로 걸어차며 소리쳤다.

"왜 나한테 가족 자랑했어! 응?! 나 고아라고 무시한 거지? 응? 그렇지? 이 새끼! 너도 내가 불쌍했지! 그랬지!"

김주원의 얼굴을 짓밟아 코뼈를 뭉개버린 것을 마지막으로 반건영은 발길질을 멈췄다. 거칠게 숨을 내뱉자, 김주원의 아내와 어린 딸의 얼굴이 떠오른다. 틈만 나면 사진을 보여주며 자랑해 잊으려 해도 잊히지 않는다. 누가 봐도 화복한 가정.

왜 저 자식들은 내가 갖지 못한 행복을 쉽게 누리는 걸까. 반건영은 혀끝을 차며 생각했다. 질문에 대한 답을 찾는데 원장의 목소리가 귓가를 간질인다.

'불쌍한 새끼.'

그는 괴성을 내지르며 밖으로 뛰쳐나갔다. 김주원의 집으로 갈 생각이었다. 행성 충돌로 인류가 멸종하기 전 직접 그의 가족을 모두 죽일 생각이었다. 그것만이 길고 긴 고통을 끊어낼 유일한 방법이었다.

3

망치로 문을 두드렸지만, 돌아오는 반응은 없었다. 하지만 이창호는 느낄 수 있었다. 현관문 너머에서 숨죽이고 있는 먹잇감이 내뿜는 두려움을. 사람을 죽일 때마다 느껴지던 감각이다. 그의 입술이 뒤틀렸다. 타인에게 두려움을 줄 수 있는 존재가 되는 것만큼 남자를 기쁘게 하는 건 없다. 망치를 쥔 손에 힘이 들어간다.

'어떻게 죽여줄까?'

현관 손잡이를 바라봤다. 망치로 내려치면 금세 부서질 것이다.

"아니야… 그러면…."

시시하게 끝나버리고 만다. 그는 경험으로 알고 있었다. 빠른 살인은 시시한 일탈에 불과하다. 진정한 살인이란 일순간 폭발하고 사라져버리는 탄산음료가 아닌 천천히 음미하는 코스요리다.

"느리게…."

천천히 맛봐야 한다. 내 자유를 속박한 인간이다. 그와 그가 아끼는 가족의 불꽃이 꺼져가는 장면을 내 두 눈에 담을 것이다. 인류가 멸망하기 전에. 기필코.

4

스코프 너머 이창호를 관찰했다. 뭐가 좋은지 혼자서 히득거리고 있었다. 이미애는 현관문에 있는 안전고리를 향해 손을 뻗었다. 소리라도 들릴까 싶어 긴장됐지만 떨리는 마음을 다잡으며 안전고리를 천천히 움직였다. 안전고리가 완전히 펴지자, 그녀는 한숨을 내쉬었다. 안전고리로 살인마를 막아내는 건 불가능하겠지만 적어도 시간은 벌 수 있을 것이다. 이미애는 다시 한번 스코프를 살폈다.

"어?"

이창호가 보이지 않았다. 순간 머릿속이 복잡해졌다. 인류 멸망을 앞두고서 대한민국을 들썩이게 했던 연쇄살인마가 자신을 붙잡은 형사를 찾아왔다. 이유야 뻔하다. 복수. 그것 말고 다른 이유는 찾을 수 없다. 그런 남자가 사라졌다. 절대 쉽게 포기할 녀석이 아니다.

이미애 역시 순경 생활을 하며 여러 범죄자를 만났다. 범행을 실행하는 그들의 집요함은 이해하기 힘든 불가사의한 감정이었다.

"이 정도로 물러날 놈이… 아…! 설마!"

과거 이창호의 범행 수법을 다루던 시사 프로그램이 떠올랐다. 분명 원룸이나 빌라 주변을 서성이다 가스관을 타고 창문으로 침입한다고 했었다. 이미애는 집 안을 살폈다. 굳게 닫힌 안방과 작은방이 보인다.

외부에 연결된 가스관이 있던 방이 어디였는지 기억나지 않았다. 주춤하는 사이 작은방에서 유리 깨지는 소리가 들렸다.

서둘러 소파에 있는 아이를 안고 안방으로 뛰었다. 안방 문을 열고 들어서는데 작은 방문이 열렸다. 재빨리 문을 닫았다. 그러자 문틈으로 남자의 손이 튀어나온다. 이미애는 문을 어깨로 들이박았다. 문틈에 손이 낀 남자가 비명을 내질렀다.

"꺼져!!"

이미애가 소리치며 문을 힘차게 밀었다. 그러자 얼굴 옆으로 나무 파편이 튀었다. 고갤 돌리자, 망치가 보였다. 순간 문틈이 벌어진다. 어쩔 줄 몰라 하는데 아이 울음소리가 들려왔다. 정신을 차린 이미애는 몸을 돌려 등으로 문을 막아섰다.

앞에 있는 화장대가 보였다. 그녀는 화장대를 발로 걷어찼다. 문이 닫히는 게 느껴진다. 연달아 화장대를 발로 걷어찼다. 화장대가 크게 들썩일수록 문틈이 점차 좁혀진다. 고갤 돌렸다. 여전히 문틈으로 삐져나온 손가락이 보였다. 연쇄살인마라 불리는 남자 손이라기엔 연약하기 그지없어 보였다. 그녀는 목을 길게 뻗어 남자의 손가락 하나를 입에 넣어 깨물었다. 문틈 사이로 남자의 손이 빨려 들어가 사라졌다. 곧 문이 닫혔다. 이미애는 서둘러 문을 잠갔다.

문에서 떨어지자, 손잡이가 요동치기 시작한다. 이미애는 서둘러 화장대를 문 앞으로 밀어붙였다. 옆에 있던 침대도 문으로 붙여놓고 싶었지만 꼼짝하지 않았다. 그녀는 울고 있는 아이를 품에 안았다. 주변을 살폈다. 달아날 곳이 보이지 않는다.

창문이 있으나 밖으로 나가고 싶지는 않았다. 3층이라는 높이도 문제였지만 인류 멸망이 코앞에 닥친 지금 밖은 지옥과 다름없다. 하지만 정신 나간 연쇄살인자와 한집에 있는 쪽도 만만찮게 끔찍하다. 그녀는 창문을 열었다.

조금 전 상황과 다를 바 없었다. 여전히 쫓는 사람과 쫓기는 사람들이 보인다. 지금 아래로 내려간다면 분명 어느 편에 서야 한다. 아마 기적이 없는 한 후자 쪽이 유력하다.

등 뒤로 괴성이 들려온다. 고갤 돌리자, 문을 부수고 있는 망치가 보였다. 이미애는 포대기로 아이를 등에 업고 창틀로 올라갔다. 거친 바람이 그녀의 머리카락을 흩트렸다.

5

여자에게 물린 손가락을 바라봤다. 떨어져 나간 살점 사이로 붉은 피가 보인다. 이창호의 입술이 비틀어지더니 곧 웃음이 새어 나온다. 어렵게 잡은 사냥감일수록 보람이 있는 법이다. 유일하게 마음에 들지 않는 게 있다면 본래 목표였던 김주원이 보이지 않는다는 사실이었다.

'이미 다른 사람 손에 죽은 걸까?' 이창호는 생각했다. '아쉽지만 처자식이라도 내 손으로 죽여주겠어.'

망치를 잡은 손에 힘이 들어간다. 그때 안방 문 너머로 창문 열리는 소리가 들린다.

"결국 밖인가? 좋은 선택은 아닐 텐데."

인간성을 잃어버린 도시는 그야말로 아수라장이나 다름없었다. 본래 인간은 약한 동물이다. 사회가 자신을 보호해준다는 확신이 사라지자, 그들은 너무나도 쉽게 짐승의 길을 선택했다. 이창호에게는 완벽한 세상이었다. 하지만 짐승이 되지 못하고 여전히 인간으로 남아 있는 이들에겐 두렵기 그지없는 세상일 것이다.

"재미는 있겠어."

그는 짐승이 들끓는 아수라장으로 여자를 내모는 상상을 했다. 꽤 재미있는 복수가 될 것이다. 죽어가는 여자와 아이의 머릿속에 끔찍한 지옥만이 남게 될 터였다. 자신을 붙잡은 빌어먹을 형사에게 이보다 통쾌한 복수는 없을 것이다.

"네 녀석도 사랑하는 사람에게 원망 받아봐."

그는 자살한 아들의 얼굴을 떠올렸다. 아버지가 연쇄살인마라는 이유로 주변으로부터 멸시받았다. 원체 마음이 여렸던 아들은 견디지 못했다.

'죽어가면서도 나를 원망했을 거야.'

밍치를 쥐고 있는 이창호의 손이 부들부들 떨렸다. 자신을 붙잡은 김주원을 향한 분노가 치솟았다. 이창호는 괴성을 내지르며 방문을 내려쳤다.

6

이미애는 손을 뻗었다. 조금만 더하면 작은방 창문틀에 손이 닿을 것도 같았다. 어쨌든 저곳으로 가야 가스관이라도 잡고 아래로 내려갈 수 있다. 그러나 좀처럼 닿지 않는다. 방문을 바라봤다. 방문이 들썩이며 화장대가 크게 흔들린다.

"제, 제발!"

다시 한번 손을 뻗었다. 그러나 여전히 닿지 않는다. 작은방 창문 아래에 있는 가스관을 바라봤다. 거리는 있지만 뛰어내리면 잡을 수 있을 것 같았다. 허리에 있는 포대기 끈을 단단히 동여맸다. 곧장 뛰어내리려했다. 그러나 마음과 달리 몸이 움직이지 않는다. 호흡을 가다듬으며 눈을 감았다. 그러곤 천천히 숨을 들이쉬고 내뱉길 반복했다. 폭풍우가 몰아치는 밤 같던 순간이 지나갔다. 다시 눈을 뜨고 옆방 창문 아래에 있는 가스관을 바라봤다.

"할 수 있어."

확신에 찬 목소리가 이미애의 입술 사이를 뚫고 나왔다.

"저런 자식에게 죽고 싶지 않아…!"

화장대가 쓰러지는 소리가 들렸다. 이미애는 가스관을 향해 몸을 내던졌다.

7

"죽지는 않았군."

이창호는 가스관에 매달려 있는 이미애를 바라보며 혀끝을 찼다. 위태로운 상황을 바랐던 건 아니다. 그로서는 달갑지 않은 상황이었다. 가스관에서 떨어져 죽기라도 하면 고생한 모든 것들이 수포가 된다.

"그렇게 애쓰지 않아도 돼. 내 손으로 끌려갈 테니까."

그는 혼잣말을 중얼거리며 안방에서 나왔다. 곧장 작은방 문을 열고 들어갔다. 창문으로 다가가 창밖을 내다보자 가스관을 붙잡고 아래로 내려가고 있는 여자가 보였다.

"이봐."

이창호의 목소리에 이미애가 고개를 들었다. 그는 여자의 눈동자에 깃든 두려움을 바라봤다. 입에서 웃음소리가 새어 나온다.

"남편은 어디 있지? 죽었나?"

"어떨 것 같은데?"

이미애로서는 지고 싶지 않다는 마음에 내뱉은 말이었지만 이창호에겐 또 다른 즐거움에 불과했다. 언제나 이런 식이다. 두려움이 뒤섞인 마지막 저항. 살아보려 발버둥 치는 약자의 얼굴은 우습기 그지없었다.

"죽었겠지. 그딴 변변치 않은 녀석은 이런 세상에서 살아남지 못할 테니까."

이창호의 말에 여자의 표정이 눈에 띄게 변한다. 저항심이 사라지고 두려움만이 남는다.

"이봐. 그런 시시한 표정 짓지 마. 혹시 알아? 어디서 멋지게 나타나주실지. 인류에게 시간이 얼마나 남았는지 모르겠지만."

이창호가 망치를 높이 들었다. 두려움에 젖은 여자의 얼굴은 도무지 참을 수 없다.

'이곳에서 떨어뜨려 죽이는 것도 나름 재미있지 않을까?'

머릿속에 떠오른 충동적인 생각에 이창호는 가스관을 붙잡고 있는 여자의 손을 내려칠 참이었다. 고통스러워하는 표정을 상상하며 힘껏 망치를 휘둘렀다. 하지만 자신이 원하던 여자의 표정은 보이지 않았다.

8

"뭐야?"

운전석에 앉아 차창 밖을 살피던 반건영이 중얼거렸다. 정신 나간 짐승들이 서로를 죽고 죽이는 풍경이야 며칠 새 제법 익숙해졌다. 하지만 아이를 업고 건물에 매달려 있는 여자는 어딘지 신선했다. 거기다 여자를 죽이려 창밖으로 망치를 들고 있는 남자의 모습은 그의 호기심을 자극하기에 충분했다.

"내가 올 필요도 없었네?"

반건영은 대시보드에 있는 가족사진을 바라봤다. 아이를 가운데에 둔 김주원과 아내가 카메라를 향해 웃고 있었다.

"이봐. 살겠다고 발악하는 당신 아내 좀 봐."

반건영이 사진 속에서 웃고 있는 김주원을 바라봤다.

"어떻게 해줄까? 내가 살려줘?"

대답 없는 김주원의 사진을 주먹으로 내려치며 가스관에 매달린 그의 아내와 아이를 바라봤다. 망치를 높이 든 남자가 보였다. 반건영은 경적을 눌렀다.

9

이미애는 이창호의 눈을 바라봤다. 기괴할 정도로 붉어진 하늘 때문에 눈동자가 붉게 타오르고 있다. 남편이 보고 싶었다. 형사라는 직업때문에 남들과는 다른 결혼생활을 이어왔다. 그래서일까? 결혼한 지 얼마 못 가 금세 애정이 식고 말았다. 아이를 낳고 나서는 더욱 심해졌다. 다툼이 늘어갔다. 남편은 휴일이면 늘 이런저런 핑계를 둘러대며 밖으로 나갔다. 부부 사이에 어색함이 늘어났다.

이미애는 남편의 얼굴만 보면 생겨나는 부정적인 감정들을 피하려 애썼다. 생각만큼 쉽진 않았다. 끔찍했다. 모든 게 끝나가고 있었다. 인류의 종말을 알리는 소식이 들려오기까지는.

남자의 손에 있는 망치가 천천히 하늘로 향한다. 그때 어디선가 자동차경적이 들려왔다. 반사적으로 고개를 돌리자 익숙한 자동차가 보였다.

"여보…?"

남편의 자동차였다. 이미애는 손을 놓았다. 무거웠던 몸이 가벼워졌다.

10

"젠장!"

이창호는 1층으로 추락해 옆으로 쓰러져 있는 이미애를 바라보며 소리쳤다. 직접 내 손으로 고통을 선사하려던 참이었다. 바닥에 쓰러진 여자를 살폈다. 아이를 품에 안고 있는 손이 들썩인다.

"살았나…?!" 하고 중얼거리는 순간 아이가 나왔다. 여자의 품에서 기어 나온 아이는 엄마의 볼을 만지작거리며 울음을 터트린다.

"저 망할…!"

그는 경적을 울리는 자동차를 바라봤다. 분명 저 소리에 손을 놓았다.

자동차는 쓰러진 여자에게 다가오고 있었다.

"설마… 김주원?"

자신을 붙잡은 남자의 얼굴이 떠올랐다. 망치만 있으면 누구든 굴복시킬 수 있는 그였다. 그러나 녀석에게는 통하지 않았다. 되레 맨몸인 녀석에게 힘으로 제압당하고 말았다. 굴욕이었다. 이창호는 손에 있는 망치를 바라봤다. 망치는 그의 힘이었다. 한 사람의 인생을 좌지우지할 수 있는 절대적인 권력이다. 그러나 그 권력은 무가치한 형사 한 명에게 완전히 박살났다. 진실이 무너진 신화는 한낱 유치한 환상에 불과했다. 절대자였던 연쇄살인마는 불쌍한 유년 시절을 보낸 별 볼 일 없는 중년 남자로 전락하고 말았다.

"죽여버리겠어!"

그는 창문 밖으로 꺼낸 발을 가스관에 올렸다.

11

차창 너머로 쓰러진 여자가 보였다. 그러나 정작 그의 눈을 사로잡은 건 여자의 품에 있는 아이였다. 아이의 울음은 거리를 떠도는 짐승들의 시선을 끌기에 충분했다. 피할 수 없는 죽음이라는 사실은 인간을 짐승으로 만들기에 충분하다. 원초적인 폭력만이 남은 그들에게 울고 있는 아이는 더 이상 보호해야 할 존재가 아니었다. 공포를 잊게 해줄 놀잇감에 지나지 않는다. 아이를 품에 안고 있는 여자를 바라봤다. 미동조차 하지 않는다. 이대로라면 아이도 곧 죽은 목숨이다.

"망할…."

반건영이 혀끝을 차며 울고 있는 아이를 바라봤다. 홀로 남아 스스로 목숨을 지켜야 하는 아이. 마치 어릴 적 자신 같았다. 어떤 저항도 하지 못한다. 삶과 죽음에 대한 선택권이 내가 아닌 상대에게 있다. 무언가를 스스로 결정하지 못하는 삶만큼 괴로운 일은 없다. 원장의 얼굴이 떠올랐다. 핸들을 내려쳤다. 경적이 울린다. 아이에게 다가가던 짐승들이 고개를 돌린다. 짐승들의 얼굴이 천천히 녹아내린다. 대신 원장의 얼굴이 자라났다. 더러운 쓰레기를 보는 듯한 눈동자가 반건영에게 쏟아진다.

"씨이발…!"

그는 보조석에 있던 회칼을 들었다.

"다 죽여버리겠어!"

차 문을 열고 밖으로 나갔다. 심상치 않은 남자의 태도에 짐승들이 모두 걸음을 멈췄다. 반건영은 손목에 있는 시계를 봤다. 인류가 멸망하기까지 남은 시간은 대략 10분. 그때까지 이 짐승들에게 살아남을 수 있을지 확신할 수 없다. 다만 마음속에 억눌린 분노를 마음껏 터뜨려볼 작정이었다.

12

이미애는 괴로움이 묻어나는 소리에 눈을 떴다. 무거운 몸을 일으키며 주변을 살폈다. 하나둘 쓰러지고 있는 남자들이 보였다. 그중 낯익은 남자가 그녀의 눈길을 끌었다. 홀로 회칼을 들고 자신을 둘러싼 이들과 싸우고 있었다.

'누구지? 분명 어디서 본 기억이….'

혼자 생각에 빠져 있던 그녀는 아이의 울음에 정신을 차렸다. 이미애는 자신을 향해 양팔을 벌리는 아이를 품에 안았다. 그때 인기척이 들려왔다. 고개를 돌리자 망치를 들고 있는 이창호가 보였다. 하늘 높이 솟구친 망치가 그녀를 덮쳤다.

이미애는 옆으로 몸을 굴렸다. 이창호는 달아나는 먹잇감을 향해 다시 망치를 휘둘렀다. 그녀는 뒤로 몸을 내던졌다. 이창호는 이어지는 헛

방에 약이 오르는지 씩씩거렸다. 살인마의 성난 표정을 바라보며 이미애가 천천히 몸을 일으켰다. 주춤거리며 뒤로 물러서자 이창호가 웃음을 터트린다.

"뭔진 모르겠지만 그만 끝내자고."

이창호가 심상치 않은 소리를 내뱉는 하늘을 가리키며 말한다.

"이제 정말 얼마 남지 않은 것 같거든. 이왕 죽을 거 내 손에 의미 있게 죽어."

"꺼져!"

이미애의 욕설을 시작으로 연쇄살인마가 다시 움직였다. 겁에 질려 뒤로 물러서는데 땅이 크게 흔들렸다. 이미애는 물론 이창호 역시 중심을 잃고 비틀거렸다. 여기저기서 비명이 들려왔다. 자리에서 일어나려 애써보지만, 생각만큼 쉽지 않았다. 그녀는 지네처럼 재빠르게 바닥을 기어오는 이창호를 바라봤다.

어느새 코앞까지 다가온 이창호가 또다시 망치를 높이 들었다. 이미애는 비명을 내지르며 발길질했다. 얼굴에 발을 얻어맞은 이창호가 옆으로 꼬꾸라졌다. 그러나 별다른 타격은 없어 보였다. 기절시키지 못해 아쉬웠지만 그래도 자리에서 일어설 수 있는 시간 정도는 벌었다. 그녀는 몸을 돌려 달렸다. 하지만 또다시 뒤흔들리는 땅에 몇 걸음 못 가 쓰러지고 만다. 중심을 잃은 그녀는 바닥에 쓰러지며 품에 안은 아이를 놓쳤다. 아이를 되찾으려 손을 뻗었지만, 몸이 되레 뒤로 끌려갔다.

고개를 돌리자 자신의 양발을 잡고 끌어당기는 이창호가 보였다. 그녀는 몸을 비틀며 저항했다. 발 하나가 손아귀에서 빠져나왔다. 이미애는 자신을 죽이려 드는 살인자를 향해 다시 한번 발길질을 날렸다.

그러나 이번엔 통하지 않았다. 여유 있는 표정으로 망치를 높이 든 살인자의 얼굴만이 보일 뿐이었다. 그의 손에 있는 망치가 움직였다. 곧 정강이가 뜨거워졌다. 입에서 비명이 튀어나온다. 만족스러운 웃음을 터트리는 이창호와 하늘 높이 올라간 망치가 보인다. 고통을 기억하는 몸은 반항하길 포기했는지 움직이지 않았다. 하늘을 바라봤다. 붉었던 하늘이 검게 물들어가고 있었다. 어디선가 아이의 울음소리가 들려왔다.

'미안해. 마지막까지 좋은 세상만 보여주고 싶었는데.'

눈을 감았다. 점차 거세지는 땅의 진동이 느껴졌다. 동시에 남자의 비명이 귀를 찌른다. 눈을 떴을 땐 이창호가 당황한 듯 입을 크게 벌리고 있었다. 망치를 손에서 떨어뜨린 그는 그대로 맥없이 쓰러졌다. 쓰러진 그 자리를 조금 전 봤던 낯익은 남자가 대신했다. 이미애는 그가 들고 있는 기다란 회칼을 바라보며 뒤로 물러섰다.

13

"형, 형수님…!"

반건영은 달아나려는 여자를 향해 다급히 소리쳤다. 형수님이란 소리가 통했는지 여자가 움직임을 멈춘다.

"저 주원 선배 후배 건영이라고 합니다. 일전에 한 번 뵌 적이 있었는데요."

"아…."

이미애가 입을 움직인다.

"네, 네! 기, 기억나요…!"

"이 남자…."

반건영이 바닥에 쓰러진 남자의 얼굴을 바라봤다.

"이창호잖아요? 선배가 잡았던… 무슨 일인지 알겠네요. 다행입니다. 큰일 날 뻔하셨어요."

또다시 땅이 흔들렸다. 반건영은 중심을 잡으며 주변을 살폈다. 이제 정말 인류 멸망까지 얼마 남지 않은 듯했다. 인류가 세운 모든 것들이 무너지고 있었다.

"상황이 좋지 않네요. 일단 아이를 데리고 차로 가시죠."

"그이는 어디 있죠?"

"아… 그게….."

반건영이 미간을 찌푸렸다.

"일단 차로 가시죠. 여기서는 말씀드리기가….."

"설마."

이미애는 아이를 안으며 자리에서 일어났다. 검게 물든 하늘에서 비가 쏟아지기 시작했다.

"형수님, 어서 차로 가시죠. 곧 멸망하겠지만 어쨌든 살 수 있을 때까진 살아야죠!"

"네….."

이미애가 고개를 끄덕이며 그의 뒤를 따랐다. 자신을 뒤따르는 여자의 걸음 소리를 들으며 반건영이 미소 지었다. 죽여버릴 작정이었다. 우연히 찾아온 인류의 종말 속에서 편히 보내줄 생각은 없다. 직접 죽이고 싶었다.

'선배, 특별한 이유는 없어. 굳이 말하자면 선배의 행복이 거슬렸기 때문이야.'

모든 게 계획대로 되고 있었다. 절로 휘파람이 나온다.

14

몸을 흠칫 떨며 피를 내뱉는 이창호를 바라봤다. 짐승 같던 눈동자는 죽음을 목전에 두고 두려움에 떠는 평범한 인간의 것으로 변해 있었다. 이미애는 손목에 있는 시계를 바라봤다. 뉴스에서 말했던 멸망까지 이제 5분도 남지 않았다. 굳이 시계를 보지 않아도 알 수 있다. 요란하게 흔들리는 대지와 거칠게 휘몰아치는 돌풍까지.

세계의 끝을 알리는 신호들이 눈에 보이기 시작했다. 바닥이 갈라지며 건물 역시 크게 휘청이고 있었다. 어디선가 건물 하나쯤은 무너졌을지도 모른다. 시간으로 쌓아 올린 인류의 문명이 눈앞에서 위태롭게 서 있었다.

'그런데도 왜 살고 싶을까?'

이미애가 속으로 중얼거렸다. 이보다 끝을 확신할 수 있는 순간은 없었다. 왜 삶은 포기되지 않을까. 연쇄살인마의 손에 죽을 수도 있었다. 어째서 포기하지 않았을까. 품에서 칭얼거리는 아이를 꼭 안았다. 아이를 바라봤다. 엄마를 바라보는 아이의 얼굴에 미소가 번진다. 문득 남편의 얼굴이 떠오른다.

'마지막은 함께하고 싶었는데.'

이미애는 앞서가는 반건영과 그의 어깨너머에 보이는 남편의 자동차를 바라봤다. 남편의 자동차를 이 남자가 가지고 왔다. 남편에게 무슨 일이 생긴 걸까?

'그런데….' 문득 이상한 생각이 그녀의 머릿속을 스쳐 지나간다.

'이 남자, 왜 왔지?'

남편이 남자에게 가족을 지켜달라는 부탁이라도 했나 싶었다. 하지만 인류 멸망을 앞두고서 그런 부탁을 들어줄 만한 인간이 얼마나 있을까? 당장 며칠 동안 일어난 일들만 생각해도 알 수 있다. 공포에 이성을 잃은 사람들 덕에 연달아 사건 사고가 벌어지고 있는 참이었다. 그런데 저 남자는 어쩐지 무서우리만치 차분하다.

인류 종말을 앞두고서 사랑하는 가족이 아닌 남에게 갈 수 있는 사람이 얼마나 될까? 인간에게 이타심이란 자신의 생존을 보장받을 때만 발휘할 수 있다는 것쯤은 지난 며칠간 충분히 배웠다.

"뭐지…?"

속으로 중얼거린다는 게 입 밖으로 새어 나왔다. 가슴이 두근거렸다. 심장 소리가 귓가에 울릴 정도다. 그녀는 그의 손에 들린 기다란 회칼을 바라봤다. 그의 등을 주시하며 조심스레 무릎을 꿇었다. 주변에 적당한 크기의 돌멩이 하나를 집었다. 아이 뺨에 입을 맞추고 조심히 바닥에 내려놓았다. 다시 자리에서 일어서는데 아이가 울음을 터뜨렸다. 반건영이 고개를 돌렸다. 이미애는 곧장 그에게 달려들었다.

15

간단한 일이었다. 손에 쥔 칼만 휘두르면 모든 게 끝날 참이었다. 그러나 운이 따르지 않았다. 회칼을 휘두르려는 순간 땅이 크게 흔들려 중심을 잃고 말았다. 재빨리 칼을 들어올렸지만, 이미애가 주먹으로 칼을 잡은 손을 때렸다.

별 볼 일 없는 저항이라 생각했는데 오산이었다. 손에 묵직한 통증이 전해졌고 순간 팔에 힘이 빠져 칼을 놓치고 말았다.

"망할!"

당장 회칼을 줍기보단 머리를 향해 달려드는 이미애의 손을 붙잡았다. 움켜쥔 손가락 틈 사이로 짱돌 하나가 보였다. 돌을 떨어뜨리게 하려고 붙잡은 손목을 흔들었다. 그러자 이미애가 엉덩이를 뒤로 내빼며 바닥에 주저앉았다. 순간 손아귀에서 빠져나가려는 손목을 힘껏 잡았다.

"가만히 있어!"

반건영이 빈손으로 여자의 뺨을 후려쳤다. 여자의 머리가 크게 휘청인다. 효과는 확실했다. 여자의 손에 있던 짱돌이 떨어졌다. 여자를 밀쳐 쓰러뜨리고 손등을 바라봤다. 돌에 맞은 자리가 부어올라 있었다. 주위를 둘러봤다. 땅이 요동치며 갈라지고 있었다. 몇몇 건물들은 붕괴하기 일보 직전이었다. 그러나 그의 눈에 그런 건 들어오지 않았다.

마음에 드는 큼직한 돌멩이 하나를 주워들었다. 그리고 이미애를 바라봤다. 바닥을 기어 아이에게 가고 있는 여자가 보였다. 반건영은 힘껏 돌멩이를 던졌다.

"흐윽!"

어깨에 돌을 맞은 이미애가 비명을 내지르며 몸을 움츠렸다. 반건영은 다시 돌을 주우려 무릎을 꿇었다. 순간 바닥이 크게 갈라졌다. 갈라진 틈 사이로 무릎이 빠졌지만, 재빨리 옆으로 몸을 던졌다.

"죽을 뻔했잖아…!"

한숨을 내쉬며 고개를 드는데 무섭게 달려드는 이미애가 보였다. 그는 반사적으로 손을 뻗었다. 동시에 무언가 뱃속 깊이 들어왔다.

"커컥!"

괴상한 소리가 입 밖으로 튀어나온다. 반건영은 숨을 몰아쉬며 이미애를 밀쳤다. 비틀거리며 뒤로 물러서는 이미애가 보였다. 목구멍에서 뜨끈한 액체가 쏟아진다. 천천히 고개를 숙였다. 복부에 꽂힌 회칼이 보인다.

'망할 년.' 그는 조금 전 아이를 향해 기어가던 여자를 떠올렸다. '아이가 아니라 칼이었어. 독한….'

다리의 힘이 서서히 빠져나갔다. 중심을 잡으려 애썼다. 비틀거리며 뒤로 물러서려는데 지면에 발이 닿지 않는다. 끝도 없이 아래로 빨려 들어가는 느낌이다.

16

크게 갈라진 땅 사이로 사라지는 반건영을 바라봤다. 이미애는 서둘러 아이에게 달려갔다. 위태롭게 바닥을 기던 아이를 품에 안았다. 아이의 울음소리가 귓가에 들려왔다. 평소라면 듣고 싶지 않은 소리였지만 지금은 한순간도 놓치고 싶지 않았다.

건물이 무너져 내리고 흔들리는 땅이 갈라지는 소리가 점차 커지고

있었다. 어마어마했다. 그녀는 반건영이 끌고 온 남편의 자동차로 향했
다. 운이 좋은 건지 이런 상황에서도 멀쩡하게 자리를 지키고 있었다.
보조석에 올라탔다. 문을 닫자 밖의 소음이 줄어들고 아이의 울음소리
가 커졌다. 이미애는 애정 어린 눈으로 아이를 바라봤다. 아이가 울음을
그쳤다. 그리고 활짝 웃는다. 이미애 역시 아이를 따라 웃었다.

"사랑해."

이미애가 내뱉은 마지막 말이었다.

김창현 추리소설을 좋아해서 추리소설을 쓰기 시작한 추리소설 덕후. 2021년《계간 미스터리》
여름호에〈주리〉로 신인상을 받으며 등단했다. 2016년《괴물의 그림자》,《젠가 게임》을 전자책
으로 출간했고 네이버 오디오클립에서 '추리소설 읽는 남자'를 기획하고 진행한다. 좋은 추리소
설을 쓰고 싶어 매일 단련 중이다.

팔각관의 비밀

홍정기

팔각관 계략도

본실

박순찬

박여진　　　　강현숙

박두준　　**식탁**　　박일준

박사준　　　　박이준

박세희

미닫이 문

전실

등장인물

1. 박순찬 회장
2. 회장의 아내 강현숙
3. 큰아들 박일준
4. 둘째 아들 박이준
5. 셋째 딸 박세희
6. 넷째 아들(혼외자) 박사준
7. 혼외 아들 박사준의 장남 박두준
8. 둘째 아들 박이준의 장녀 박여진
9. 하녀

모두가 깊이 잠든 시각.

어둠이 짙게 내린 건물에는 적막감이 감돌았다.

한순간 현관문이 열리며 쏟아진 빛줄기가 어둠을 밝혔지만 이내 전실은 다시 어둠 속으로 침잠했다.

이윽고 텅 빈 전실에 사람 그림자 하나가 어른거렸다.

그림자는 성큼성큼 전실을 가로질러 한쪽 벽면 끝으로 향했다.

그림자가 다다른 곳은 붉은 LED가 점점이 켜진 화재 수신기였다.

화재 수신기의 뚜껑을 열자 붉은색, 푸른색 전선들이 복잡하게 얽혀 있는 PCB 기판이 드러났다. 그림자는 미리 준비해온 소형 회로판을 꺼내 PCB 기판에 연결하기 시작했다.

'이제 당신 목숨은 당신의 말 한마디에 달렸어. 큭큭큭큭큭⋯.'

음침한 웃음소리가 잠시 전실의 적막을 걷어냈다.

*

강원도 어느 깊은 산골.

일반인은 근처에조차 갈 수 없는 10만 평의 사유지에 비밀스러운 대저택이 숨어 있었다. 바로 대한민국 재계 서열 1위 순찬그룹 박순찬 회장의 별장이었다.

산을 가로지르는 구불구불한 도로를 달려 보안이 삼엄한 게이트를 지나 나무가 늘어선 진입로를 따라 올라가고 나서야 비로소 별장에 닿을 수가 있었다. 끝이 보이지 않는 드넓은 정원을 가득 메운 정원수와 연못 사이로 전 세계에서 공수한 최고급 재료로 지은 3층 규모의 저택은 1년에 서너 번만 머물기에는 아까울 정도로 웅장한 위용을 자랑했다.

그 저택 옆으로 용도를 알 수 없는 이질적인 건물이 있었으니, 바로 박순찬 회장이 가장 좋아하는 팔각관이다.

출입구가 있는 전실을 제외하고는 이름 그대로 여덟 개의 벽이 팔각을 이루며 천장까지 이어지는 완벽한 대칭 구조로 팔각 본실에는 외부와 통하는 창문이 없으며 격자 미닫이문으로 둘러싸여 있어 안에서는 방향을 구분할 수가 없는 기묘한 건축물이었다.

가구 또한 범상치 않다. 본실 한가운데 자리한 팔각 식탁이 팔각 벽의 꼭짓점과 정확히 대칭을 이루고 있고, 각각의 여덟 면에 여덟 개의 원목 의자가 배치되어 있다. 팔각 식탁 위에 놓인 팔각 접시와 팔각 컵 등 팔각에 대한 박순찬 회장의 집착은 기괴하기까지 했다.

팔각관은 박순찬 회장만의 프라이빗한 공간이지만 1년에 단 하루는 사람들로 북적인다.

바로 박순찬 회장의 생일인 4월 10일. 가족들의 저녁 만찬이 이 팔각관에서 열린다. 박순찬 회장의 일흔다섯 번째 생일을 맞아 흰색 프릴이 달린 메이드복을 차려입은 하녀는 만찬 준비에 여념이 없었다.

만찬의 코스요리에는 박순찬 회장만의 순서가 있었다. 특히 생일 만찬 같은 격식 있는 자리에서는 더욱 순서에 집착했다. 회장은 주요리가 나오기 전에 간단한 다과(달달한 간식을 좋아하는 회장의 취향에 맞는)와 함께 최고급 샴페인으로 건배한 뒤 식사를 시작하는 습관이 있었다.

하녀는 박순찬 회장 일가가 팔각관에 입실하기 전에 건배 준비를 위해 서둘러 전실의 와인 냉장고에서 최고급 샴페인 돔 페리뇽을 꺼냈다. 서빙 카트 위에 놓인 여덟 개의 팔각 잔에 차례로 돔 페리뇽을 따르던 하녀는 일곱 번째 잔에서 샴페인을 모두 소진했다. 와인 냉장고에서 새로 돔 페리뇽을 꺼낸 하녀는 능숙하게 코르크 마개를 따고 마지막 여덟 번째 잔에 샴페인을 채웠다.

여덟 개의 잔 속에서 샴페인의 기포가 청량한 소리를 내며 터졌다.

서빙 카트를 본실로 이동해 건배 준비를 끝내자 때마침 박순찬 회장을 필두로 아내 강현숙과 네 명의 자식들(박일준, 박이준, 박세희, 박사준), 그리고 손주들(박두준, 박여진)이 팔각관에 입장했다. 저택에서 바로 이동한 듯한 일가는 모두 가벼운 옷차림이었다.

위엄 있는 팔자걸음으로 서빙 카트 위 샴페인 잔의 스템을 가볍게 잡는 박순찬 회장을 필두로 휴대폰에 정신을 쏟으며 잔을 잡은 박여진, 한복 옷고름을 누른 채 잔을 잡는 강현숙 여사, 잡담을 나누는 박이준과 박세희 남매, 은테 안경을 고쳐 쓰며 잔을 잡는 박일준. 그리고 그 뒤를 따르는 넷째 아들 박사준과 마지막으로 입실하여 여덟 번째 잔을 잡는 손자 박두준까지. 각자 샴페인을 고른 회장 일가는 팔각 식탁으로 이동했다.

팔각 식탁의 배석 또한 철저히 나이 순이다. 출입구에서 제일 먼 좌석에 박순찬 회장을 기준으로 오른쪽으로 아내와 자식들. 그리고 손주들 순으로 배석했다. 일가의 배석을 확인한 하녀는 서빙 카트를 끌고 본실에서 나갔다. 샴페인을 곁들인 간식 타임 이후 식사를 위한 호출이 있을 때까지 전실에서 대기해야 한다.

격자 미닫이문이 닫히고 빛나는 팔각 샹들리에 아래 일가가 모여 앉았다.

드디어 생일 건배사를 위한 준비가 끝난 것이다.

박순찬 회장의 헛기침을 신호로 큰아들 박일준이 잔을 들고 자리에서 일어섰다.

"회장님의 혜안으로 캐슬 자동차 인수 계약을 체결하고 드디어 순찬의 엔진을 달아 출시한 캐슬러로 국내 자동차 매출 1위를 달성했습니다."

박일준은 박순찬 회장을 향해 잔을 들어올렸다.

"모두가 회장님, 아버님의 미래를 내다보는 안목 덕분입니다. 새로운 순찬의 역사를 일궈낸 아버님의 일흔다섯 번째 생신을 축하드립니다. 모두 잔을 들고 건배합시다."

일가 모두가 잔을 들어올리고 크게 외쳤다.

"건배!"

이어서 각자 샴페인을 입가로 가져가려던 순간.

고막을 때리는 소방벨 소리에 식탁에 있던 사람들은 모두 일순간 얼음처럼 굳어버렸다.

"불, 불이라고?"

"아, 아버님 어서 자리를 피하셔야…."

"진정하세요, 형님. 아직 상황 파악을 해야…."

"어서 여기에서 나가요."

난데없는 벨소리에 본실은 아수라장이 됐다. 처 강현숙 여사와 첫째 아들 박일준은 박순찬 회장을 의자에서 일으켰고 다른 사람들도 식탁을 벗어나 서둘러 출입구를 향해 가고 있었다. 그때 거짓말처럼 소방벨이 멈췄다. 출입구로 향하던 일가가 상황을 파악하는 사이 문밖에서 하녀의 외침이 들려왔다.

"죄, 죄송합니다. 화재 감지기가 오동작한 것 같아요."

셋째 딸 박세희가 날카롭게 외쳤다.

"정말 확실한 거지? 아니, 가족 만찬에 이게 무슨 일이야!"

문밖의 하녀는 어쩔 줄 몰라 하며 말했다.

"죄송합니다. 집사를 통해 오동작을 확인했어요. 정말 죄송합니다…."

잠자코 있던 회장이 부드럽게 말했다.

"쟤 탓이 아닌데 왜 쟤한테 뭐라 하나? 됐다. 자리로 돌아가자."

아들의 부축을 받아 다시 자리로 돌아가는 회장을 따라 나머지 가족들도 이동했다. 식탁에 가까이 있던 박여진이 그새를 못 참고 서둘러 자리에 앉아 휴대폰에 정신을 쏟았다. 박이준은 딸의 모습을 보며 못 말린다는 듯 고개를 내저었다. 이어서 박두준과 박사준 그리고 박이준이 착석하고 박세희가 하녀를 썹으며 자리에 앉은 뒤, 회장을 자리에 앉힌 박일준과 강현숙 여사가 마지막으로 의자에 착석했다.

어수선한 분위기를 바꾸고자 박일준이 다시 잔을 들고 회장을 향해 건배를 선창했다. 일가 모두가 박일준을 따라 후창한 뒤, 시원한 샴페인으로 놀란 가슴을 진정시켰다. 건배 이후 가족들은 담소를 나누며 각자

식탁 중앙 팔각 접시에 놓인 설탕 맛밤을 집게로 집어 앞접시에 덜어 먹었다. 설탕 맛밤은 회장의 최애 간식으로 설탕을 녹인 물에 맛밤을 넣어 졸인 것이다.

"오늘따라 샴페인이 아주 달구나."

회장이 샴페인을 홀짝이며 만족스러워했다.

"그러게요. 크으."

샴페인을 들이켠 둘째 아들 박이준이 강현숙을 보며 이어 말했다.

"샴페인도 좋은데. 이야아아. 올해도 맛밤이 끝내주네요. 어머님이 직접 만드신 거죠?"

둘째 박이준의 칭찬에 강현숙의 입가가 눈에 띄게 올라갔다. 강현숙은 맛밤을 오물거리며 화답했다.

"어젯밤에 만들었단다. 어미가 만든 간식을 맛있게 먹어주니 기분이 좋구나."

"할머니 맛밤 최고!"

손녀 박여진이 머리칼을 쓸어 올리며 엄지를 세우자 강현숙도 엄지를 세워 화답했다. 모두가 맛있게 맛밤을 먹는 와중에 박세희만 맛밤에 손도 대지 않은 채 샴페인을 홀짝거렸다. 이를 이상하게 여긴 박두준이 물었다.

"고모는 맛밤 안 드세요?"

박세희가 왼쪽 턱을 쓰다듬으며 말했다.

"충치 때문에 고생이거든."

이어서 쓴웃음을 지으며 덧붙였다.

"치과를 가야 하는데… 치과는 너무 무서워서… 호호호."

"아, 그렇군요. 데헷."

박두준이 꾸러기 미소를 지으며 고개를 끄덕였다.

"다 큰 어른이 아직도 병원이 무섭니."

넷째 아들 박사준의 핀잔에 가족 모두가 웃음을 터뜨린 그때였다.

"컥! 커어어어억!"

모두가 고개를 돌려 한 곳을 바라봤다.

회장이 손으로 목을 부여잡고 있었다. 놀람과 고통으로 일그러진 얼굴은 터질 듯 붉게 부풀어 올랐고 충혈된 눈은 돌출돼 있었다.

"여보… 여보, 왜 이래요…."

"아버지, 무슨 일이에요."

"할아버지, 괜찮으세요?"

강현숙 여사와 손녀 박여진이 회장을 향해 손을 뻗었다.

회장의 뒤틀린 입가에서 피거품이 주르륵 흘러나왔다. 회장의 동공이 크게 확장됐다.

"우웨에에엑."

뱃속을 긁어내는 소리에 이어 피가 뒤섞인 샴페인이 식탁과 대리석 바닥을 어지러이 적셨다. "끄으으으으윽…."

생애 마지막 신음을 토해낸 회장의 눈동자가 하늘로 말려 올라갔다. 이윽고 회장의 머리가 실이 끊어진 듯 둔탁한 소리를 내며 식탁 위에 내리꽂혔다.

일가는 제자리에서 얼음처럼 굳어버렸다. 실로 순식간에 벌어진 일이었다.

"꺄아아아악!"

정적을 깬 것은 회장의 끔찍한 모습을 바로 옆에서 지켜본 손녀 박여진의 비명이었다.

놀란 가족들이 자리를 박차고 일어서는 순간, 손자 박두준이 두 팔을 벌려 그들을 막아서고 소리쳤다.

"모두 그대로 멈추세요! 회장님은… 독살당했습니다."

박두준의 말에 자리를 박차고 뛰어나오려던 모두가 주춤거렸다.

쓰러진 회장을 두고 서로의 눈치를 보는 가족들.

팔각관에 숨 막히는 정적이 내려앉았다.

*

대체 무슨 일이 벌어진 건가.

눈앞의 광경은 꿈인가 현실인가.

큰아들 일준의 건배사에 이어 샴페인을 마시고 맛밤을 먹었다. 그 직후 오장육부를 태워버릴 것 같은 극심한 고통이 몰아쳤다.

이러다 죽을 것 같다고 느낀 순간. 언제 그랬냐는 듯 한순간에 고통이 날아가고, 갑자기 눈앞에 유아기부터 지금까지 75년 동안 내가 겪은 모든 일들이 주마등처럼 스쳐 지났다.

주마등 타임을 지나 비로소 눈에 들어온 광경은 또 한 번 나를 충격과 혼란에 빠뜨렸다.

병실이 아니었다. 팔각관. 나는 여전히 팔각관에 있었다. 그것도 내가 앉아 있던 바로 그 자리 그대로 말이다. 더욱 이해할 수 없는 것은 가족 모두가 내 눈앞에서 얼음처럼 굳어버렸다는 것이다. 나를 향해 손을 뻗고 있는 손녀 여진이, 왼편에는 아내 현숙 여사가, 자리에서 일어서는 엉거주춤한 자세로 굳어버린 아들과 딸까지.

나는 지금 악몽이라도 꾸고 있는 건가.

응?

무심코 시선을 내리다 깜짝 놀랐다.

피로 물든 식탁 위에 머리를 처박은 이 자는 누구인가. 아니, 누구든 상관없다. 그보다 어떻게 의자에 앉은 내 몸과 겹쳐 있을 수 있는 건가.

나는 재빨리 몸을 일으켜 쓰러진 남자와 거리를 두었다. 그리고 쓰러진 남자를 이리저리 살펴보고 경악했다.

나다. 이 사람은… 다름 아닌 나였다.

나… 죽은 거야? 정말?

쓰러진 나를 일으켜 세우려고 어깨에 손을 대봤지만, 손은 쓰러진 나를 그대로 통과했다. 번번이 이어지는 헛손질에 쓰러진 나를 일으켜 세

122

우려던 건 포기하고 내 몸을 살펴봤다.

어, 이건 뭐지?

가슴 부근에서 이상한 실타래를 발견했다. 하얀색 명주실들이 모인 실타래는 명치에서 시작해 식탁에 쓰러진 육신의 가슴과 이어져 있었다.

어!

하얀 실타래를 살피고 있던 와중에 실오라기 하나가 '팅' 하고 끊어져 버렸다. 내가 만지지도 않았는데 말이다.

그 순간 어떤 생각이 뇌리를 스치고 지나갔다.

극심한 고통으로 숨이 끊어지기 직전 육신과 영혼이 유체이탈로 분리된 것이 아닐까. 그리고 육신과 영혼을 이어주는 이 실은 바로 나의 명줄이 아닐까, 하는 생각 말이다.

이 실타래가 전부 끊어지면 목숨을 잃는 건가.

나는 서둘러 가슴의 명주실을 세어봤다. 조금 전 끊어진 실을 포함해 타래실은 모두 마흔 가닥이었다. 그리고 현재 남은 실은 서른아홉 가닥. 눈앞의 가족들은 굳어 있는 게 아니라 아주 느리게 움직이고 있다는 사실도 깨달았다. 지금도 주마등 타임의 연속인 것이다.

이런저런 생각을 하는 사이 두 번째 실이 끊어졌다.

한 1분 정도였나. 아무래도 실 하나가 끊어지는 시간은 대략 현실 세계에서의 1분 정도인 것 같았다. 그렇다면 이제 내게 남은 시간은 38분이라는 말인가.

모든 상황이 정리되고 나니 오히려 머릿속이 맑아졌다. 그리고 내가 독살당했다는 것과 범인은 이 자리에 있다는 확신이 들었다.

결심했다.

범인은 내가 잡는다. 남은 실이 전부 끊어지기 전까지….

나는 주마등 타임으로 봤던 오늘 아침의 생생한 기억을 다시 떠올렸다.

똑똑똑.

"들어와라."

이른 아침 서재에서 조간신문을 보던 회장은 문을 두드리는 소리에 고개를 들었다. 문을 열고 들어온 사람은 큰아들 박일준이었다.

"무슨 일이냐?"

"아버지, 드릴 말씀이 있어 찾아왔습니다."

회장은 다시 신문으로 눈을 돌리고 말했다.

"듣고 있다."

우물쭈물하던 박일준이 검정 뿔테안경 중앙의 브리지를 밀어올리고 어렵사리 입을 뗐다.

"아버지, 제 나이도 이제 마흔아홉입니다. 오십이 다 돼가는데 경영권 승계 작업을 시작해야 하지 않겠습니까?"

신문을 넘기려던 회장의 손이 멈칫했다. 잠시 그대로 있던 회장이 돋보기안경을 내려놓고 천천히 박일준을 향해 고개를 들었다. 회장의 얼굴에는 잔뜩 노기가 서려 있었다.

"뭐? 경영권 승계? 이제껏 네놈이 나한테 보여준 게 하나라도 있더냐. 아비 그늘에서 호의호식한 놈이 순찬그룹을 이끌어갈 수 있다고 생각하는 게냐!"

회장의 쩌렁쩌렁한 고함에 큰아들 박일준이 저도 모르게 뒷걸음쳤다. 회장의 일갈이 이어졌다.

"그딴 말 늘어놓기 전에 당장 나가서 내 앞에 실적을 가져와. 네 실적서를 보고 나서 마저 얘기해보자고!"

박일준은 혼비백산하여 도망치듯 서재를 나갔다.

조금 뒤에 울리는 노크 소리. 두 번째로 서재를 찾아온 이는 셋째 딸 박세희였다. 박세희는 회장의 책상 앞까지 다가와 콧소리 섞인 목소리로 말했다.

"아버지이이이. 우리 이 서방이요. 어엿한 사업체에서 사장 한 번 달아보는 게 평생의 꿈이라네요."

회장은 박세희의 말에 미동도 없이 신문에 시선을 못 박았다. 박세희는 아랑곳없이 콧소리를 이었다.

"아버지가 이 서방 한 번만 밀어주세요. 아빠 이 서방을 위해서 사장 자리 하나 충분히 만들어줄 수 있잖아요. 네에에에?"

순간 책상을 내려치는 소리에 깜짝 놀란 박세희가 발라당 뒤로 넘어졌다.

"내가 평소에 뭐라 했나? 그놈은 사업가로서 틀려먹었다고 안 했나? 평생 너한테 붙잡혀서 시다바리나 하는 놈이 사업은 무슨 사업이야. 우리 집안 다 말아먹으려고 작정했나? 사업? 사장? 내가 죽기 전에는 그 꼴 절대 못 본다고 했나, 안 했나?"

"아빠아아아아아아아아."

"됐다, 그만 나가라. 당장 썩 꺼지지 못할까! 어?!"

회장의 일갈에 박세희 역시 도망치듯 서재를 빠져나갔다. 한숨을 쉬고 신문을 마저 보던 회장이 다시 고개를 들었다. 이번에는 둘째 아들 박이준이었다.

"넌 또 와?"

짜증 섞인 회장의 목소리에 의아한 박이준이 입을 열었다.

"아버지, 제 말 좀 들어봐요."

"쓸데없는 소리 할 거면 주둥이 닫고 그만 나가라."

하지만 박이준은 전혀 개의치 않고 말했다.

"아버지, 두준이 놈 때문에 제가 미쳐버리겠다고요. 그놈이 로나 코인을 나한테 소개해놓고 자기는 뒤로 쏙 빠져서 손해가 이만저만이 아니에요. 이러다 순찬백화점이 두준이 놈한테 넘어가게 생겼어요."

"두준이가 그 빌어먹을 코인에 투자 안 하면 너 손모가지 잘라버린다고 했나?"

"아… 아뇨."

"그러면 그 코인에 순찬백화점 자금 싹 다 투자하라고 두준이가 시켰나?"

"아, 아뇨…."

낯빛이 점점 어두워지던 회장이 책상 위의 책을 박이준에게 냅다 집어 던졌다.

"근데 와 여기 와서 지랄이고 지랄이!"

"아아아아악!"

얼굴로 날아온 책을 정통으로 맞은 박이준이 붉게 상기된 볼을 부여잡고 서재를 빠져나갔다. 다음으로 찾아온 사람은 둘째 아들 박이준의 딸 박여진이었다. 손녀를 본 회장의 표정이 조금은 풀어졌다.

"왜? 할배 방에는 무슨 일로 왔나?"

손녀 박여진이 애교를 떨듯 갈색 생머리를 귀 뒤로 넘기고 두 볼을 부풀리며 말했다.

"할아버지, 지금 어느 시대인데 정략결혼이 말이 돼요?"

손녀의 말에 웃음기 가득한 회장의 얼굴이 대번 싸늘해졌다.

"그거 말하려고 왔나?"

"할아버지, 우리 오빠 한 번만 만나주세요. 저랑 같은 연대 출신에 전자공학도로 성과도 올리고 있어요. 자, 이거 좀 봐주세요."

"뭐어? 우리 오빠?"

박여진이 들고 있던 휴대폰 화면을 회장에게 내밀었다. 화면 속에는 훤칠한 남자가 방송국 마이크 앞에서 인터뷰하는 영상이 재생됐다.

'이번 연구 성과를 말씀해주시죠.'

회장은 귀찮다는 듯이 손을 저었다.

"치워라, 저리 치우라고!"

"할아버지, 조금만 더 봐주세요."

손녀가 휴대폰 화면을 회장의 얼굴 앞으로 들이밀었다.

'…드해쉬는 주변의 물리적 환경에 숨어 있는 정보를 추출, 새롭게 가치를 창출하는 연구로서 획기적인 위조 방지를…'

"치우라 안 했나!"

회장이 손녀의 손에서 휴대폰을 빼앗아 꺼버렸다.

"갓난쟁이 때부터 너는 금왕그룹 아들내미하고 결혼할 거라고 약속해놨다. 펜대 굴리는 그놈하고는 당장 헤어져라. 알았나? 어?"

"흐흑… 할아버지 너무해!"

손녀는 눈물을 흘리며 서재를 뛰쳐나갔다. 다음으로 서재를 찾은 사람은 혼외로 낳은 넷째 아들 박사준의 아들 박두준이었다.

"두준이 왔나?"

회장의 목소리는 한결 풀려 있었다.

"네, 할아버지."

두준은 트레이드마크인 꾸러기 미소를 지어 보였다.

"와? 할배한테 뭔 할 말 있나?"

"할아버지한테 선전포고하러 왔어요."

"핫핫핫핫! 뭐라고? 선전포고?"

두준이 자신만만하게 말했다.

"제가 순찬을 살 거예요. 할아버지에게 경영권을 승계받지 않을 거예요. 제가 번 돈으로 순찬을 살 겁니다. 이거 말씀드리려고 왔어요."

"그게 뭔 뜻인지 아나?"

두준은 크게 고개를 주억거렸다.

"그래, 내 한번 지켜보마. 그리고 말이다, 니는 절대 아무도 믿지 마라. 이 할아비도 말이다. 알긋나?"

또다시 고개를 주억거린 두준은 꾸벅 인사를 하고 방을 나갔다. 두준이 사라진 문을 보며 회장은 대견한 듯 슬며시 미소를 지었다. 마지막으로 서재를 찾은 이는 아내 강현숙 여사였다. 강현숙은 쟁반을 책상 위에 내려놓으며 말했다.

"선물로 들어온 대추차예요. 드셔보세요. 몸을 따뜻하게 해주네요."

회장은 아내를 물끄러미 훑고 말했다.

"알랑방귀 그만 뀌고 할 말 있으면 해봐라."

강현숙은 회장의 눈치를 살피며 말을 시작했다.

"이제껏 당신이 하는 일에 뭐라 한 적은 없어요. 그런데 이번만큼은 한마디 해야겠습니다."

회장이 고개를 까딱거렸다. 강현숙이 이어 말했다.

"지금 당신 자리에 누구를 앉히려는지 다 알아요. 두준이죠?"

강현숙은 회장의 대답과 상관없이 흥분하며 언성을 높였다.

"저는요, 절대 그 꼴은 못 봐요. 순찬은 우리 장남 일준이가 이어받아야 해요. 알겠어요? 두준이한테 넘어가도록 제가 가만 안 있을 겁니다. 두고 보세요."

할 말을 마친 강현숙은 회장의 말을 기다리지 않고 방을 나갔다.

모두가 나간 뒤 적막한 서재 안.

회장의 얼굴에 어두운 그늘이 드리워졌다.

*

나는 천천히 고개를 저었다.

혼외자로 경영권 경쟁에서 밀린 뒤 보헤미안으로 살고 있는 넷째 아들 박사준을 제외하고는 모두가 내게 원한을 품기에 충분했다. 아침의 일을 회상하는 동안 열 번째 가닥의 명주실이 끊어졌다. 시간이 얼마 남지 않았다. 빨리 범인을 유추해야 한다. 나는 왼손으로 턱을 쓰다듬었다.

지금부터 추리 타임이다.

그동안 아무도 모르게 봐왔던 추리소설로 습득한 지식을 내 독살사건에 쓰게 될 줄이야. 아이러니하지만 온몸의 피가 들끓었다. 추리소설 마니아였던 만큼 일생의 마지막 추리를 정확하게 맞히고 싶었다.

나는 소거법으로 범인을 지목하기로 했다. 소거법은 모든 단서를 샅샅이 검토해 그중 논리적으로 가능하지 않은 가설을 차례로 배제하는 추리 기법이다. 나는 곰곰이 사건 직전의 일들을 하나하나 되짚기로 했다.

혹시 맛밤? 맛밤을 삼킨 직후 위장에 고통을 느꼈었다. 그러고 보니 맞아, 셋째 딸 세희는 맛밤을 먹지 않았어….

모두가 맛밤을 먹을 때 유일하게 밤을 먹지 않은 세희. 순간 참을 수 없는 분노와 함께 주마등 타임으로 봤던 어릴 적 기억의 한 조각이 떠올랐다.

'이거 먹을래?'

'그게 뭐야?'

'밤. 달다.'

'고, 고마워.'

서울에서 전학 온 샌님은 내가 준 것이 밤인 양 입에 넣으려 했다.

'큭큭큭큭. 병신 새끼? 너 그거 먹으면 뒈진다. 킥킥.'

'뭐… 뭐?!'

'하하하하하! 서울 놈들은 싹 다 병신이구만. 먹을 거 안 먹을 거 구분도 못하네. 큭큭큭.'

시골 출신인 난 밤과 꼭 닮은 칠엽수 열매로 장난을 치곤 했다.

요즘 사람들에겐 칠엽수보다 마로니에 열매로 더 잘 알려져 있지만, 열매 모양이 밤을 닮은 탓에 외지 사람들은 밤인 줄 알고 식용하는 사례가 종종 있었다. 하지만 칠엽수 열매는 독성이 있다. 먹으면 생명이 위험할 수도 있었다.

칠엽수 열매는 원래 쓴맛이지만 달콤한 설탕을 입혔다면 모르고 먹었을 수도 있다. 충치 때문에 맛밤을 먹을 수 없다던 세희. 본인은 칠엽수 열매를 먹지 않기 위한 핑계였을까? 셋째 딸 세희를 제외한 모두가 맛밤을 먹었다. 그렇다면 세희 녀석이 우리 가족 모두를 몰살하려고?

충격과는 별개로 가슴이 두근거렸다. 단번에 범인을 맞힐 수도 있다는 생각에 나도 모르게 흥분했다.

나는 육신의 머리 옆 팔각 앞접시에 다가섰다. 앞접시에는 내가 먹다 남긴 맛밤이 놓여 있었다. 설탕물을 입혀 반짝이는 코팅 안으로 이빨 자국이 선명한 밤을 이리저리 살폈다.

하지만 이내 낙담했다. 기억 속의 칠엽수 열매가 아니었다. 내가 알고 있는 밤과 별반 다를 게 없었다. 명주실이 닿을 수 있는 식탁의 반대편 끝까지 모두의 밤을 살폈으나 칠엽수 열매는 어디에도 없었다.

그래. 아무리 설탕물을 입혔다 해도 쓴맛을 감추지는 못했으리라. 가족 모두가 쓴맛을 느끼지 못했을 리가 없다. 게다가 가족 전부를 몰살하려 했다면 지금쯤 나 말고도 줄줄이 유체이탈을 했을 것이다.

그 많은 맛밤 사이에 칠엽수 열매 하나를 섞는 것도 말이 되지 않는다. 맛밤은 각자가 집게로 집어 앞접시에 덜어 먹었다. 러시안룰렛도 아니고 칠엽수 열매를 누가 먹을 줄 알고? 세희가 묻지 마 살인을 저지를 이유는 없다. 셋째의 충치는 진실이다.

낙담도 잠시. 그사이 네 가닥의 실이 끊어져 이제 스물여섯 가닥이 남았다.

나는 서둘러 맛밤을 리스트에서 소거했다.

그러면… 그러면… 그러면… 뭘까….

안절부절못하는 사이 팔각 샴페인 잔이 눈에 들어왔다.

팔각! 그래… 팔각관을 간과했다.

나를 본격 미스터리의 세계로 빠져들게 한 첫 소설. 팔각관의 살인사건. 나는 서둘러 식탁 끝에서 쓰러져 있는 육신 앞으로 돌아왔다. 밤이 아니라 샴페인이다. 샴페인에 독을 탄 것이다. 그리고 독이 든 샴페인을 구분하기 위해 팔각 잔과 비슷한 칠각이나 구각 잔을 이용한 것이리라. 솔직히 잔의 각수를 눈여겨 세는 사람이 몇이나 되겠는가.

나는 내가 마신 샴페인 잔이 팔각이 아닌, 칠각이나 구각이라고 확신하고 쓰러져 있는 잔의 각을 하나하나 세어봤다.

하나… 둘, 셋, 넷, 다섯, 여섯, 일곱… 여덟.

또다시 낙담했다. 의심의 여지가 없었다. 샴페인 잔은 정확히 팔각이었다.

하긴. 눈속임으로 칠각이나 구각 잔에 독을 타봤자 서빙 카트 위의 잔들은 무작위로 섞여 있었고 내가 가장 먼저 잔을 잡았으니 팔각이 아닌 다른 잔을 잡는다는 보장은 없다.

팅. 고심하는 사이 열여섯 번째 가닥의 명주실이 끊어졌다.

이런 젠장. 생각보다 쉽지 않다.

조바심이 온몸을 휘감았다. 나는 팔각 잔을 리스트에서 삭제하고 크게 숨을 들이마셨다 내쉬었다. 그러면서 두 눈을 동그랗게 뜨고 식탁에 쓰러진 나를 바라보고 있는 가족들을 천천히 훑어봤다.

그때 눈에 거슬리는 것이 있었다. 안경. 바로 장남 박일준의 안경이었다.

안경이 바뀌었다. 분명 아침에는 검정 뿔테였는데 지금은 은테다.

장남의 안경까지 신경 쓸 겨를은 없었다. 하지만 지금은 죽음 직후의 주마등 타임으로 기억력이 비약적으로 높아진 상태였다. 오늘 아침뿐만이 아니다. 내 기억 속에서 박일준은 은테 안경을 단 한 번도 쓴 적이 없었다.

순간 또 다른 추리소설이 머릿속을 비집고 올라왔다.

국내 과학 추리소설의 대가로 불리는 작가의 작품에서 특수 시약을 묻힌 카드를 구별하기 위해 특수 시약을 구별할 수 있는 전용 안경을 썼던 트릭이 불현듯 떠올랐다.

이런 일준 녀석. 일준 역시 살인 동기는 충분했다. 나를 죽이고 경영권을 승계하려는 심산이리라.

돔 페리뇽 한 병은 정확히 팔각 잔 일곱 개를 채울 수 있다. 여덟 개의 잔을 채우려면 한 병을 더 따야 한다. 그렇다면 두 번째 돔 페리뇽 병에 미리 독을 넣으면 독이 든 잔은 여덟 번째 잔이 된다. 하녀가 여덟 개의 잔을 채우는 순서만 미리 파악한다면 마지막으로 특수 시약을 묻힌 여덟 번째 잔을 전용 안경으로 구분할 수 있을 것이다.

나는 걸음을 옮겨 나를 바라보고 있는 일준의 뒤에 섰다. 그리고 등 뒤에서 일준의 안경 너머로 내 육신의 머리 옆에 쓰러져 있는 팔각 샴페인 잔을 바라봤다.

하아.

연이은 낙담. 일준의 안경을 통해 바라본 잔은 어떠한 표식도 없었다. 하긴 일준 역시 독이 든 잔을 구분할 수 있다 쳐도 그 잔을 내가 마시게 할 방법이 요원하다. 카트에 놓인 여덟 개의 잔 가운데 내가 독이 든 잔을 잡을 확률은 8분의 1. 이 트릭을 깨야 비로소 범인의 윤곽을 잡을 수 있을 것이다.

헛발질을 하는 사이 스물세 번째 실 가닥이 끊어졌다. 시간이 속절없이 줄어들고 있다.

내 입에 유독 달았던 샴페인에 뭔가 있었을까.

사고회로가 샴페인의 단맛으로 급변했다.

항상 물처럼 마시던 샴페인이다. 오늘따라 더욱 달게 느껴진 건 그저 기분 탓일까. 혹시 잔 바닥에 독을 넣고 그 위로 맛밤의 설탕물을 떨어뜨려 굳혔다면…. 샴페인을 따르고 시간이 흘러 설탕이 녹아 독이 든 샴페인이 됐다면. 설탕이 녹아든 탓에 평소보다 더 단맛이 난 것은 아닐까.

설탕 맛밤은 강현숙 여사가 직접 준비한 간식 아닌가. 어젯밤 맛밤을 만들면서 미리 독 잔을 만들어두었을지도 모른다. 잔 밑바닥에 눌어붙은 설탕은 특별히 눈여겨보지 않는 한 하녀도 지나쳤을 수 있다.

망할 여편네가 경영권을 두준이에게 승계할까 봐 나를? 하지만 어떻게? 어떻게 독이 든 잔을 내게 줄 수 있었을까.

아! 그러고 보니 잔을 바꿔치기할 시간이 딱 한 번 있었다.

모두의 시선이 한 곳에 팔렸던 바로 그 순간. 화재 감지기가 오동작했던 그때 말이다. 분명 나를 포함해 가족 모두가 식탁에 잔을 두고 자리를 떠났었다. 바로 그때 독이 든 잔을 바꿔치기한 게 아닐까.

머릿속이 빠르게 회전하기 시작했다.

내 자리에서 가장 가까운 왼쪽에 앉아 있던 강현숙이 범인이라는 확신이 강해진다.

여편네는 서빙 카트에 무작위로 놓여 있던 여덟 개의 잔 가운데 나와 손녀 여진에 이어 세 번째로 자신의 잔을 집었다. 잔에 여편네만 알 수 있는 표식을 해두고 독 잔을 잡았을지 모른다. 처음으로 내가 독 잔을 골랐다면 더할 나위 없다. 하물며 두 번째로 잔을 집은 여진이 독이 든 잔을 잡아도 화재로 대피하는 어수선한 상황에서 충분히 여편네의 손이 닿는 거리였다.

하지만 다시 브레이크가 걸려버렸다.

내 왼쪽에 앉아 있던 강현숙과 장남 박일준은 소방벨이 울리자 바로 자리에서 일어나서 식탁 밖까지 나를 부축해주었다. 상황이 종료되고 다시 자리에 앉을 때까지도 아내와 장남은 나를 부축하고 있었다. 나 몰래 잔을 바꿀 시간은 없었다.

내 잔을 다시 세심하게 살펴봤지만 다른 잔과 구분되는 표식은 없었다.

손녀 여진도 마찬가지. 오른쪽에 앉아 있었지만 내가 부축을 받아 대피하는 과정에서 손녀 역시 자신의 자리를 벗어나는 것을 똑똑히 봤다.

추론에 추론을 거듭하는 사이 팅 소리를 내며 서른 번째 실 가닥이 끊어졌다.

이제 남은 실은 단 열 가닥뿐.

육신이 없는 영혼임에도 정수리 쪽에서 찌르르한 편두통이 밀려오는 것 같았다.

다시 원점인가….

피로했다. 아니 의욕이 사라져버렸다. 이제 곧 죽을 목숨, 범인을 찾아서 뭘 하겠는가.

나는 터덜터덜 걸어 육신이 있는 의자로 돌아왔다. 그리고 팔각문양으로 조각된 의자 헤드레스트에 손을 얹고 물끄러미 육신을 바라봤다. 왠지 하얗게 세어버린 뒤통수가 처량했다.

어… 어?

한차례 고개를 젓고 의자의 헤드레스트에서 손을 떼려는데 이질적인 무언가가 눈에 들어왔다. 나는 의자의 헤드레스트로 얼굴을 가까이 가져갔다.

어!!!!!!

팔각의 헤드레스트 안쪽 홈에 탈색된 머리카락 한 올이 걸려 있는 게 아닌가. 육신의 오른쪽 자리로 머리를 홱 돌렸다. 뻔뻔하게도 깜짝 놀란 표정을 짓고 있는 얼굴을 지나쳐 식탁 위로 시선을 돌렸다.

식탁에는 내가 보는 내내 손에서 놓지 않던 휴대폰이 놓여 있었다.

휴대폰을 가득 메운 검은 화면. 하지만 화면이 꺼진 것은 아니었다. 검정 화면의 상단에 플래시를 의미하는 하얀색 번개 표시가 또렷이 보였기 때문이다. 카메라를 사용하는 앱을 켜놓고 휴대폰의 카메라를 식탁에 내려놓은 것이다.

오전부터 지금까지 겪었던 기억의 소용돌이가 한꺼번에 휘몰아쳤다. 그 소용돌이가 잦아들 때쯤, 머릿속 깊숙이 숨어 있던 단어 하나가 명징하게 떠올랐다.

'리퀴드해쉬.'

비로소 이제껏 흩어져 있던 사건의 퍼즐들이 맞아떨어졌다.

나는 힘차게 팔을 들어 눈앞에 굳어 있는 범인을 지목했다.

잡았다. 범인은 바로 너야. 박여진!

둘째 아들 박이준의 장녀 박여진. 손녀가 범인일 줄이야.

여진이 저지른 범행의 진상은 이랬다.

여진은 미리 돔 페리뇽 두 번째 병에 독을 타 넣었다. 온 가족이 생일 만찬을 위해 어제 별장에 왔으니 전실의 와인 냉장고를 열어 독을 넣을 시간은 충분했다. 코르크 마개에 주삿바늘로 독을 넣었으리라. 이후 팔각관 본실에 내가 가장 먼저 입장해 서빙 카트에 놓인 여덟 개의 잔 가운데 첫 번째 잔을 고른다. 바로 두 번째로 여진이 들어와서 독이 든 잔을 고른다. 내가 독이 든 잔을 고른다면 이후의 계획은 실행할 필요도 없이 나는 독을 마시고 죽을 것이다.

내가 독이 든 잔을 고르지 않았을 때를 대비해 여진이 두 번째로 입장해 독이 든 잔을 고른 것이다.

이후 장남 박일준의 건배사에 이어 샴페인을 마시려 할 때, 화재 감지기를 오작동시켜 벨이 울리게 한다. 이 역시 여진이 계속 들고 있던 휴대폰으로 원격 조작했을 것이다. 화재가 난 줄 알고 가족들은 자리에서 일어나 출입문을 향해 대피한다. 이때 경보는 종료되고 가족은 다시 제자리로 돌아와 앉는다.

물론, 그렇게 보이게 만든 것이다.

모두가 자리를 떠난 뒤 가장 먼저 의자에 앉은 사람이 여진이다. 여진은 원래 자기 자리에 앉지 않고 자신의 오른쪽 자리, 즉 박두준의 자리에 앉았다.

팔각의 식탁은 나를 기준으로 시계 방향으로 나이 순서대로 앉는다.

나 – 강현숙 – 박일준 – 박이준 – 박세희 – 박사준 – 박두준 – 박여진 순이다. 이때 독이 든 잔을 자신의 자리에 놓은 박여진이 화재 소동 후 돌아와서 두준의 자리에 앉음으로써 한자리씩 밀려 앉게 되고, 나는 여진의 자리에 앉아 독을 마시게 된다.

이런 황당한 좌석 혼동이 가능한 이유는 화재경보로 가족의 정신을 쏙 빼놓은 탓도 있지만, 이곳이 바로 팔각관이기 때문이다. 창문 하나 없이 유일한 출입구인 미닫이문을 닫으면 동일한 미닫이문으로 둘러싸인 본실에서는 방향을 알 수가 없다. 모든 것이 정확히 대칭되기 때문이다.

어설프게 잔 바꿔치기를 시도하다가 가족에게 발각될 위험을 다른 의자에 앉는 방법으로 제로로 만들다니.

실소가 터져 나왔다.

나는 결국 팔각에 대한 집착 때문에 죽음을 맞았다. 이 무슨 운명의 장난이란 말인가.

나는 상념에서 벗어나 다시 사건을 되짚어봤다.

여진이 자리를 옮겼다는 사실은 내 의자의 헤드레스트에 낀 갈색 머리카락을 보고 알아챘다. 가족 중 염색한 생머리는 박여진뿐. 자리를 바꾸기 전 처음 의자에 앉았을 때 떨어진 머리카락이 헤드레스트에 낀 것이리라.

이제 남은 문제는 여진이 어떻게 독이 든 잔을 골라냈냐는 것이다.

힌트는 여진이 내게 보여준 애인의 인터뷰에 있었다.

주변의 물리적 환경에 숨어 있는 정보를 추출해 새롭게 가치를 창출하는 연구. 획기적인 위조 방지를 위한 기술.

앞부분을 듣지 못한 단어 '드해쉬'는 바로 '리퀴드해쉬'를 말하는 것이었다.

2022년 미국 컴퓨팅 시스템 분야의 학회지에서 읽었던 이 신기술을 기억하지 못한 것이 못내 아쉬웠다. 주마등 타임으로 비약적으로 증가한 기억력 덕분에 회지 내용의 토씨 하나까지 떠올릴 수가 있었다.

리퀴드해쉬는 연세대 전기공학과에서 개발한 신기술로 병을 따지 않고도 병 속에 든 술이나 올리브오일, 꿀이 진짜인지 가짜인지 판별하는 기술이다. 전문 실험장비 대신 스마트폰 카메라를 이용하면 액체 기포의 모양과 움직임으로 액체의 진위 여부를 알아낼 수 있다고 했다. 불순물이 30퍼센트 이상 섞였을 때 약 90퍼센트의 정확도를 보인다고 했으니 일정 비율 이상 독극물을 섞은 돔 페리뇽을 충분히 판별할 수 있었으리라.

여진이 휴대폰을 들고 입장한 것은 게임을 하기 위해서가 아니었다.

바로 리퀴드해쉬 앱을 실행해 독이 든 잔을 구분하기 위해서였다.

영혼임에도 피가 거꾸로 솟는 것 같았다.

남자에게 눈이 멀어 할아비를 독살하다니, 이런 망할 계집 같으니라고!

이제 남은 실은 단 한 가닥. 육신과의 실이 끊어져 저승으로 가기 전 마지막으로 해야 할 일이 있었다.

*

박순찬 회장은 식탁에 쓰러진 채로 즉사했다.

뒤늦게 응급요원들이 들이닥쳤지만 싸늘하게 식은 회장의 죽음을 돌이킬 수는 없었다.

응급요원들이 시신을 수습하는 것을 가족 모두가 빙 둘러서서 지켜봤다.

속마음이야 어떻든 모두가 눈물짓고 더러는 오열하는 이가 있었다.

시신이 들것에 실려 팔각관을 빠져나가는 사이, 식탁을 살피던 박두준이 눈빛을 빛내며 크게 소리쳤다.

"여, 여기 회장님의 다잉 메시지가 있어요!"

두준의 소리에 가족 모두의 시선이 팔각 식탁 위에 쏠렸다.

식탁 위에는 죽어가는 회장이 마지막으로 사력을 다해 자신이 토해낸 피로 쓴 세 글자가 있었다.

'2-1.'

이를 지켜본 가족들의 시선이 단 한 명에게 꽂혔다.

"아… 아니에요. 내가 아니에요."

사색이 된 박여진이 천천히 뒷걸음질 쳤다.

더 이상의 설명은 필요 없었다.

그룹 경영진은 보안 때문에 일가를 이름 대신 코드명으로 표기했다.

박순찬 회장의 둘째 아들(2)의 첫 번째 자녀(1). 바로 박여진을 가리키는 코드라는 것을 가족 중에 모르는 사람은 아무도 없었다.

홍정기 네이버 블로그에서 '엽기부족'이란 닉네임으로 장르 소설을 리뷰하고 있는 리뷰어이자 소설가. 추리와 SF, 공포 장르를 선호하며 장르 소설이 줄 수 있는 재미를 쫓는 장르 소설 탐독가. 2020년 《계간 미스터리》 봄여름호에 〈백색 살의〉로 신인상을 받으며 등단했고, 2022년에 연작단편집 《전래 미스터리》와 단편집 《호러 미스터리 컬렉션》을 발표했다.

해녀의 아들

박소해

1

"호오이! 호오이!"

숨비소리[1]가 좌승주 귀에 꽂혔다.

'엄마 소리일까?'

승주는 비슷한 듯 다른 해녀들의 숨비소리를 구분하기 힘들었다. 방금 소리를 낸 해녀가 자맥질을 했다. 오리발이 사라지며 새하얀 포말이 튀었다. 바다 아래 엄마가 있는 건 분명했다. 초등학생 조카가 '원피스' 루피 캐릭터를 낙서한 주황색 테왁[2]이 둥둥 떠 있는 걸 보면.

봄은 구쟁기[3] 수확 철이다. 정방폭포 앞 청록색 바다에서 할망 해녀들은 구쟁기를 따러 서둘러 물질을 했다. 구멍이 숭숭 뚫린 까맣고 둥근

---

1   해녀가 잠수한 후 물 위로 나와 숨을 고를 때 내는 소리. 1분에서 2분가량 잠수하며 생긴 몸속의 이산화탄소를 한꺼번에 내뿜고 산소를 들이마시는 과정에서 '호오이호오이' 하는 소리가 난다. 해녀는 이 숨비소리를 통해 빠른 시간 내에 신선한 공기를 몸속으로 받아들여 짧은 휴식으로도 물질을 지속할 수 있다. 출처: 해녀박물관

2   해녀가 물질을 할 때 헤엄쳐서 이동하거나 물 위로 올라와서 잠시 쉬기 위해 짚는 둥근 박. 요즘은 주로 스티로폼으로 만든다. 보통은 테왁에 망사리를 연결해 채취한 해산물을 망사리 안에 보관한다.

3   제주도 사투리로 '뿔소라'를 뜻한다.

돌들 위에 서서 승주는 해녀들의 물질을 구경했다. 휴가 이틀 차. 승주는 부모님을 보러 오랜만에 본가에 왔다. 하루 종일 TV를 틀어놓는 아버지와 단둘이 집에 있기 어색해서 엄마 일터인 할망 바당[4]으로 나왔더니 승주를 알아본 할망 해녀들에게 순식간에 둘러싸였다.

"승주 아니? 밤톨만 해나신디 영 커시냐?"

"신시가지서 형사헌댄 허명?"

"영 잘생겨신디 어멍 여즉 상가를 못 가시니?"

승주는 자기 몸집의 절반도 안 되는 할망들에게 완전히 포위된 채 절절맸다. 식은땀이 날 지경이었다.

'살인사건 수사가 더 쉽겠어.'

모두 엄마의 동료들이다. 해녀들이 승주를 키웠다. 엄마가 생계를 위해 물질하고 부업을 하느라 바빴던 시절 동료 해녀들이 승주를 돌아가며 돌봐줬다. 육아 수눌음[5] 덕분에 엄마가 마흔 중반에 낳은 늦둥이 막내 승주는 잘 컸다. 바당과 해녀들의 불턱[6]은 그의 놀이방이었다. 빠져나갈 핑계를 궁리하는데 투박하고 주름진 손이 승주를 덥석 잡았다.

"설에 보고 한참만이여. 반갑다이."

환한 미소를 지으며 승주를 반기는 이는 엄마의 선배 해녀인 고영순이다. 한때 서귀동 어촌계를 호령했던 대상군 해녀[7]였지만 팔순을 한참 넘긴 지금은 할망 바당에서 간간이 물질하는 것으로 만족했다. 승주에겐 친이모처럼 가까운 삼춘이었다.

"휴가랜 허멍? 갈 때 우리 집에 들렁 반찬 가정가라이."

"삼춘, 신경 안 써도 되는디. 건강하시지예?"

---

4 65세 이상의 해녀들만 작업하는 얕은 근거리 바다. 할망은 '할머니', 바당은 '바다'를 뜻하는 제주도 사투리다.

5 '품앗이'라는 뜻. 제주도의 미풍양속 중 하나이기도 하다.

6 해녀들이 물 밖으로 나와 불을 피우는 곳. 해녀들의 쉼터이자 수다 장소다.

7 해녀 중에서도 가장 일을 잘하는 특급 해녀. 대상군 해녀, 상군 해녀, 중군 해녀, 하군 해녀, 똥군 해녀로 계급이 나뉜다. 이제 막 물질을 시작한 해녀는 아기 해녀라고 한다.

아들 셋을 물질로 키워낸 그녀는 몇 년 전 남편을 앞세우고 홀로 지내고 있다.

'언니가 요즘은 영 예전 같지 안 해어. 가끔 어린아이추룩 혀 짧은 소리 내멍 헛소리도 하고.'

어제 본가에 왔을 때 엄마가 영순이 삼춘을 걱정하며 했던 말이 떠올랐다. 하지만 삼춘은 멀쩡해 보였다. 허리춤에 납을 찬 잠수복을 입고 테왁 망사리를 어깨에 건 삼춘은 수경을 쓰더니 말했다.

"호끔 있당 보게이. 나 일 끝날 때까정 어디 가지 마랑 이시라."

승주는 멋쩍게 웃으며 비켜섰다. 오리발로 뒤뚱뒤뚱 물가까지 걸어간 영순은 갑자기 날렵하게 몸을 거꾸로 뒤집어 바닷물에 뛰어들었다. 늘 봐온 풍경이지만 아직도 적응이 안 된다. 뭍에서는 비실거리는 할망들이 물만 만나면 펄펄 날뛴다. 빗창[8]을 들고 바닷속을 자유자재로 노닌다. 오랜 해녀 경력이 어디 갈 리 없다.

잠시 후 엄마가 물 밖으로 떠올라 맑은 숨비소리를 냈다. 수경을 벗은 엄마는 바로 막내아들을 알아봤다. 승주는 반가운 마음에 힘껏 손을 흔들었지만 엄마는 미간을 찌푸렸다. 엄마는 가족이 일터에 오는 걸 싫어한다. 일할 때 방해가 된다는 게 이유다.

"불턱 강 이시라."

엄마는 무뚝뚝하게 한마디 던지고는 다시 수경을 쓰고 잠수했다.

승주는 불턱으로 가서 해녀 두 명 곁에 쪼그리고 앉아 불을 쬈다. 키 큰 해녀는 이신녀, 키 작은 해녀는 부정은. 모두 승주를 키워준 해녀다. 셋은 사이좋게 앉아 있었다. 감태를 땔감으로 써서 그런지 장작불에서는 고소하고 달콤한 냄새가 났다. 봄바람이 매서웠다. 아직 영등할망[9]이 심술을 부리고 있다. 타오르는 불길을 보며 멍을 때리는 시간. 잉걸불 위에 놓인 철망에서는 구쟁기 몇 개가 부글거리며 익어갔다. 마침 하나가

---

8   전복을 따는 데 쓰는 도구. 길이는 약 30센티미터로 자루 끝을 고리 모양으로 구부려 말총으로 만든 끈을 달아놓는다.

잘 익었다며 신녀가 승주에게 권했다. 이쑤시개로 잘 익은 살을 쏙 빼서 호호 불어가며 혓바닥 위에 올려놓으니 사르르 녹았다. 꿀맛이었다.

정은이 승주에게 물었다.

"맛있지이? 겐디 결혼은 언제 헐거라?"

"아유. 거 무사 쉬는 아이를 귀찮게 햄시냐? 요즘은 다들 늦게 가."

신녀가 정은을 타박하자 두 해녀가 큰 목소리로 옥신각신했다.

'여자친구도 어신디 결혼은 뭔 결혼이우꽈.'

승주는 이렇게 말하려다가 슬며시 웃었다. 불턱은 해녀들의 사랑방이었다. 온갖 이야기가 오고 가도 비밀은 철저히 지켜졌다. 물질을 마치고 몸이 고단한 해녀들은 불턱에서 쉬면서 서로 말싸움이라도 하듯이 거칠게 하소연을 하기 바빴다. 말끝 잘라먹기는 예사였다. 어린 승주는 해녀들만 알고 있는 갖가지 비밀을 엿들으며 자랐다. 어지간한 TV 드라마보다 재미있는 이야기가 많았다. 해가 저물어 하늘이 캄캄해지고 엄마무릎을 벤 채로 잠들면 엄마가 승주를 업고 집으로 돌아오곤 했다. 가끔 그립다. 그 포근한 등에서 나던 바당 냄새가.

얼마나 지났을까. 엄마가 동료들과 함께 테왁 망사리를 메고 불턱으로 걸어왔다. 바당밭에 구쟁기가 풍년이었는지 망사리가 바닥까지 늘어졌다. 서귀동 어촌계장 임진수가 반갑게 해녀들을 맞이했다. 키가 크고 체격이 좋은 노인으로 서글서글하고 온화한 인상이었다.

"폭삭 속았수다."

임 계장이 해녀들이 건네는 구쟁기를 받아서 모았다. 해산물은 보통 2, 3일에 한 번 오는 상인에게 팔린다. 해녀들은 수확한 양에 따라 돈을 정산받는다. 승주는 벌떡 일어나서 엄마의 빈 테왁 망사리를 받아들었

---

9 제주에서 바람과 바다를 관장하는 여신. 음력 2월 초하루에 영등할망이 마지막 꽃샘추위와 봄 꽃씨를 가지고 제주를 찾는다고 한다. 영등할망이 맨 처음 들어오는 '바람의 길'이 귀덕리 복덕개다. 영등할멈이 오면 밭에 씨를 뿌린다. 영등할망이 왔다 가야 새 봄이 온다고 한다.

다. 구쟁기를 많이 캤는데도 엄마는 낯빛이 어두웠다. 승주는 의아한 표정으로 엄마를 바라봤다. 힘겹게 엄마가 입을 뗐다. 목소리가 무겁게 가라앉았다.

"승주야. 니가 경찰이영 119영 부르라."

승주는 그제야 엄마를 둘러싼 동료 해녀들의 얼굴에 떠오른 침통한 분위기를 눈치챘다.

"뭔 일?"

불턱에서 쉬던 두 해녀가 걱정스러운 표정으로 승주와 엄마 곁으로 다가왔다. 임 계장도 심상치 않은 분위기를 느끼고 가까이 왔다. 엄마의 시선이 임 계장을 향했다.

"계장님. 영순 언니 가션마씸. 영순 언니 나이가… 경해도 끝까정 물질허당 가시난 행복하게 가신 거주. 승주, 니는 강 마지막 인사드리라. 언니가 니를 유독 아껴시네."

엄마가 쓸쓸히 중얼거렸다.

"아고. 영순이 삼춘마씸? 참말이꽝?"

임 계장이 바닷가로 뛰어갔다. 승주도 황급히 계장을 따라 뛰었다. 서두르다가 바위에 걸려 넘어질 뻔했다. 방금 전까지 대화를 나눴던 영순이 삼춘이 돌아가시다니. 승주는 믿기지가 않았다.

'반찬 가정가라이?'

'호끔 있당 보게이.'

아직도 영순이 삼춘 말이 들리는 듯했다. 그녀는 판판한 검은 돌 위에 반듯하게 누워 있었다. 승주는 잠수복을 입은 작은 몸을 내려다봤다. 생명이 사라진 눈의 홍채는 탁한 회색빛을 띠었고 보라색으로 변한 입술은 살짝 벌어져 있었다. 허망할 정도로 왜소한 몸이었다. 이 가냘픈 몸으로 평생 물질을 하며 세 아들과 남편, 시부모까지 건사했다.

어린 시절 승주에게 한없이 다정다감했던 영순이 삼춘이었다. 승주는 자신도 모르게 눈가가 붉어지면서 입술이 떨렸다.

'삼춘, 기어이 경 좋아하시던 바당서 돌아가겨수광.'

영순이 삼춘 옆에 놓인 테왁 망사리는 죄다 터져 있었다. 치밀어 오르는 눈물을 참고 승주는 휴대폰을 들어 서귀포경찰서에 신고했다. 사고사니 경찰에 신고하는 게 맞았다.

엄마가 임 계장에게 자초지종을 말했다. 영순이 삼춘이 물 위로 나오지 않는 걸 수상하게 여긴 엄마와 동료 해녀들이 물속에서 떠다니는 걸 발견하고 힘을 합쳐 끌고 왔다고 했다. 해녀들은 아무도 울지 않았다. 해녀가 물질을 못하게 되면 죽은 거나 마찬가지다. 죽을 때까지 물질을 했으니 그것으로 됐다고 생각하는 분위기였다. 절벽 그늘 속에 묵묵히 서 있는 임 계장은 좀처럼 표정을 읽을 수 없었다.

그때 봄비가 내리기 시작했다. 승주는 한기를 느꼈다. 살갗에 닿는 봄비가 몸서리나게 차가웠다. 눈물 같은 비가 엄마의 뺨을 타고 줄줄 흘러내렸다. 엄마는 허공을 쳐다보고 있었다. 방금 엄마는 평생 동안 가장 의지했던 선배이자 동료를 잃었다. 어쩌면 남편보다 더 의지했던….

"엄마, 감기 걸리쿠다. 옷 갈아입읍서."

엄마는 힘없이 고개를 떨궜다. 승주가 엄마의 짐을 전부 짊어지고 손을 강하게 부여잡았다. 엄마는 한 손은 막내아들에게 맡기고 나머지 한 손으로는 이마를 짚었다. 여전히 울지 않았다. 비를 맞으며 모자는 집으로 향했다. 뒤에서 들려오는 구급차 소리가 서서히 커졌다.

2

"선배. 이렇게 만나네?"

양주혁 형사가 겸연쩍은 표정으로 승주를 쳐다봤다.

승주는 엄마에게 집에서 쉬라고 했다. 다른 해녀들도 일을 멈추고 집으로 돌아갔다. 경찰이 영순이 삼춘의 시신을 인계해가서 부검이 끝나야 장례를 치를 수 있으니 지금은 그럴 수밖에 없었다. 승주가 육지에 사는 삼춘의 세 아들에게 연락했다. 그들은 갑작스러운 소식에 황망해하면서 바로 비행기 표를 알아보겠다고 했다.

엄마는 넋을 잃었고 승주가 이끄는 대로 안방에 자리를 깔고 누웠다. 집에 아버지는 없었다. 엄마에게 이불을 덮어주고 승주는 현장으로 나갔다. 공교롭게도 서귀포경찰서 수사1팀 동료들이 출동했다. 주혁이 휴가 중인 승주 대신 임시 팀장으로 팀을 이끌었다.

'차라리 다른 팀이 오길 바랐는데.'

승주는 한숨을 쉬었다. 장가은 형사와 얼마 전에 1팀에 새로 합류한 막내 이영민 형사도 왔다. 두 형사에게 인사를 건넨 다음 승주가 주혁에게 물었다.

"사인은 뭐 닮으냐?"

"갑자기 망사리가 터져서 기껏 잡은 구젱기가 다 떨어지니 줍다가 당황해서 익사한 거 아닐까? 상군 해녀니 장비 점검을 소홀히 할 리는 없고. 분명 망사리가 어디 걸령 찢어졌을 거라."

"할망 바당은 수심이 얕아서 걸릴 데가 없을 텐데. 영순이 삼춘은 노련한 대상군 해녀 출신이고."

"아, 돼서! 수사는 우리한테 맡기고 이해관계자는 빠지셔. 선배는 어머님 곁에나 있어."

"경허라. 난 여기 없다 생각해. 방해 안 허크라."

승주가 새침하게 말했다.

"말이 되나? 이신디 어떵 없댄 생각허나? 와씨, 아까 현장에 선배 나타날 때 존재감 완전 쩔어서."

주혁이 투덜거리자 승주는 씩 웃으며 대꾸했다.

"반가웠단 소리지? 나도 반갑다."

옆에서 가은도 웃으며 말했다.

"팀장님이 계시면 우린 좋죠. 세컨드 오피니언을 주실 텐데."

"부검팀은?"

"홍 교수님이 방금 고인을 구급차에 실었어요."

승주는 부검의 홍창익 교수를 만나러 갔다. 휴가 중이지만 안부 인사를 해야 할 것 같았다. 홍 교수는 구급차 옆에 서 있다가 승주가 다가오자 놀란 토끼 눈을 했다. 뿔테 안경을 손가락으로 살짝 올리며 물었다.

"이게 누구야? 좌 형사님? 오늘 휴가라고 들었는데요."

"아, 오해하지 마세요. 이 동네가 제 고향 마을입니다. 돌아가신 분은 제 어머니 동료분입니다."

"저런. 삼가 명복을 빕니다. 좌 형사님은 수사에선 빠지는 거죠?"

승주는 말없이 미소를 지었다.

"그래도 궁금한 점 물어보시면 알려드릴 순 있습니다. 우리 사이에."

홍 교수가 빙그레 웃었다.

"아무래도 익사겠죠?"

"그동안 해녀 사고사를 많이 접해봤는데요. 상어에 물려 죽거나 파도에 휩쓸려 익사하는 경우도 있고 사인은 다양합니다. 익사일 가능성이 높지만, 연세가 있는 분이니 부검 전에는 장담 못합니다. 심장마비일 수도 있고."

"알겠습니다. 혹시 새로운 정보가 있으면 알려주세요."

승주가 말하자 홍 교수가 윙크했다.

"좌 형사님은 휴가 중이니 양 형사님께 알려드려야죠."

집으로 돌아가는 길에 승주는 잠시 머뭇거렸다. 뭔가 기분전환이 필요했다. 승주는 지난 겨울 이후로 늘 지갑에 넣어 다니던 메모리칩을 생각했다. 벌써 3개월이 지났다. 이제 칩을 주인에게 돌려줄 때가 됐다. 긴장됐지만 심호흡하고 홍이서의 전화번호를 눌렀다. 전화를 거는 일이 수사보다 더 어렵게 느껴졌다.

"홍이서 씨 되시죠?"

"좌승주 형사님?"

경쾌한 어조다.

'바로 내 목소리를 알아듣다니.'

승주는 조금 기뻤지만 최대한 차분하게 말했다.

"전에 사진을 제공해주신 덕분에 무사히 범인을 잡을 수 있었습니다. 다시 한번 감사드립니다. 메모리칩을 돌려드려야 할 것 같은데요. 제가 홍 스튜디오로 가져다드릴까요."

"바쁘신데 멀리 애월까지 오실 필요 없어요. 저 마침 서귀포에 있어요. 신시가지 친언니 집에요. 제가 애월로 넘어가는 길에 경찰서에 잠시 들를게요."

"실은 제가 휴가 중이라 본가에 와 있습니다."

승주는 얼떨결에 고향 마을에서 제법 유명한 카페 이름을 말했다. 집은 곤란하다. 집에는 상심한 엄마와 하루 종일 TV만 보는 아버지가 있다. 카페에서 만나면 되겠지. 전화를 끊고 집에 가보니 아버지는 아직도 들어오지 않았다. 다행히 본가에 전에 입었던 옷이 꽤 많이 남아 있었다. 성긴 곱슬머리를 빗질하고 재킷을 걸치고 걸어가고 있는데 주혁, 가은, 영민과 딱 마주쳤다. 주혁이 의아한 표정으로 외쳤다.

"선배. 잘 빼입고 어디 감수광?"

"…"

이 순간 가장 마주치기 싫은 인간이 주혁이었다. 승주는 체념하고 솔직하게 말했다.

"지난 겨울 보석 강도 살인사건 기억나지? 그 사건 목격자 홍이서 씨한테 메모리칩 돌려주기로 했어. 이서 씨가 우리 동네로 올 거야. 이상한 억측은 하지 말고."

"그으래애?"

주혁은 두 눈이 커지더니 콧구멍이 벌름거렸다. 옆에서 가은이 키득거렸다.

"홍이서 씨라면 혹시 전에 좌 선배하고 썸 탔다던 목격자요?"

승주는 주혁을 노려봤다.

"주혁이 너, 장 형사한테 뭐라고 떠든 거냐? 아무 사이 아닌 거 다 알면서."

"거, 연애는 원래 소문을 내야 잘되는 법이라."

주혁이 태평한 얼굴로 가은과 영민에게 말했다.

"어차피 잠깐 쉬기로 했으니까 우리, 좌 선배가 사주는 커피나 마실까? 케이크도 시켜. 먹고 싶은 거 다 시켜!"

가은과 영민이 동시에 외쳤다.

"좋아요!"

승주는 주혁을 죽이고 싶었다.

3개월 만에 만난 홍이서는 활기차 보였다. 못 본 사이에 머리가 많이 길었고 얇은 핑크색 오리털 파카를 입고 있었다. 승주 옆에 세 명의 형사가 앉아 있어도 개의치 않았다. 주로 이서와 주혁이 말했다.

"제가 제공한 사진이 사건 수사에 도움이 됐다니 기쁘네요."

"정말 큰 도움이 됐지요. 제가 홍이서 씨한테 꼭 표창장을 드려야 한다고 위에 건의까지 했다니까요."

주혁은 계속 호들갑을 떨었고, 승주는 조용히 앉아 있었다. 메모리칩을 돌려줬으니 더 할 말이 없었다.

"이서 씨, 애월까지 갈 길이 먼데 슬슬 출발하셔야죠. 여기까지 들러주셔서 고맙습니다."

승주가 웅얼거리며 일어나려고 하자 주혁이 승주의 어깨를 잡고 주저앉히더니 이서에게 물었다.

"이서 씨, 혹시 서핑해본 적 있으세요?"

"네? 아직 한 번도 안 해봤는데요."

"아니, 기껏 제주로 이주했는데 한 번도 안 해보셨다고요? 저는 서핑

148

광입니다. 영민 형사가 아직 못해봤다고 해서 저랑 영민 형사가 내일 토요일 오후에 서핑할까 하는데 마침 중문에 괜찮은 서핑 숍이 있거든요. 저희랑 같이 해보실래요? 초보는 잠깐 교육받고 하면 됩니다."

"좋아요. 내일은 오전에만 일이 있으니까 오후엔 서귀포로 올 수 있어요."

"어? 선배랑 영민이만 하기예요? 저도 할래요."

가은이 끼어들었다.

승주는 다시 일어섰다.

"그럼 모두 서핑 잘하세요. 저는 본가에 와 있어서 아무래도 부모님과 시간을⋯."

주혁이 벌떡 일어나더니 승주의 어깨를 꾹 눌러서 앉혔다.

"선배, 왜 이래. 이 동네는 선배 나와바리잖아. 우리 서핑하고 나서 밥 어디서 먹으라고. 나 여기 전혀 몰라. 선배가 동네 맛집에 데려가서 저녁 좀 사줘."

"그래요, 팀장님. 기왕이면 서핑도 같이 해요. 이런 게 다 팀워크 다지는 데 도움이 돼요. 영민 형사가 팀에 들어온 뒤에 회식 한 번도 안 했잖아요?"

가은도 부추겼다. 승주는 잠시 망설이다가 마지못해 대답했다.

"알았어. 그럼."

영민이 좋아했다.

"와, 팀장님. 첫 팀 회식인데요?"

이서는 손뼉을 치며 밝게 웃었다.

"그럼 내일 모두 서핑하고 술 먹는 거예요? 좋아요!"

승주는 속으로 주혁에게 있는 대로 저주를 퍼부었다.

이서가 카페 밖에서 전자담배를 피우고 있는데 주혁도 담배를 피우러 나왔다.

"이서 씨, 실은 좌승주 선배 어머님이 이 동네 해녀예요."

"아, 정말요? 좌 형사님이 해녀의 아드님? 몰랐어요. 멋진데요."

이서가 탄성을 질렀다.

"그래서 선배가 해산물에는 아주 까다로워요. 어머니가 캐온 신선한 해산물에 하도 익숙해서. 승주 선배랑은 웬만하면 횟집에 안 가는 게 좋을 겁니다. 되도록 고기 먹으러 가세요. 예? 승주 선배는 흑돼지 좋아합니다. 아셨죠?"

"네? 네."

고개를 갸웃거리며 이서가 대답했다. 주혁은 담배를 한 모금 빨더니 연기를 내뱉으며 또 말했다.

"선배가 좀 답답한 면이 있지만 여자한테는 잘합니다. 그럼, 선배를 잘 부탁합니다."

주혁은 고개를 살짝 숙이며 다정하게 미소를 짓더니 카페로 들어갔다. 이서는 전자담배를 손가락 사이에 끼운 채 입을 벌리고 멍하니 서 있었다.

3

세 형사는 서귀포경찰서로 복귀하고 이서는 차를 몰고 애월로 떠났다. 네 사람을 배웅하고 승주는 집으로 돌아왔다. 엄마는 잠들어 있었고 아버지는 여전히 집에 들어오지 않았다. 방금 전까지 주혁 일당과 웃고 떠들고 오랜만에 홍이서를 만나 기분이 좀 나아졌는데 죽은 영순이 삼촌을 생각하니 다시 마음이 무거워졌다.

장성한 자식들이 모두 떠난 부모님 집은 적적했다. 이래서 아버지가 하루 종일 TV를 틀어놓나. 고요한 집에서 승주는 엄마를 위해 저녁을 차렸다. 달걀말이를 만들고 냉장고를 뒤져서 밑반찬을 꺼냈다. 식탁에

게우젓,[10] 파래김, 열무김치, 양하[11] 장아찌를 늘어놓고 엄마를 깨웠다. 마지못해 식탁에 앉은 엄마의 표정은 어두웠다.

엄마는 무심히 밥상을 보다가 갑자기 흐느껴 울었다. 승주는 묵묵히 엄마를 지켜봤다. 엄마는 숟가락에 손도 대지 않았다.

"승주 니는 형사난 살인사건도 하영 해결해실 테주."

"직업이난 허는 거주마씸."

엄마가 고개를 들어 승주를 응시했다. 눈빛에 분노가 가득 차 있었다.

"나가 영순 언니를 한두 해 봐시냐? 일에 대해서는 철저한 양반이라고. 게고 장비 점검은 더 철저히 했고. 나이 들엉 노망기가 호꼼 이서도, 아즉은 정정해서. 언니가 망사리에 구멍 난 걸 알았댄 허믄 그걸 그냥 쓸 리가 이시냐."

"그래도 망사리가 죄다 터졌던데."

"그게 이상하다는 거라. 한두 줄 정도는 나갈 수도 이시댄 해도 죄다 나갔다는 건…."

엄마가 말을 이었다.

"누가 역부러 칼로 긋거나 하지 않음 경까지 될 수 이시카?"

"경해도 난 지금 휴가 중이고, 이해관계자라 수사팀에 합류행 조사할 순 어수다. 규정에 어긋나마씸."

"게믄 몰래 허라."

엄마가 말했다.

"수사팀에 민폐 되카부댄 걱정되믄 니 혼자 조사하믄 되는 거 아니?"

"그건…."

승주는 망설였다. 엄마는 실망한 표정을 지었다.

"됐져. 나 돼시난 너만 먹으라."

---

10 전복 내장을 삭힌 음식. 다진 마늘, 풋고추 따위의 갖은 양념을 해서 먹는다.

11 생강과의 여러해살이풀. 제주에서는 주로 뿌리로 장아찌나 볶음요리를 해먹는다.

엄마는 안방으로 들어가버렸다. 승주는 혼자 밥을 먹고 설거지를 시작했다. 밤 9시가 다 되어가는데 아버지는 아직도 들어올 기미가 없었다. 전화를 해봤지만 벨 소리가 집 안에서 들렸다. 휴대폰이 아버지 서재 책상 위에 놓여 있었다.

'팔십 다 된 노인이 이 밤중까지 어디에서 뭐 하시는 거야, 대체.'

밤 9시가 넘자 승주는 마음이 조급해졌다. 아버지가 이렇게 늦게까지 연락이 없는 경우는 드물었다.

"엄마, 난 아버지 찾으러 좀 나가볼게예."

드러누운 엄마는 대답조차 하지 않았다.

승주는 차를 몰고 동네를 한 바퀴 돌았다. 시골이라 가로등이 없어서 컴컴했다. 길 양쪽에 주차된 차들을 피해 조심스럽게 운전하는데 흰옷을 입은 사람이 마치 땅에서 솟은 것처럼 느닷없이 나타나서 칠 뻔했다. 급하게 브레이크를 밟고 보니 아버지였다. 전조등 불빛을 정면으로 받은 아버지는 창백한 얼굴로 승주를 물끄러미 쳐다보며 서 있었다. 방금 교통사고를 당할 뻔한 줄도 전혀 모르는 눈치였다.

"아버지!"

승주가 비상등을 켜고 차에서 내려 아버지를 붙들었다. 아버지는 혼이 나간 듯한 얼굴이었다.

"하루 종일 어디 갔다 왐수광? 영순이 삼춘 돌아가신 건 알아마씸? 엄마가 하영 힘들엉 햄수다."

"…"

아버지는 말이 없었다. 그제야 승주는 아버지 얼굴이 온통 젖어 있는 걸 알았다. 전조등 불빛에 피부가 번들거렸다. 야밤에 노인이 혼자 울면서 도로를 배회하다니. 이러다가 차에 치이면 어쩌려고. 승주는 일단 아버지를 차에 태운 후 큰누나에게 전화했다.

"누나, 아버지 혼자 울멍 밤중에 도로를 돌아다니고 계시더라고. 혹시 전에도 영 해난 적 이서?"

"또? 에휴, 아버지가 요즘 영 이상허신게. 4월에 뭔 일을 맡기로 헌 거 닮은디 그 뒤로 계속 우울해하시네."

누나가 답답하다는 듯이 말했다.

"내일이나 모레 들르크라. 니도 모처럼 휴간데 부모님 옆에만 있지 말앙 바람이나 좀 쐬라."

"알아서."

승주는 작게 한숨을 쉬고 차를 몰았다. 큰누나를 뺀 나머지 형제자매들은 모두 육지에 살아서 부모님을 챙길 수 있는 사람은 큰누나와 자신뿐이다. 조수석에 탄 아버지는 꼼짝 않고 있다가 작은 목소리로 말했다.

"승주야. 미안허다."

"괜찮아마씸, 아버지. 오늘 친구분들이영 약주라도 해수광?"

아버지는 좌우로 고개를 저었다.

"술은 안 마셨져. 멀쩡허다."

승주는 아버지를 부축해서 집으로 들어갔다. 서재에 이부자리를 깔고 아버지를 눕혔다. 아버지는 베개에 머리를 대자 바로 잠들었다. 눈을 감은 초췌한 얼굴을 쳐다보며 마음이 복잡해졌다. 휴가가 월요일까지인데 하루 더 연장할까. 어두운 밤길을 유령처럼 배회하는 아버지와 영순이 삼춘의 죽음으로 슬픔에 잠긴 엄마를 생각하니 기분이 밑바닥으로 가라앉았다. 누나 말이 떠올라 아버지 책상에 놓인 탁상 달력을 넘겼다. 4월 3일 란에 빨간 사인펜으로 일정이 표시되어 있었다.

'4·3 평화박물관 아침 9시. 4·3 추념식. 연설.'

단정하고 꼼꼼한 글씨를 보니 아버지 글씨체가 맞았다. 아버지가 4·3 추념식에서 연설을? 승주는 놀랐다. 아버지는 지금까지 4·3 행사에 단한 번도 간 적이 없었다. 달력 옆에는 편지지가 한 장 있었다. 아버지 글씨체로 볼펜으로 꾹꾹 눌러쓴 편지였다. 이메일로 소통하는 세상에 종이 편지라니. 혹시 유서는 아니겠지. 승주는 불안한 생각이 들어서 편지를 읽기 시작했다.

누님. 보세요. 경필입니다.

누님은 저한테 엄마 같은 사람이었어요. 자식 많은 집 막내로 태
어나 일찍 부모를 잃은 저에게 열두 살 위의 누님은 제가 가장 믿
고 의지하는 사람이었습니다. 장성한 형들은 육지로 떠났고 제
곁에서 절 돌봐준 사람은 누님뿐이었습니다.

4·3 추념식에서 연설을 부탁받고 많이 망설였습니다.

제가 4·3 유족인 건 아내 외엔 아무도 모릅니다. 자식들에게는 일
부러 말하지 않았습니다. 좋은 일도 아니고 입 밖에 꺼내는 순간
누님이 죽었다는 걸 인정하는 것 같아서요. 그동안 아내와 저만
몰래 제사를 지냈지요. 아직도 저는 누님이 돌아가셨다고 생각하
지 않아요. 누님은 항상 제 마음속에 살아 계시니까요. 저에게 누
님은 영원히 열아홉 살 꽃다운 아가씨입니다.

지금도 누님과 정방폭포 단추공장으로 끌려가던 날을 생각하면
가슴이 먹먹해집니다.

저는 아직도 정방폭포를 혼자서는 가지 못합니다. 그날이 떠올라
서요.

편지는 여기서 끊겼다. 아버지에게 나이 터울이 나는 누나가 있었고
그 누나가 돌아가셨다는 건 알고 있었지만 4·3 때 돌아가신 건 몰랐다.
고모가 4·3 희생자이고 아버지가 유족이었다니.

승주는 무거운 바윗덩어리가 가슴을 꾹 누르는 기분이 들었다. 어려
서는 아버지를 동경했고 커서는 아버지를 미워했다. 서재에서 고상하게
책을 읽고 대학 강사로 일했지만 경제적 능력은 없었던 아버지. 엄마가
평생 물질을 하며 고생을 해도 집에만 머물렀던 아버지. 혼자 서재에 틀
어박혀 책과 논문 속으로 도피했던 아버지. 승주는 방으로 돌아가 누웠

지만 잠이 오지 않았다. 침대에서 몸을 뒤척이고 있는데 방문이 벌컥 열렸다.

엄마였다. 어둠 속에서 엄마의 두 눈이 야생동물처럼 빛났다.

"승주야. 나 할 말 있져."

"아직 안 주무션?"

승주는 일어나서 불을 켰다. 엄마가 침대 가에 와서 앉아 조곤조곤 말을 시작했다.

"언니가 전날에 망사리를 새로 갈았댄 헌 게 생각났져. 망사리가 하루 만에 죄다 틀어졌댄 하는 건 말이 안 돼. 누가 영순 언니 집에 몰래 들어강 망사리를 손 본 거라. 구젱기를 호꼼만 담아도 바로 틀어지게."

엄마는 승주의 두 손을 붙잡았다.

"이제사 말이주만 나가 널 지우켄 허는 걸 영순 언니가 말렸져. 마흔다섯 살에 니가 들어선 걸 알고 낳을 자신이 어서신디. '우리가 곹이 키워주키어. 게난 낳으라. 걱정 말앙 그냥 낳으라.' 언니가 경 날 설득해서."

"…."

"그 언니 아니라시믄 넌 이 세상에 있지도 않을 거라."

엄마의 목소리가 높아졌다.

"확실허다. 누군가 언니를 죽인 거라. 니가 살인범을 잡으라."

4

토요일 아침. 어제 만났던 카페에 나온 주혁은 짜증을 냈다.

"주말 아침 댓바람부터 만나달랜 행 왔더니 기껏 한다는 말이 수사 기록 보여달라고?"

"미안허다. 공식적으로 난 휴가 중인 걸로 되어 있으니까 니랑 1팀에는 피해 안 가게 할게."

승주는 입가에 살짝 미소를 지었다.

"그럼 혼자 탐정 노릇 하겠다고?"

"우리 어머니가 너무 힘들어 하시는 거라. 영순이 삼춘이 사고사가 아니라 살해당했다고 하시는 거라."

"하. 망사리 터진 사고가 살인이라? 우린 사고사로 보고 있는데."

"어머니 얘기로는 영순이 삼춘이 사고 전날에 망사리를 갈았다 하시는 거라. 이상하지? 여튼 니가 공식 수사 책임자니까 이번 한 번만 도와주라."

주혁은 투덜거리더니 노트북을 열어서 수사 기록을 보여줬다.

"선배. 난 보여준 적 없어. 눈으로 보기만 해."

"난 여기 없는 거고이?"

승주가 싱긋 웃었다.

"아참, 홍 교수신디 부검 결과는 물어봔?"

"아직 안 끝나서. 지금 시체들로 줄 세워놓고 있는 형국이라 홍 교수님 엄청 바빠."

"게믄 부검 결과는 나가 홍 교수님신디 직접 물어보마."

"진짜 걱정이여. 선배, 영 헐 거믄 차라리 정식으로 복귀햅서. 당당하게 수사하라고. 있당 서핑은 하러 올 거지?"

"글쎄. 우리 어머니 돌봐줄 사람 없어서 휴가를 연장헐 판인데 서핑할 여력이 될지."

"선배는 홍이서 씨영 잘해볼 마음은 이신 거라, 어신 거라?"

승주는 주혁의 말에 어이가 없어서 쏘아붙였다.

"이서 씨가 날 어떻게 생각하는지도 모르는데 너 혼자 오버하지 마라. 너 혹시 나 몰래 이서 씨한테 이상한 소리 한 건 아니지?"

"날 뭘로 봠수광? 그런 적 어서. 이서 씨가 선배를 어떻게 생각하는지 알고 싶으면 일단 만나보기부터 해야. 있당 서핑 숍에서 꼭 보자고."

주혁이 능글맞은 미소를 지었다.

수사 기록에 나온 망사리 사진을 보면서 승주는 인상을 찌푸렸다. 자세히 들여다보니 칼로 자른 게 아니라 자연스럽게 올이 풀려 뜯어져 있었다. 언뜻 보면 소라를 너무 많이 넣어서 줄이 터진 것처럼 보였다. 하지만 할망 해녀는 물질을 할 때 큰 욕심을 부리지 않는다. 크게 확대한 사진을 보니 올이 사고로 풀린 것인지 의도적으로 누군가가 풀리게 만든 것인지 애매했다. 아무래도 단서를 얻으려면 서귀동 어촌계 복지회관에 가서 임 계장을 만나야겠다고 생각했다. 복지회관에는 해녀들이 상주하니 이것저것 물어보기도 좋으리라.

승주는 주혁이 보여준 수사 기록 너머에 있는 진실을 원했다. 항상 진실은 행과 행 사이 어딘가에 있다. 기록은 진실의 절반도 보여주지 못한다. 승주는 주혁이 딴 데 보는 사이에 휴대폰으로 슬쩍 망사리 사진과 수사 기록을 촬영했다. 주혁은 알면서도 눈감아주는 느낌이었다.

"고맙다이. 이제 가보마. 있당 서핑 숍에서 보게."

복지회관에는 아침부터 해녀들이 모여 있었다. 영순이 삼춘의 죽음으로 물질은 쉬지만 혼자 있기 불안하니 모여서 서로를 위로하고 있었다. 사람 좋은 미소를 띤 임 계장이 승주를 보더니 반가운 기색을 했다.

"잘 왔져, 승주야. 어머니는 좀 어떵하시냐?"

"그게… 완전 힘들어 해마씸."

"경헐 만도 허주게. 젤루 친해난 선배 해녀가 경 되신디. 쯧."

임 계장은 혀를 찼다.

"회 호끔 떠신디 막걸리라도 한 잔 허잰?"

"호끔만 줍서."

자리돔회와 제주막걸리를 상에 놓고 임 계장과 승주는 마주 앉았다.

"요새는 육지 것들이 하영 들어왕 범죄가 더 늘어나지 않아시냐?"

"요즘 일이 많긴 한데예, 육지 사람들이영은 상관 어서마씸. 시대가 그냥 경한 거주."

"너 일 잘한댄 소문 났댄허멍? 서울 광수대에 갈 수도 있담서."

"아… 그냥 서귀포 이시켄 했수다."

주거니받거니 이야기가 이어졌다. 영순이 삼춘에 대해 묻자 임 계장은 난처한 표정을 지었다.

"실은 최근에 치매 증상이 이성 병원에서는 당장 물질 그만두랜 해신디, 삼춘이 숨 붙어 이신 동안은 물질은 포기 못한댄 고집 부련. 아들 서이가 요양원으로 모시잰 해도 죽어도 바당에서 죽으켄 허멍 요양원은 절대로 안 가켄 해나서."

"구체적으로 어떤 증상이어수광?"

"영순이 삼춘이… 가끔 가당 10대 시절로 돌아간 거추룩 어린아이 목소리로 엉뚱한 소리를 했댄 하더라고."

승주는 생각에 잠겼다. 엄마가 비슷한 소리를 한 적이 있었다.

"혹시 영순이 삼춘이 경 현재를 과거로 착각했을 때 뭐랜 골아신지 아셔마씸?"

"난 실지로 들어보지는 못해서이. 동료 해녀들은 알지도 모르주게."

"게민 물어봥 올게예."

승주는 자리에서 일어나 동료 해녀들을 만나러 갔다. 테왁 망사리를 수선하고 있던 해녀들은 다들 엄마를 걱정해줬다. 그중에서 심복명 해녀가 영순이 삼춘이 노망났을 때 바로 옆에서 똑똑히 들었다고 했다.

"에휴. 팔십다섯 넘어가난 그 어른이 가끔 헷소리를 하더라고. 망측한 짓도 벌리고이."

"망측해마씸? 무신 일이 이서난마씸?"

"혼번은 임 계장네 대학생 손자 붙들엉 '나가 좋아요, 언니가 좋아요?' 허멍 두 손을 덥석 잡으난 그 청년이 기겁한 적이 이서나서. 임 계장네 손자가 삼춘 애인이라도 된 것처럼 손을 꼭 붙들고 두 눈엔 눈물도 그렁

그렁했댄 허난. 그 손자 나이가 기껏 스무 살이나 되카. 그때 난리도 경 헌 난리가 어나. 나중에야 임 계장이 전해 듣고 달려왕 영순이 삼춘신 디 불같이 화 내멍 그 손자를 데려가부렀주. 그 언니가 노망낭 10대 시 절로 돌아간 거주게. 하긴 그 손자가 인물이 훤칠허긴 해이."

복명은 깔깔 웃다가 바로 표정이 소심해졌다. 어제 죽은 고인을 두고 농담을 한 걸 스스로 깨달은 모양이었다.

"그때 그런 말만 핸마씸?"

"그 손자신디 '오라방, 거길랑 가지 맙서. 나가 거긴 가지 말랜 곧지 안 해수광. 딱 오늘 하루만 가지 말아마씸' 영하더라고. 몇 번이나 말하고 또 말해서."

승주는 생각에 잠겼다. 신발을 챙겨 신고 복지회관을 나가려 하자 임 계장이 따라와 붙들었다.

"술 마시다 말앙 어디 감시니?"

"아, 도서관에서 뭘 좀 알아봐사크라마씸."

승주는 임 계장한테 꾸벅 인사를 하고 걸어서 마을 도서관으로 향했 다. 도서관에 도착하자마자 향토자료관으로 갔다. 이 고을에 대한 모든 역사, 자료를 수집해놓은 곳이다. 그곳에서 마을에 대한 기록을 샅샅이 찾아봤다. 자신이 무엇을 찾는지는 모르지만 지푸라기라도 잡겠다는 심 정으로 책을 쌓아놓고 무턱대고 읽어 내려갔다.

두 시간 정도 머무르면서 다양한 책을 샅샅이 뒤져봤지만 건진 건 없 었다. 목표가 불분명하니 성과가 없다. 승주는 책들을 도로 서가에 꽂고 집으로 돌아갔다. 자신이 한심하게 느껴졌다. 집에 가보니 큰누나는 바 빠서 오지 못하고 대학에 다니는 큰조카 수희와 초등학생인 막내조카 수인이가 와 있었다. 수인이는 엄마의 테왁에 루피를 그려놓은 장본인 이었다.

"삼촌, 삼촌! 젠가 게임 하게."

볼 때마다 잘 놀아줘서 승주를 무척 좋아하는 수인이가 졸랐다. 한동안 둘이 젠가 게임을 했는데 매번 수인이가 이겼다. 게임을 하는 도중에 문득 어떤 생각이 승주의 뇌리를 때렸다. 젠가 게임은 무조건 아래쪽에 나무토막을 튼튼하게 쌓아야 승리한다. 아래쪽에서 균형이 한번 깨지면 와르르 순식간에 공든 탑이 무너져버렸다. 아래가 과거이고 위가 현재라면? 과거의 잘못으로 현재의 살인이 일어났다면? 긴 세월을 사이에 두고 과거의 어떤 행동이 나비효과를 일으켜 현재의 살인에 영향을 미쳤다면?

치매에 걸리면 과거의 특정 시점으로 돌아가는 경우가 많다. 만약 영순이 삼춘이 임 계장의 손자를 보고 과거의 무엇인가를 떠올렸고 그녀가 떠올린 그 무엇인가가 누군가를 자극해서 살인의 동기를 제공했다면? 이 사고사가 만약 살인이라면 살인 동기는 현재가 아니라 과거에 있을지도 모른다.

승주는 임 계장에게 바로 전화했다.

"혹시… 계장님 손자 사진 보내주실 수 이서마씸?"

임 계장은 어리둥절해하면서 알겠다고 했다.

"경허고, 영순이 삼춘이 계장님 손자 붙들엉 애인인 양 했을 때 그 옆에 누괴 누괴 이서수광?"

"글쎄. 나는 소동이 났댄 하는 말을 전해 듣고 나중에 도착해서. 그때는 어촌계 사람 거진 다 이서난 거 닮은디. 최 심방도 이서났고… 아, 너네 부모님도 다 왕 계셔났고이."

어제가 오늘이 되고 오늘은 내일이 된다. 모든 것은 과거와 연결되어 있다. 승주는 두루뭉술하게 생각했던 자신을 자책했다. 수인이에게 미안하다고 하고 도서관으로 뛰어갔다. 다시 향토자료관으로 가서 이번에는 서귀동의 4·3 생존자 증언집을 꺼냈다. 영순이 삼춘의 10대 소녀 시절은 바로 4·3 당시였다.

한 시간 남짓 증언집을 샅샅이 들여다본 끝에야 원하는 걸 찾았다. 승주는 그걸 보는 순간 벼락을 맞은 기분이었다.

1949년. 정방폭포 학살 현장을 목격한 고 아무개가 미쳐버렸다. 폭포에서 일어난 학살로 가족을 잃고 고아가 된 한씨 성과 박씨 성의 두 어린이를 마을에 데려다놓고 고 아무개는 정신줄을 놓아버렸다. '오라방, 가지 맙서. 거기엔 가지 맙서.' 중얼거리며 온 동네를 맨발로 돌아다녔다. 마을 사람들은 크게 놀라서 고 아무개를 말리려고 했지만 고 아무개는 누구의 말도 듣지 않았다. 부모는 하나뿐인 딸이 정신이 나갔다고 소문이 나면 혹시나 서청이나 군경에게 험한 꼴을 당할까 봐 집에 가둬놓고 못 나가게 했다. 4·3이 지나가고 고 아무개는 정신이 돌아와 마을 청년과 결혼하고 아들 셋을 낳고 잘 살았다.

증언에 나오는 고 아무개가 영순이 삼춘이 아닐까. 성씨, 나이, 사는 동네, 자녀 수가 일치한다. 승주는 계속 증언을 읽어 내려갔다.

'두 어린이는 모두 입양되었다.'

이 두 어린이는 누굴까. 증언은 여기에서 끝났다. 승주는 해당 페이지를 사진으로 찍었다.

도서관을 나와서 걷던 승주는 영순이 삼춘 집에 가봐야겠다고 결심했다. 일단 삼춘 집 맞은편에 있는 편의점 CCTV를 보면 삼춘 집에 침입한 사람을 알 수 있을지도 모른다. 승주는 경찰 신분증을 보여주며 편의점 사장에게 부탁해서 CCTV를 봤다. 삼춘이 죽기 전날인 목요일 밤을 집중적으로 봤다. 하얀 와이셔츠를 입은 호리호리한 노인이 편의점 앞 야외 테이블에서 한참 동안이나 삼춘의 집을 쳐다보고 있었다. 익숙한 실루엣이었다. 혹시…? 승주는 눈을 의심했다. 몇 번이나 연거푸 돌려봤지만 분명했다.

아버지였다.

목요일 밤, 영순이 삼춘 집 앞에 아버지가 있었다.

아버지는 30분이 넘게 편의점 야외 테이블에 앉아 있다가 일어나더니 삼촌 집으로 들어갔다.

5

토요일 오후, 파도가 거세어 서핑하기엔 그만이었다. 승주가 서핑 숍 앞의 해변으로 가니 주혁, 영민, 가은이 서핑복을 입은 채 서 있었다.

"이서 씨는?"

"곧 올 거라."

잠시 후 서핑복을 입은 홍이서가 왔다. 키는 작지만 단단하고 야무진 몸 라인이 보기 좋았다. 자신도 모르게 승주는 이서에게 시선이 갔다. 서핑이 처음인 승주, 이서, 영민은 강사한테 간단한 기초교육을 두 시간 정도 받았다. 세 명의 초보자는 곧바로 파도에 도전했다. 승주와 이서는 생각보다 빨리 적응했고, 영민은 처음엔 어려움을 겪었지만 신체 조건이 좋아서인지 금방 익숙해졌다. 이서가 서핑보드를 탄 채 빠른 속도로 파도를 향해 달려드는 영민을 바라보면서 말했다.

"이영민 형사님, 멋있네요. 마치 연예인 같아요."

"영민이요? 얼굴 작고 키 크고 우리랑은 기럭지가 다르죠. 난 왜 쟤가 여기 와서 형사하고 있는지 모르겠어. 모델이나 하지."

주혁이 너스레를 떨었다. 이미 여러 번 서핑해본 주혁은 능숙하게 파도 위에 올라탔다.

승주는 처음 배운 것치고는 요령을 잘 터득해서 몇 번 파도타기에 성공했다. 이서, 영민, 가은이 환호를 지르며 박수를 보냈다.

"우리 〈하와이 파이브 오〉 같지 않아?"

주혁이 유명한 미국 드라마를 거론하자 이서와 가은이 깔깔 웃었다.

승주는 아까 CCTV에서 아버지를 본 뒤로는 머릿속이 복잡한 나머지 이서가 자신을 뚫어져라 쳐다보는 것도 모르고 서핑복을 절반쯤 벗었다. 상반신을 드러내자 양쪽으로 갈라진 탄탄한 복근이 드러났다. 이서가 얼굴을 붉힌 채 황급히 눈을 내리깔았지만, 승주는 설마 아버지가 영순이 삼춘에게 해코지했을까 그 생각뿐이었다. 만약에 아버지가 범인이라면 나는 어떻게 해야 하나. 승주는 삼춘의 집을 얼른 수색해야겠다는 생각에 허둥지둥 옷을 갈아입었다.

"장 형사. 난 할 일이 있어서 먼저 가. 같이 저녁은 못 먹고 2차에 합류할게."

가은에게 말을 내뱉고 차에 올라탔다.

영순이 삼춘 집 대문은 열려 있었다. 세 아들이 이미 집에서 중요한 서류와 문서는 챙겨서 괸당 집으로 갔다고 들었다. 집 안에 들어간 뒤 손전등으로 구석구석을 비췄다. 안방에 가보니 할망 혼자 사는 살림이라 단출했다. 방으로 들어가서 창문 구조를 보니 안에서 잠그면 밖에서 들어오기 힘들었다. 영순이 삼춘이 정신이 오락가락한 다음부터는 '서청이 와, 서청이!' 하고 두려워하면서 안방 문과 창문만큼은 꼭 잠그고 잤다고 했다. 대문까지는 쉽게 들어오더라도 안방에 침입하려면 흔적이 남았을 것이다. 테왁 망사리와 물질 도구들을 보관하는 방은 안방이 아니라 작은 방이었다. 보통 그 방은 잠그지 않으니 누구나 손쉽게 접근할 수 있다. 망사리를 칼로 확 끊어놓지 않고 몇 올씩 살살 풀었다면 줄에 손상이 생긴 걸 육안으로는 구별하기가 어려웠을 것이다. 그렇게 섬세하게 망가트리려면 오랜 시간이 걸렸을 텐데. 갑자기 어떤 생각이 승주를 스치고 지나갔다. 옆집이 빈집이라고 들었는데 혹시? 승주는 손전등을 들고 돌담을 넘어 옆집으로 들어갔다. 그곳에서 널브러진 망사리 몇 개를 발견하고 정신이 번쩍 들었다. 범인은 빈집인 옆집에서 망사리 올을 푸는 '연습'을 했다! 휴대폰으로 올이 풀린 망사리들을 찍었다.

'아버지. 아버지가 정말 망사리에 손댔나요?'

하지만 왜? 아버지가 영순이 삼촌을 죽일 이유가 있을까? 망사리 올을 푸는 연습까지 해가며? 삼촌은 엄마의 가장 친한 동료이자 선배 해녀이고 늘 우리 식구에게 잘했다. 특히 아버지와 승주에게 극진했다. 승주는 아버지에게 직접 물어볼까 생각했다가 고개를 저었다. 아직은 아니다. 증거를 더 모아야 한다. 가족이 개입되어 있다고 해서 이성을 잃으면 안 된다.

승주는 다시 영순이 삼촌 집으로 넘어왔다. 거실을 살펴보던 승주는 천장에서 뭔가를 발견하고 눈썹을 치켜세웠다. 영순이 삼촌의 큰아들에게 전화를 걸었다.

"형님, 여기 승주마씸. 삼촌이 치매가 오고 나서 뭐 조처한 거 이수꽝?"
통화하면서 경찰수첩에 자잘하게 메모했다.

승주는 안방에 들어가 전화기 옆에 있는 낡은 앨범을 폈다. 영순 삼촌이 어린 소녀 시절부터 찍은 사진이 꽤 많았다. 이상한 페이지가 있었다. 박스테이프로 여러 겹 봉인된 낡은 종이봉투가 붙어 있었다. 승주는 커터칼로 봉투 입구를 열고 앨범을 거꾸로 들어 탈탈 털었다. 여러 장의 흑백사진이 떨어졌다.

사진 하나가 승주의 눈길을 끌었다. 영순이 삼촌이 10대 시절에 찍은 듯한 사진. 한 젊은 청년과 나란히 동백꽃 앞에서 포즈를 취했다. 양장을 입은 영순이 삼촌은 선이 곱고 예쁜 미녀였고 옆에 선 청년은 이목구비가 단정한 미남이었다. 사진 귀퉁이에 있는 글씨를 보니 48년 2월이라고 적혀 있었다. '고영순과 한호열.' 영순이 삼촌이 10대 후반 무렵이다. 아직 혼인 전이니 옆에 있는 한호열이란 젊은 남자는 분명 삼촌의 남편이 아니다. 영순이 삼촌이 10대 시절에 연애했던 남자였을까. 누구이기에 이렇게 소중하게 밀봉해서 감춰놨을까. 승주는 흑백사진을 휴대폰으로 찍었다.

마당에 나온 승주는 뒷머리에 강한 타격을 느꼈다. 쓰러진다고 느끼기도 전에 쓰러졌다. 피. 입안에 쇠 맛이 느껴졌다. 이것이 죽음인가. 이렇게 죽고 마는가. 승주는 천천히 의식을 잃었다.

　수탉이 우는 소리. 사방에 쌀이 떨어지는 소리. 탁하고 쉰 목소리가 승주에게 외친다. 최 심방이다.

　"너는 너네 부모님의 원을 풀어주잰 태어난 아이라."

　'싫어마씸. 나가 무사 우리 부모님의 원을 풀어줘야 됩니까?'

　어린 승주는 불만이었다. 동네 친구들과 축구를 하다가, 도서관에서 좋아하는 책을 읽다가도 승주는 툭하면 엄마에게 불려왔다. 집에 오면 최 심방이 기다리고 있다가 승주에게 넋들이기를 한다는 핑계를 대고 이상한 짓을 해댔다. 평소 승주가 입는 옷에 손을 갖다 대고 중얼중얼 무슨 주문을 읊는가 하면 승주에게 느닷없이 쌀을 뿌려댔다. 승주의 몸에 맞은 쌀이 방바닥에 마구 흩어졌다. 화가 난 승주가 도망가려고 하면 엄마는 승주를 붙들었다.

　"참으라. 다 널 위해서 하는 거라."

　엄마는 늘 참으라고만 했다.

　쉰 목소리로 최 심방이 엄마한테 잔소리를 늘어놓으면 엄마는 무조건 그녀에게 순종했다.

　승주는 모든 게 지긋지긋했다. 머리가 크면서 이 진절머리 나는 집에서 벗어나고 싶었다. 형들과 누나들하고는 나이 터울이 많아서 항상 외로웠다. 물질하느라 바쁜 엄마, 집에만 있는 아버지. 또래 부모님보다 나이가 지긋한 부모님을 대하기가 어려웠다. 집에서, 이 섬에서 벗어나고 싶었다. 그래서 기회가 오자마자 집안 형편이 어려운 걸 뻔히 알면서도 온갖 핑계를 대고 제주시 고등학교로 진학했다. 육지에 있는 의대에 진학하려고 미친 듯이 공부했다. 도망가자. 이 섬에서 도망가자. 그 시절 잊을 수 없는 사람을 만났다. 그리고 그 사람은…. 안 돼.

　승주는 눈가에서 눈물이 흘러내리는 것을 느꼈다. 눈물 덕분인지 뿌옇던 시야가 조금 또렷해졌다. 잠시 후 흐릿하게 형광등이 달린 회색 천장이 보였다.

"정신 들어요?"

누군가가 손수건으로 승주의 눈가를 닦아주었다. 한결 보기가 수월했다. 시야에 또렷하게 맺히는 상은 이서였다. 승주는 입을 열었지만 메마른 입술에서는 버석거리는 소리만 날 뿐 목소리가 나오지 않았다. 걱정스러운 표정으로 이서가 말했다.

"좌 형사님, 말씀은 하지 마세요. 가벼운 뇌진탕이래요. 의사가 당분간 무리하면 안 된다고 했어요."

"바쁘실 텐데, 저는 신경 쓰지 말고 볼 일 보러 가세요."

겨우 목소리가 나와서 승주는 이렇게 말했다.

"지금 제 걱정 할 때예요?"

이서는 어이없다는 듯이 웃었다. 승주가 머리를 만져보니 촘촘하고 팽팽하게 붕대가 감아져 있었다.

"열 바늘이나 꿰맸대요."

이서가 말했다.

서귀포의료원이었다. 승주는 의료원 로고가 그려진 환자복을 입고 링거를 맞고 있었다. 이서 옆에는 가은과 영민도 앉아 있었다. 잠시 후 주혁이 들어왔다. 잔뜩 화난 표정이었다.

"대관절 뭘 들쑤시고 다닌 거꽝? 고영순 씨 집엔 무사 가수꽝? 우리가 발견했을 때 선배는 마당에 쓰러져 있어수다. 선배랑 연락이 안 돼서 혹시나 싶어 피해자 집에 가봤으니 다행이지. 큰일 날 뻔했다고! 계속 혼자 쓰러져 있었으면 어쩔 뻔해수꽝?"

주혁이 씩씩거리며 소리쳤다.

"오늘 막 발견한 단서가 있어서 그걸 조사하려던 참이었지. 나 휴대폰 줘 봐."

아버지가 용의자일지도 모른다는 소리는 하지 않았다. 주혁이 툴툴거

리며 휴대폰을 건넸다. 승주는 생각에 잠긴 얼굴로 사진첩을 열어서 손
가락으로 사진을 휙휙 넘겼다.

"형사님. 피를 많이 흘렸다고 오늘 하루는 입원하래요."

옆에서 이서가 차분하게 말했다. 승주는 잠시 이서를 응시하다가 차
갑게 말했다.

"걱정해주셔서 고맙습니다만…. 정말 이제는 가셔도 됩니다."

병원에 누워 있는 못난 모습을 보여준 게 자존심이 상했다.

승주는 몰두해서 휴대폰 사진을 들여다보다가 갑자기 눈이 휘둥그레
졌다.

"머리를 맞긴 했어도 성과가 있어. 방금 큰 걸 하나 깨달았으니까."

"지금 이 와중에 뭔 성과 타령이꽝."

주혁이 핀잔을 줬다.

"범인이 내 머리를 쳤다는 건 위기의식을 느낀 거라. 덕분에 영순이
삼춘이 살해당했다는 게 확실해졌어. 지금 이 사진 보니 더 확실하네."

"뭔 사진인데 마씸?"

"입원해 있을 틈이 없어. 자세한 건 가면서 설명할게. 서두르지 않으
면 두 번째 살인이 일어날지도 몰라. 내 생각이 맞으면."

승주는 현기증을 참으면서 천천히 침대에서 일어났다. 주혁이 어어,
하면서 승주를 부축했다. 승주가 손목에 붙여진 살색 테이프를 뜯어내
고 링거 줄을 빼버리자 역류한 피가 침대에 튀었다. 이서와 가은이 질겁
을 했다. 승주가 주혁에게 몸을 의지한 채로 말했다.

"여자분들 잠시만 눈을 돌려주시죠. 옷 좀 입을게요. 주혁이 니가 좀
입혀줘."

두 여자가 고개를 돌리자 승주는 주혁의 도움을 받아서 급하게 옷을
입으며 말했다.

"운전은 주혁이 니가 허라."

"돌부처 고집하고는. 어휴. 죽은 사람 소원도 들어준다고 하니까 대인

배인 나가 참는다, 참어."

주혁이 입을 삐죽거리며 승주를 부축하며 병실을 나갔다. 가은과 영민이 서둘러 뒤를 따랐다. 이서가 승주의 뒤통수에 대고 말했다.

"저도 어쩐지 호기심이 생겨서 오늘까지 서귀동에 있을게요. 사건 해결되면 꼭 말씀해주셔야 해요."

차를 타고 가면서 승주가 주혁, 가은, 영민에게 간단하게 브리핑했다. 셋 다 경악하면서 승주의 수사 내용을 들었다. 70년이라는 세월을 두고 벌어진 일이었다. 승주가 급하게 누군가에게 전화를 했지만 받지 않았다. 주혁이 걱정스러운 표정으로 물었다.

"무사, 전화 안 받으맨?"

"밟으라!"

승주가 외치자 주혁은 가속페달을 더 세게 밟았다.

승주가 예상한 대로 영순이 삼춘 집 근처 팽나무 밑에 두 사람이 앉아 있었다. 머리에 붕대를 감은 승주가 나타나자 둘 다 당황한 표정을 지었다. 두 사람 앞에는 비타민 음료가 두 병 놓여 있었다. 한 명이 음료수 뚜껑을 따서 마시려 했다.

승주가 외쳤다.

"아버지! 마시지 맙서!"

아버지가 흠칫거리며 승주를 보더니 맞은편의 남자를 바라봤다. 임 계장이었다. 임 계장이 체념한 듯이 옅게 미소를 지었다.

"형님, 영특한 아드님을 두셨수다예."

승주는 절룩거리며 테이블로 다가가 라텍스 장갑을 끼고 비타민 음료 두 병을 수거했다. 뚜껑을 잘 덮고 주혁에게 건넸다.

"과학수사대에 넘기라. 성분 분석해보면 살인미수 증거가 나올지도 몰라."

승주는 임 계장 옆에 앉았다. 임 계장이 비틀린 미소를 지었다.

"언제 알아시냐?"

"아까 병원서 휴대폰 사진을 열어봐신디… 계장님 손자 사진인 줄로 착각했던 사진이 알고 보니 70년 전 어떤 남자의 사진이라마씸. 10대의 영순이 삼춘하고 다정하게 같이 사진 찍은 남자인데. 손자와 그 남자가 그렇게 닮은 것이 영 이상핸마씸."

임 계장은 처연한 눈빛으로 승주를 바라봤다.

"격세유전이랜 하는 말이 있지예. 가끔 한 세대나 두 세대를 건너뛰엉 외모를 쏙 빼다 박는 경우가 있주게. 계장님은 아버지를 전혀 닮지 않았지만."

승주가 이어서 말했다.

"계장님 손자는 계장님 아버지를 닮은 거죠. 영순이 삼춘이 짝사랑했던 남자, 한호열 말이우다."

승주는 임 계장을 응시했다.

"오면서 서에 조회해봐수다. 계장님 원래 성은 임씨가 아니라 한씨였지예. 부모님이영 동생이 죽으난 옆 동네 임씨 집안에 입양되신 거고. 그때 똑같이 가족 잃은 두 살 위 동네 형도 좌씨 집안에 입양되신디 그 사람이 바로 우리 아버지였고예. 우리 아버지는 원래 박씨였지예? 당시 상황을 자세히 아는 유일한 인물이 우리 아버지여서 나중에 의심을 피하려고 우리 아버지까지 죽이려 한 거지예?"

임 계장은 눈을 질끈 감았다.

"머리 때린 건 미안허다. 승주야."

그가 입을 열자 시간은 70년 전으로 돌아갔다.

6

꿈에서도 잊은 적이 없어. 겨우 다섯 살이었지만 잊을 수가 없지. 그날 정방폭포 단추공장에서 마지막으로 봤던 부모님의 모습. 자네 고모도.

아버지. 머리가 크고 나서 아버지에 대한 이야기를 동네 어른들한테 들었을 때 어떤 기분이 들었는지 아나? 친아버지가 살아 있었더라면 나는 훨씬 나은 인간이 되었을 거란 생각이 들더군. 양아버지가 백날 천날 술 먹고 양어머니와 나를 때렸던 집에서 자라나는 것보다는 낫지 않았겠나? 하지만 정방폭포에서 부모님은 돌아가셨고 나는 경필 형님과 함께 낯선 누나한테 업힌 채 어딘가로 옮겨졌네. 흐릿하게 남아 있는 유일한 기억이지.

성년이 되고 나서 파헤치고 싶었네. 왜 우리 부모님이 그렇게 돌아가셔야만 했는지.

마을 어르신들에게 물어보고 다녔네. 다들 나를 딱해하면서 자신이 아는 범위 안에서 조금씩 이야기를 들려줬네. 그건 일종의 퍼즐 맞추기였어.

아버지가 서북청년단[12]을 피해서 임신한 어머니, 자네 고모, 경필 형님과 같이 숨은 동굴은 동네 사람들에게 안전한 은신처로 알려진 곳이었네. 거긴 정말 마을 사람 말고는 아무도 몰라. 서북청년단 따위가 알 수 있는 곳이 아니었네. 그곳을 서청에게 들켰다면 원인은 단 하나밖에 없어. 밀고. 누군가가 밀고하지 않고서는 그 동굴의 위치를 알 수 없어. 4·3이 일어나고 근 1년 가까이 그 동굴은 마을 사람들에게 안전한 은신처였단 말이야.

부모님과 자네 고모가 처형된 후 소문이 돌았네.

마을 사람 중 한 명이 그 동굴의 위치를 서청에게 밀고했다는 거야.

---

12 북한 사회개혁 당시 월남한 이북 각 도별 청년단체가 1946년 서울에서 결성한 극우 반공단체로 정식 명칭은 서북청년회. 4·3 당시 제주도에서 군경과 함께 초토화 작전에 투입되어 많은 도민들을 학살했다.

모두 믿지 않았네. 어떻게 그럴 수가 있나. 서청 같은 잔인한 놈들에게 어떻게 정든 마을 사람을 밀고할 수 있냔 말일세. 아무도 믿지 않았네. 소문은 흉흉했지만 드러난 용의자는 없었고 마을 사람들은 입을 닫고 쉬쉬하고 있었네. 그때였다고 들었네. 영순이 삼춘이 미쳐버린 건. 영순이 삼춘 집은 희생자가 전혀 없었네. 그건 삼춘 친오빠가 경찰이어서 그 랬어. 서청이 군경 가족은 내버려뒀거든.

나는 계속 의문을 가졌네. 대체 왜?
누가 내 부모님과 자네 고모가 숨어 있던 동굴의 위치를 밀고했을까.
나중에야… 영순이 삼춘이 손자 영훈이를 붙들고 한탄을 늘어놓는 것을 듣고 나서야 알게 됐네. 삼춘이 밀고자였어. 그년은 서청에게 어머니와 내가 죽으면 아버지와 재혼하고 싶었던 거였네. 그게 그 여자의 야심이었지. 어려서부터 짝사랑하던 남자가 정혼녀와 결혼하자, 그 아내와 아이를 서청에게 밀고해서 없애고 자신이 그 남자를 가지려고 했던 거야. 그래서 그 동굴에 가지 말라고 거듭해서 아버지에게 애원했던 거고. 같이 동굴에 숨었던 자네 고모와 경필 형님은 억울하게 묻어간 거였고.
하지만 아버지는 가족을 사랑하고 책임감이 강한 분이었어. 아마 영순이 삼춘의 마음을 모르지는 않았을 거라 생각하네. 외적인 조건은 훨씬 좋았지. 영순이 삼춘네 집은 잘살았고 친오빠가 경찰이라 만약 영순이 삼춘과 결혼했다면 4·3에서 수월하게 살아남았을지도 몰라. 하지만 아버지는 자신을 짝사랑하는 영순이 삼춘이 아니라 정혼녀와 결혼하는 걸 선택했지.

영순이 삼춘은 일부러 어머니와 아주 친하게 지냈다고 하네. 왜 그랬을까? 그렇게 해서라도 좋아하는 남자를 자주 보고 싶었는지도 모르지. 아버지는 귀여운 동생이라고 생각한 건지 삼춘에게 항상 잘해줬다고 하네.

아버지와 어머니가 결혼하고 첫 아이인 내가 막 다섯 살이 되었을 때, 4·3이 터졌지. 아버지 형님이 산에 올라가서 무장대가 돼버렸어. 자연스럽게 아버지와 아버지의 가족은 숨어 지내야 했네. 아버지가 어디 멀리 피신 간 사이에 서청이 마을에 들이닥쳤고 어머니는 둘째를 임신한 상태에서 나와 옆집에 사는 자네 고모와 경필 형님을 데리고 같이 동굴에 숨었네. 그걸 친하다고 생각한 영순이 삼촌한테만 이야기한 거야. 애 아빠한테 전해달라고.

영순이 삼촌은 오빠가 경찰이라 서청과 가까웠네. 아버지가 멀리 숨어 있고 어머니와 옆집 사람들만 동굴에 있다고 하니 그년의 머릿속에 나쁜 생각이 떠올랐을 거야. 바로 잘 아는 서청 청년에게 밀고했네. 폭도 가족이 동굴에 숨어 있다고. 그리고 아버지에게 가서 말했네. 어머니가 옆집 아가씨와 이웃 동네에 피신 갔다고 전해달라 했다고. 거짓말이었지. 영순이 삼촌은 아버지에게 당분간 동굴에는 가지 말라고 신신당부했어.

아버지는 영리한 분이어서 영순이 삼촌이 동굴로 가지 말라고 한 것을 수상쩍게 생각했네. 그날 낮에 혼자 동굴로 갔고, 바로 서청에게 발각되었지. 아버지, 어머니, 나, 자네 고모, 그리고 경필 형님까지 모두 다섯 명이 연행되었어. 뱃속의 아기까지 합치면 여섯 명일까. 영순이 삼촌은 끌려가는 아버지를 보고 비명을 질렀어.

"나가 그 동굴엔 가지 말랜 해수게!"

이렇게 소리 질렀다고 해.

우리는 정방폭포 위에 있는 단추공장에 갇혔네. 소위 폭도들을 처형하기 전날에 가두는 감옥이었어. 지금부터 들려주는 이야기는 자네 아버지가 해준 거야. 좌경필 형님은 그때 일곱 살이라 나보다 기억력이 낫지. 그때 내 아버지가 무슨 수를 썼는지 낡은 숟가락을 얻어서 밤새도록 그 공장에 개구멍을 팠어. 벽 아래 작게 파인 구멍이 있었지. 아버지는

172

잠도 자지 않고 그 구멍을 계속 팠지. 숟가락이 부러지자 맨손으로 땅을 팠네. 손톱에 피가 맺힐 정도로 파고 또 파서 간신히 아주 가느다란 틈이 만들어졌지. 아버지는 알았던 거지. 내일이면 모든 것이 끝이라는 걸.

그때 영순이 삼춘이 단추공장으로 왔네. 아마 좋아하는 남자를 마지막으로 만날 기회라는 걸 알았겠지. 개구멍을 사이에 두고 영순이 삼춘은 아버지에게 눈물을 흘리며 울부짖었네. 그 순간조차 그년은 이기적이었지. 제 감정만 생각했단 말이야. 하지만 아버지는 침착하게 그년을 달래면서 그 개구멍으로 나와 경필 형님을 내보냈네.

아버지는 알았겠지. 자신을 좋아하던 영순이 삼춘이 동굴 위치를 밀고했다는 걸. 아마 알았을 거라고 생각하네. 하지만 아버지는 영순이 삼춘을 원망하지 않았어.

"영순아, 이 두 아이만 좀 살려주라. 내 마지막 소원이라."

아버지는 영순이 삼춘에게 이것만 부탁했어.

영순이 삼춘에게 사랑하는 남자의 유언은 계명과도 같았을 거네. 아직 시집가지 않은 어린 처자였지만…. 그의 유언은 엄숙한 명령이자 삼춘이 아버지에게 속죄할 수 있는 유일한 기회 같은 거였네. 그녀는 울면서 알았다고 했네. 그리고 흙투성이가 된 어린 두 생명을 받아 안았네. 걸을 수 있는 경필 형님은 걷게 하고 나는 등에 업었지. 그렇게 영순이 삼춘은 단추공장을 떠났어. 그러고는 일단 집에다 두 아이를 몰래 숨겼지.

다음 날 새벽에 처형이 시작될 무렵에 영순이 삼춘은 다시 폭포 위로 갔네.

그날 서청이 내 부모님과 자네 고모를 처형했을 때 나는 그곳에 없었지만 천우신조로 몰래 빠져나온 동네 사람한테 그분들의 마지막을 들을 수 있었네. 지금부터 하는 이야기는 그 생존자에게 들은 거야.

그날 하필이면 서청에서 가장 잔인하기로 유명한 탁 대위가 사형집

행인이었어. 남들보다 머리 하나쯤 큰 키에 귀공자같이 얼굴이 허연 놈이었지. 처음에 탁 대위는 제일 먼저 어머니를 죽창으로 찌르려고 했네. 임신 9개월이 가까워지던 어머니의 불룩 나온 배 안에 폭도 새끼가 있으니 제일 먼저 죽여야 한다고. 그가 죽창을 들고 어머니에게 돌격했을 때 아버지가 앞으로 나서서 어머니 대신 죽창에 찔렸네. 아버지가 필사적으로 몸으로 막아서 어머니는 죽창에 한 번도 찔리지 않았지만 거의 정신이 나가버렸어. 내장을 찔리고 피를 흘리면서 아버지는 두 손으로 어머니의 눈을 가렸네. 그리고 아직 어린 자네 고모도 자신의 몸으로 최대한 가리려 했어. 하지만 탁 대위는 아버지를 죽창으로 마구 난도질하고도 성에 안 차서 자네 고모마저 찔렀어. 그 어린 아가씨의 배에서 창자가 쏟아져 나왔지. 비명과 흐느낌 소리가 난무하는 가운데 그자는 죽창과 군홧발로 죄수들을 절벽 끝으로 몰아갔네.

당시가 학살 막바지였는데 서청에게 지급된 실탄이 슬슬 부족해지고 있던 시기였다네. 토벌대는 총탄을 아끼기 위해 죽창을 사용했어. 그리고 정방폭포를 처형지로 선호한 이유는 가슴이나 발목을 대충 밧줄로 엮어놓고 한 명만 발길질해서 떨어트려도 다 같이 떨어져 죽으니까 처형하기가 용이해서였지.

영순이 삼춘은 수풀 뒤에 숨어서 마지막까지 사랑하는 남자가 죽어가는 모습을 지켜봤네.

아버지는 절벽 끝에 몰릴 때까지 어머니의 두 눈을 가리고 있었네. 탁 대위가 아버지를 절벽 가장자리에서 발길질하자 결국 부모님과 자네 고모, 그리고 다른 죄수들도 한 줄로 연결된 굴비처럼 다 같이 정방폭포 밑으로 떨어졌지. 그래. 죽음은 그렇게 쉬웠어.

폭포가 너무 높아서 퍽 하고 사람 머리가 으깨지는 소리는 들리지 않았어. 폭포수 밑으로 핏물이 섞인 검은 탁류가 소용돌이치며 흘러갔지. 바다로, 깊은 바다로. 한동안 사람들이 정방폭포 돌을 가져다 쓰지 않았지. 더러운 돌이라고. 폭도들의 피가 묻은 더러운 돌이라고. 하지만 더러운 건 우리 부모님도 자네 고모도 아니야. 더러운 건 탁 대위 같은 학살자들이고 마을 사람들을 밀고한 영순이 삼촌 같은 나쁜 년이지.

영순이 삼촌은 나를 입양 보내기 위해서 사방팔방으로 애썼다고 하더군. 당시 폭도 집안의 고아는 빨갱이 자식이라고 해서 손가락질하던 시절이었는데 영순이 삼촌이 여기저기 알아봐서 자네 아버지는 좌씨 집안에 나는 임씨 집안에 입양을 보냈어. 그렇게 내 아버지의 유언을 지킨 다음에 긴장이 풀렸는지 헤까닥 돌아버렸지. 운이 좋았지. 미쳐버렸기 때문에 그년이 밀고자인 줄 아무도 몰랐어. 삼촌이 무슨 소리를 해도 사람들이 미친년의 헛소리로 알았으니까. 그리고 내 아버지가 자신의 목숨으로 영순이 삼촌의 비밀을 지켰으니까. 아버지는 영순이 삼촌이 나와 경필 형님을 살려주기만 한다면 탓할 마음이 없었던 거야. 아버지는 그런 사람이었어.

그런데 70년 후….
영순이 삼촌이 내 앞에서 손자 영훈이에게 "오라방. 거기 가지 맙서. 오늘 하루만, 딱 하루만 가지 맙서"라고 말하던 순간에 나는 바로 알아차렸네.
그날 나를 업고 갔던 고마운 누나가 누구였는지. 그리고 그 고마운 누나가 실은 우리 부모님을 죽게 한 밀고자였다는 걸.

7

"얼마나 놀라시크라."
임 계장이 중얼거렸다.

"그제야 퍼즐이 다 맞아떨어지는 거라. 밀고자도 아버지를 쫓아다녔다던 동네 처녀도 죄 영순이 삼춘이었던 거라."

"그때부터여수광? 살해 계획을 세운 게?"

"생각해보라. 영순이 삼춘이 우리 아버지를 차지할 욕심으로 그날 그렇게 밀고만 안 해시믄 어쩌면 나는 4·3 넘기고 울 부모님이영, 동생이영 다 같이 행복하게 살았을 수도 이서. 겐디 현실은 어떵해시? 폭력 휘두르는 양아버지이영 정이라곤 호나도 어신 양어머니 밑에서 눈칫밥 얻어먹고 살당 교육도 제대로 못 받고 열 살 겨우 넘긴 뒤에 맞기 싫어 도망치듯 배를 탔으니 원망이 안 쌓일 수 어서. 험난하고 고달픈 인생이었주. 나중에야 방통대에 가고 평생교육원도 다녔주마는. 우리 양어머니는 나 생일상 혼번 차려준 적이 어서나서. 그 집안은 우익이라시난, 끌려가 처형당한 울 부모님을 빨갱이 취급했지. 목숨만 부지했다 뿐이지 비참한 어린 시절이었주."

승주는 이제야 알았다.

영순이 삼춘이 복지회관에서 임 계장의 손자에게 달려들어 사랑 놀음을 했을 때, 승주의 아버지는 현장에 있었다. 그리고 섬세하고 똑똑한 아버지는 바로 알아차렸다. 동굴의 위치를 밀고한 사람이… 영순이 삼춘이었다는 걸. 아버지는 임 계장보다 두 살 위여서 당시 사건을 더 잘 기억했다. 아버지는 삼춘이 죽기 전날 편의점 앞에서 집을 감시했다. 삼춘 집에 들어간 건 그녀를 지켜주기 위해서였다. 임 계장의 과거를 아는 아버지는 혹시라도 그가 영순이 삼춘을 해코지할까 봐 염려했다. 아마 밤이면 밤마다 삼춘 집을 지켰으리라.

영순이 삼춘이 죽었다는 소식을 듣고 아버지는 눈물을 흘리며 동네를 배회했다. 하지만 차마 임 계장을 신고할 순 없었으리라. 고뇌하고 괴로워했지만 경찰인 아들에게도 말할 수 없었다. 그래서 계속 집 밖으로 나가 있었으리라. 아들을 아예 만나지 않으려고.

"경해도 영순이 삼춘은 계장님이영 우리 아버지를 구해내지 않았수광. 살려냉 무사히 입양 보내고 마씸."

"양심의 가책 탓일 테주!"

임 계장이 소리를 쳤다. 목소리가 분노로 떨렸다.

"동정심도 뭣도 아무것도 아니어서. 지 양심 달래잰 허는 요식행위였주게. 울 아버지는 학교 선생님에 인텔리였수. 그런데 그년의 사랑 놀음에 어이없이 희생되신 거라. 울 어머니이영, 어머니 뱃속의 울 동생까지."

"나는 계장님을 살인죄로 체포할 수밖에 어서마씸."

임 계장이 고개를 쳐들었다.

"증명할 수 어실걸."

"경 생각햄수광?"

승주는 차갑게 말했다.

"알아마씸? 치매 부모를 둔 자식들은 종종 부모 집에 CCTV를 달아놔마씸."

임 계장의 안색이 변했다.

"계장님은 편의점 CCTV 위치를 피해서 대문 말고 옆집 돌담을 타고 집으로 들어갔지예. 마침 옆집이 비어 있었고예. 거기서 계장님이 진즉에 작업해둔 망사리를 여러 개 발견햄마씸. 정말 교묘하게 꼼꼼한 완벽주의자 스타일로 몇 올씩 정교하게 풀어놓아섭디다. 성에 찰 때까지 여러 번 실험하시고예. 그 옆집에서 계장님이 버린 담배 꽁초도 몇 개 찾아수다. 게고 영순이 삼춘 아들들이 집 안에 설치한 CCTV에 계장님이 망사리 바꿔치기하잰 집 안으로 침입하는 장면이 찍혔수다. 옆집 망사리에 남은 DNA영, 영순이 삼춘의 망사리에 있는 DNA, 그리고 계장님의 DNA가 일치하는지 조사 보낼 거우다."

"그년이 서청에 밀고하지만 않았어도 울 부모님이영, 너네 고모영 다 살아 이실 거라. 그 밀고자가 천벌을 받아야 한댄 생각은 안 들엄시냐?"

"영순이 삼춘은 계장님이영 우리 아버지를 구하멍 속죄했수게. 게고 평생에 걸쳐 속죄했고마씸."

"경해도 밀고자인 건 변함이 어서."

"계장님 부모님이영, 동생, 그리고 울 고모를 죽인 살해자는 서청이우다. 그치만 영순이 삼춘을 죽인 살해자는 계장님이우다."

승주가 눈짓을 보내자 주혁, 가은, 영민이 다가왔다.

"임진수 씨. 고영순 씨를 살인한 혐의로 체포합니다."

주혁이 또박또박 말하면서 임 계장의 손을 뒤로 돌려 수갑을 채웠다.

"나 말이 맞는지 니 말이 맞는지는 어디 한번 법정에서 따져보게. 이번 기회에 말없이 파묻힌 수많은 억울한 사연들이 양지로 나올 수 이시믄 좋으키여. 나가 재판받는 법정이 4·3에서 잘 알려지지 않은 이야기들을 공론화할 기회가 되어줄지도 모르주."

수갑을 찬 임 계장이 희미한 미소를 지었다.

"누구를 죽이지 않고서도 경할 수 이서마씸. 우리는 현재를 살아야 헙니다. 지나간 일은 되돌릴 수 어수다."

승주가 단호하게 대꾸했다.

"정말 경할까? 주목을 끌잰 하믄 쇼가 필요한 법이라. 사람들이 잊으믄 쇼를 해서라도 강제로 기억하게 해사주게. 테러리스트들이 무사 테러를 하크냐?"

임 계장은 입가에 삐뚜름한 미소를 지으며 웃었다. 주혁에게 이끌려 경찰차에 타는 그의 뒷모습을 보는 승주, 가은, 영민의 표정은 착잡했다. 영민이 쓸쓸히 중얼거렸다.

"모든 학살의 충격은 유전자에 깊이 새겨져 다음 세대까지 유전된다고 들었습니다. 2차 세계대전 당시 홀로코스트에서 살아남은 유대인들의 자손을 조사해봤더니 3세대까지 유전자 깊숙이 그 상처가 남아 있었대요."

"3세대까지…. 엄청나군."

승주는 자신이 바로 그 3세대라는 걸 깨달았다. 내 피 어딘가에 학살

당한 고모의 흔적이 남아 있다. 고모와 아버지의 고통이 남아 있다. 이 고통은 내 다음 세대까지 대물림될까?

승주는 고개를 푹 숙이고 있는 아버지를 일으켰다.

"아버지, 집으로 가 계십서."

"그래."

아버지는 힘없이 대답했다.

"선배, 기분 영 아닌데 우리끼리 술이나 한잔하죠. 주혁 선배가 저랑 영민이는 현장 퇴근하라고 지시하고 가셨어요."

가은이 말했다.

"좋아. 이서 씨는?"

문득 승주는 이서가 보고 싶었다.

"아, 지금 중문 바닷가에 있을 거예요. 그새 서핑에 재미 붙였나 보더라고요."

가은이 대답했다.

승주는 천천히 서핑 숍으로 걸어갔다. 저녁이 되면서 서핑 강습은 중단됐다. 대여점은 서핑복을 갈아입으러 탈의실로 들이닥친 고객들로 분주했다. 서핑 숍에 이서는 없었다. 이서를 찾아 승주는 해변으로 향했다.

서서히 해가 지고 있었다. 바다 위의 노을은 장엄했다. 많은 사람이 마치 경배하듯이 노을을 쳐다보고 있었다. 제주에 살면 자연을 경외하게 된다. 바닷가 바위 위에 긴 머리 여자가 노을을 바라보며 서 있었다. 작은 키에 꼿꼿한 어깨는 예전에 잘 알던 누군가를 연상하게 했다. 승주는 자신의 눈을 의심했다. 그 여자일 리는 없다. 그럴 리 없다.

"해…."

승주의 입술에서 오랫동안 말하지 않았던 이름의 첫 자가 튀어나왔다. 다음 음절을 말하기 전에 여자가 고개를 돌렸다. 홍이서였다. 그래. 그 사람일 리가 없지. 그 사람은 이제 세상에 없으니까. 승주는 안심이 되면서도 서글픈 마음이 들었다.

"네? 저 부르셨어요?"

이서가 미소를 지으며 승주를 바라봤다. 현재가 과거를 대체한다. 승주는 자신이 임 계장에게 했던 말을 곱씹었다. 우리는 현재를 살아야 합니다. 지난간 일은 되돌릴 수 없습니다. 과연 그럴까? 문득 승주는 자신이 없어졌다. 어떤 과거는 좀처럼 잊히지 않는다.

"아닙니다."

차마 다른 사람을 떠올렸다고 말할 순 없었다. 승주가 조심스럽게 입을 열었다.

"바람이 차요. 이만 들어갈까요? 장 형사와 이 형사가 같이 술 먹자며 안주를 사러 갔어요. 이 형사가 서귀동에 게스트하우스를 잡았으니 거기에서 다 같이 마시면 됩니다."

"좋죠."

이서가 미소를 짓더니 물었다.

"아까 문자로 사건 결과를 알려주셨죠. 이제 영순이 삼촌 사건이 해결된 걸까요."

"글쎄요. 해결이라고 볼 수 있을까요? 이 사건은 이제 시작인 것 같습니다. 아직도 많은 사람이 4·3에 대해 잘 모르니까요."

승주는 낮은 목소리로 신중하게 말했다. 사건은 해결되지 않았다. 과거와 현재가 얽히고설킨 혼돈의 도가니. 4·3은 아직도 진행 중이다.

"영순이 삼촌이 희생된 것도 범인이 그렇게 복수를 한 것도 모두 안타까워요. 왜 나라가 잘못했는데 사람들끼리 죽이고 죽는지."

이서가 담담하게 말했다.

그때 해가 마지막 절정을 불태우듯이 이서의 뒤에서 검붉게 타올랐다. 역광으로 검게 그을린 이서의 표정은 거의 보이지 않았다. 그녀는 바위에서 내려오려고 발을 한 걸음 딛더니 멈칫했다.

"여기 좀 높네요."

바위 위에서 이서가 도와달라는 듯이 한 손을 내밀었고 승주는 그 손을 잡았다. 작지만 뜨거운 손이었다. 그녀가 몸을 깊숙이 숙이면서 두 사람의 눈높이가 비슷해졌다. 승주는 얼굴이 붉어지면서 아까보다 사위가 어두워져서 이서가 자신의 표정을 볼 수 없는 게 다행이라고 생각했다. 바로 이서가 승주의 입술에 키스했기 때문이다. 막 가까워진 사이에서 흔히 벌어지는 충동적인 입맞춤이었다. 승주는 가슴이 두근거렸다.

"혹시 양 형사가 저에 대해 무슨 이야기를 했습니까?"

붙었던 두 입술이 떨어지자 승주가 잠긴 목소리로 물었다. 이서가 밝게 웃었다.

"좌 형사님은 제가 누가 부탁한다고 아무 남자한테나 키스하는 여자라고 생각하세요?"

승주는 대답하지 않았다. 마음속에서 순수한 기쁨이 솟아났다.

"인간의 자유의지는 절대 만만한 게 아니랍니다."

이서는 가볍게 땅에 착지한 뒤에도 승주의 손을 놓지 않았다. 승주도 그녀의 손을 놓지 않았다. 두 사람은 노을을 등지고 밤을 향해 걸었다.

8

휴가는 아직 하루 남았다. 승주의 엄마는 살해범의 정체를 알자 견디지 못했다. 다른 해녀들도 마찬가지였다. 모두 충격이 커서 일주일 정도 물질을 중단한다고 했다. 승주는 해녀들의 절망을 충분히 이해했다. 수십 년을 함께 일했던 사람이 영순이 삼촌을 죽였다니.

승주는 짐을 싸다가 서재로 건너갔다. 아버지는 외출했는지 없었고 책상 위에는 그동안 쓰던 편지가 놓여 있었다. 드디어 편지를 완성한 모양이었다. 아비지의 편지는 이렇게 끝맺었다.

누님. 보고 싶습니다.

70년 세월도 누님을 보고 싶은 마음을 어쩌지 못하더군요. 누님만 생각하면 저는 언제나 정방폭포 단추공장에 같이 갔었던 일곱 살 경필이가 됩니다. 그날 필사적인 표정으로 공장의 개구멍으로 저와 진수를 내보냈던 누님의 얼굴이 생각납니다.

"살암시민 살아진다!"

누님이 구멍에서 마지막으로 저에게 외쳤던 말이 생각납니다.

살암시민 살아진다.

누님이 남긴 마지막 말을 저는 엄숙한 명령처럼 떠받들고 살아왔습니다. 다행히도 현명하고 부지런한 해녀 아내를 만났고 다섯 아이를 낳았습니다. 저는 부끄럽게도 돈 버는 재주가 없어서 아내가 물질을 하고 저는 가정을 돌봤습니다. 아내가 참 지혜로운 여자여서 아비가 돈을 못 벌어와도 아이들이 아비를 무시하지 못하게 단속을 잘했습니다. 딸 둘에 아들 셋. 아내가 못난 저를 만나서 고생을 많이 했지요. 아이들은 알아서 잘 자랐습니다. 모두 제 앞가림을 하며 살아갑니다.

특히 늦둥이 막내 녀석 승주가 참 똑똑합니다. 대체 누구를 닮은 건지. 고모를 닮았는지… 아무것도 가르쳐주지 않아도 스스로 공부를 잘했습니다. 원래 서울에 있는 의대에 갈 예정이었지요. 하지만 녀석은 사람들을 위해 일하겠다며 경찰이 됐어요. 그 고집은 아무도 말릴 수 없었습니다. 순경부터 차근차근 밟아서 젊은 나이에 경위도 달았습니다. 직장에서 제법 인정받는 모양입니다.

누님. 아직도 저는 생선 반찬을 먹지 못하겠습니다. 아내가 물질을 해도… 정방폭포에서 떨어진 누님을 생각하면 저는 생선을 전혀 먹지 못합니다.

누님의 뼛가루를 먹은 고기를 먹는 기분이어서.

누님.

서천 꽃밭으로 가서 살살이 꽃, 뼈살이 꽃, 혼살이 꽃을 얻어와서 정방폭포에 뿌리면 누님이 살아날까요. 뼈와 살과 혼이 돋아나 제 곁으로 와서 손을 잡아주실까요. 그날 저승길로 같이 떠났던 마을 사람들이 살아날까요.

그날 정방폭포 앞 아주 깊고 어두운 그 바닷속으로 제 심장이 뿌리채 뽑혀 던져졌습니다. 그날 저는 심장을 잃었습니다.

그래서 저는 악착같이 돈을 벌 수가 없었나 봅니다. 성공할 수가 없었나 봅니다. 심장이 없는 반편이 같은 몸으로 누님이 포기한 그 생명을 살아내는 것만도 저는 벅찼습니다. 몇 번이고 목숨을 끊을 생각을 했습니다. 아내와 아이들을 생각해서 참고 또 참았습니다. 공부한다고 학문을 한다고 책 속으로 도망치기도 했습니다. 그렇게 버티고 버티니 이 나이까지 모진 목숨을 이어왔고 이렇게 추념식에서 누님을 위해 연설도 하게 됐습니다.

살암시민 살아진다.

누님의 말씀 잊지 않겠습니다. 누구든지 살아 있으면 살아지리라. 누님이 저에게 넘겨준 생명을, 이 생명이 다할 때까지 소중하게 이어가겠습니다. 그리고 죽는 날까지 세상에 전하겠습니다. 모든 생명은 소중하고 고귀하다는 것을. 두 번 다시 4·3 같은 비극이 벌어져서는 안 된다는 것을.

누님. 머지않은 미래에 누님을 만나러 가겠습니다. 그날이 오면 누님은 열아홉 살 아가씨 모습으로 마중 나와주실 건가요? 그날 저는 다시 일곱 살 경필이가 되어 누님 품에 안기겠습니다.

더 할 말이 많지만 이만 줄입니다.

승주는 눈가에 물기가 차오르는 걸 느꼈다. 손등으로 눈을 문지르고 조용히 편지를 책상 위에 내려놓았다. 집 안은 적막에 잠겨 있었다. 고통스러운 마음을 주체할 수가 없어서 집을 빠져나왔다. 정처 없이 고향 마을을 거닐었다. 누나들, 형들, 사촌들과 함께한 어린 시절의 추억이 가득한 곳.

바람이 잔잔한 봄날이었다. 팽나무 밑에는 마을 노인들이 앉아서 도란도란 이야기를 나누고 있었다. 그 옆으로 젊은 아빠가 막 걸음마를 시작한 어린 딸의 손을 조심스럽게 잡고 걸었다. 인근 인도에선 태권도복을 입고 단체로 운동을 나온 초등학생들이 뜀박질을 했다. 밀짚모자를 쓴 할머니가 전동 휠체어를 타고 도로를 지나갔다. 모두 그가 안간힘을 다해 소중하게 지키려고 하는 사람들이다. 이들이야말로 승주가 경찰이 된 이유다. 하지만 나는 이들을 잘 지켜줄 수 있을까? 과연 나에게 이들을 지킬 힘이 있을까? 70년 전 제주에서는 승주 같은 군인과 경찰이 정부의 명령으로 도민을 도륙했다. 나라의 운명을 두 강대국에 맡기는 투표를 도민들이 거부했다는 이유로 제주 섬은 레드아일랜드로 규정되었고, 서청과 군경에 의해 섬사람의 9분의 1이 죽었다. 아버지와 고모가 당했던, 수많은 도민들이 당했던 거대한 학살 앞에서 승주는 처절한 무력감을 느꼈다.

살암시민 살아진다.

고모. 정말 그럴까요. 살다 보면 살아질까요.

단 한 번도 얼굴을 본 적 없는 고모가 남긴 마지막 말. 그 말을 생각하며 승주는 눈앞이 흐릿해졌다. 흐려진 눈 앞에 불그스름한 것들이 보였다. 동백나무였다. 바닥엔 떨어진 동백꽃들이 수북했다. 뎅경, 꽃이 질 때면 마치 잘려나간 사람 목처럼 꽃송이 전체가 떨어져 4·3에 스러져간 목숨들을 상징하게 된 꽃. 승주는 걸음을 멈췄다.

동백나무 옆에서 승주는 아버지에게 전화를 걸었다.

"아버지?"

"그래. 승주냐."

"아버지. 그냥 들어줍서. 나는 아버지가 나 곁에 있는 것만으로도 고맙수다. 그런 일이 있었는데도 끝까지 살아주셔서 고맙수다."

정적. 처음엔 침묵인 줄 알았다. 곧 휴대폰 너머로 피리 소리처럼 가늘게 흐느끼는 소리가 들렸다. 아버지가 천천히 한 음절 한 음절 말을 뱉었다.

"고맙다. 승주야. 이 아버지한테 그렇게 말해줘서 정말 고맙다."

천만에요. 저야말로 아버지한테 고맙습니다. 생을 포기하지 않고 계속 살아주셔서, 그리고 저를 낳아주셔서 고맙습니다. 승주는 속으로 중얼거렸다.

아버지의 울음소리는 끊어질 듯 말듯 계속 이어졌다.

승주는 말없이 그 곡소리를 들었다. 70년간 이어져온 슬픔의 그림자는 길었다. 어떤 말로도 아버지를 위로할 수 없었다. 날카로운 봄 햇살이 눈을 찔렀다. 머리가 어지러웠다. 땅바닥에 떨어진 동백꽃 송이들 옆에서 승주는 휴대폰을 귀에 댄 채로 두 눈을 가만히 감았다. 자신이 태어난 마을에서 그는 수사팀장도 형사도 아닌 단지 동네 해녀의 아들일 뿐이었다.

* 4·3 희생자들과 유족들에게 삼가 애도를 표합니다. 이 소설은 철저한 픽션이며 국가권력이 국민을 학살한 4·3이라는 전무후무한 비극을 반영했습니다. 2년 동안의 자료 조사, 실제 해녀 가족 인터뷰, 그리고 정방폭포 학살 사건과 생존자 및 유족의 증언을 소설 속에 녹였습니다. 일부 장면의 잔혹성은 실제 사건의 10분의 1도 안 되는 수준이라는 점을 밝혀둡니다. 취재에 협조해주신 오승주 작가님과 김신숙 시인님께 머리 숙여 감사드립니다.

박소해 이야기 세계 여행자. 한국추리작가협회 정회원. 추미스, 호러, 판타지, 역사, 로맨스, SF 등 장르의 경계를 넘나드는 몽상가. 선과 악을 넘어 인간의 본성을 깊숙이 다루고자 한다. 시각화에 강한 이야기꾼이란 소리를 듣는다. 한국의 셜리 잭슨이 되고 싶다.

장편소설

탐정 박문수

―성균관 살인사건 ②

백휴

추리소설가 겸 추리문학 평론가. 서강대 철학과와 연세대 철학과 대학원을 졸업했다.《낙원의 저쪽》으로
'한국추리문학상' 신예상,《사이버 킹》으로 '한국추리문학상' 대상을 수상했다. 추리소설 평론서《김성종
읽기》와〈추리소설은 무엇이었나?〉,〈꼽진성 최인훈 브라운 신부〉,〈레이먼드 챈들러, 검은 미니멀리스트〉
등 다수의 추리 에세이를 발표했다. 2020년 철학 에세이《가마우지 도서관 옆 카페 의자》를 펴냈다.

10

박문수, 전 내시 강호일을 만나다

전 내시 강호일은 청중 앞에 앉아 《삼국지》의 한 대목을 구연口演하고 있었다. 유비가 나올 때면 마치 유비가 아우들을 덕으로 포용하듯이, 장비가 나오면 성난 황소라도 때려잡을 것 같은 표정으로 말이 거칠어졌다.

보통은 강담사講談師[1]의 세 치 혀와 몸짓에 따라 웃기도 하고 탄식도 하면서 이야기에 흠뻑 빠져들기 마련인데, 그의 구연은 도무지 실감이 나지 않았다. 몸을 움직이지 않고 앉아서 이야기하는 데다 목소리가 쉬고 갈라져 있어 때로는 내용 전달조차 제대로 되지 않아서 그런 것 같았다.

광통교 입구에 모여들었던 구경꾼들은 금방 관심이 시들해져서 하나둘 자리를 떴다.

강담사라는 게 재미있는 이야기를 읽어주거나 들려주고 구전口錢을 받는 직업인데, 강호일은 내시부를 그만둔 뒤 약방을 운영하다가 그것이 여의치 않자 약을 파는 강담사의 길로 들어선 것이었다.

구연하는 동안 내내 지켜보던 박문수의 눈에 띄는 아이가 있었다. 강담사를 도와 잔심부름을 하고 있었는데, 부상당한 까마귀를 돌려달라던 바로 그 아이였다. 아이는 강담사를 할아버지라고 불렀다.

이윽고 구연이 끝나고 나서 강담사가 판 것은 만병통치약이었다. 효능이 뛰어나 가슴에 바르면 실연의 상처도 낫는다고 했는데, 누구도 믿는 눈치가 아니었다. 약을 산 사람은 단 한 명뿐이었다.

여우 시집가는 날씨였다. 푸르게 맑던 하늘은 어느새 먹구름이 몰려와 금방이라도 비를 쏟아놓을 듯했다.

박문수는 저만치 물러나 강담사를 관찰했다. 하늘을 올려다보던 강담사가 불만스러운 얼굴로 침을 퉤 뱉으며 말했다.

---

1   흔히 전기수라고 하는데, '이야기꾼'이라는 뜻이다.

"파장이다."

아이는 늘어놓은 물건들을 나무 상자에 주섬주섬 담기 시작했다. 강담사는 부시를 치고 빨대를 물었다. 몹시 지쳐 보이는 그는 아이를 도와줄 생각이 전혀 없는 듯했다.

아이는 능숙하게 일을 해치웠다. 한두 번 해본 솜씨가 아니었다. 아이는 무거운 상자를 지게 위에 올리고 끈으로 조였다. 그런 다음 반대쪽으로 돌아가 업듯이 지게를 들어올렸다. 다리가 잠시 휘청했으나 금세 균형을 잡고 일어났다.

그제야 강담사가 느릿느릿 움직였는데, 양쪽 겨드랑이에 목발을 짚고 겨우 일어났다. 왼 다리가 없어 바지가 헐렁했다. 아이가 앞서고 그 뒤를 강담사가 지친 기색으로 따라갔다. 속도는 느렸지만 쉬지 않고 걸어갔다.

번화한 약방 거리를 지나 뒷골목으로 들어서자 '천수天壽'라고 쓴 간판이 보였다. 글씨체가 흐려진 낡은 간판은 오른쪽으로 약간 기울어져 있었다. 약방 앞으로 흐르는 도랑에서 심한 악취가 났다.

강담사가 거적 문 안으로 들어가고, 아이는 지게를 부렸다.

박문수가 다가가 말했다.

"꼬마야, 만병통치약 있으면 나도 하나 줄래?"

"한 냥이에요."

아이는 박문수를 유심히 바라봤다.

"비싸구나."

"만병통치약이라 그래요."

"혹시 날 알겠니?"

"누구신데요?"

"까마귀는 잘 있니?"

"아저씨… 까마귀 때문에 오신 거예요?"

"겸사겸사."

아이는 만병통치약을 내놓았다. 때가 꼬질꼬질한 까만 손이었다. 만
병통치약은 한지로 감싼 분말 가루였다.

"물에 개어서 아픈 곳에 바르면 돼요. 복통이 있으면 먹어도 되고요."

그때 안에서, "누가 온 게야?" 하는 소리가 들려왔다.

"까마귀를 보러 왔대요."

"뭘 봐?"

강담사는 알아듣지 못한 것 같았다.

아이가 거적 안으로 들어갔다. 박문수도 뒤쫓아 들어갔다. 어두운 통
로를 지나자 각종 약재가 쌓인 마당이 나타났다. 겉보기와는 달리 안은
넓게 탁 트여 있었다.

강담사는 평상에 앉아 작두에 팔을 기대고 있었다. 처마 끝 위로 감나
무 가지가 드리워져 있었고, 그곳으로부터 옅은 빛이 새어 들어와 평상
위로 쏟아져 내렸다.

개가 쫓아 나와 시끄럽게 짖어댔다. 강담사가 목침을 집어던지자 개
가 놀라 도망쳤다. 강담사는 밭은기침 소리를 냈다.

"뉘시오?"

강담사가 입가를 훔치며 말했다.

"까마귀를 보러 왔대요."

아이가 말했다.

강담사가 의혹의 눈길을 던졌다.

"별청내시부에 근무했던 강호일 어른을 뵈러 왔습니다."

"잘못 찾아오셨소. 여긴 그런 사람 없소."

"제가 들은 얘기와는 다르군요. 심률 하석기가 여기 오면 그분을 만날
수 있다고 했는데."

"그자가 잘못 안 걸 거요."

"인덕원에서도 분명 천수 약방을 찾아가보라고 했소."

"쳇, 돌아가서 여기엔 그런 사람 없다고 하슈."

그가 다시 기침을 하기 시작했다. 가래 끓는 소리가 났다. 숨 쉬기가 힘든지 목의 핏줄이 시퍼렇게 부어올랐다. 관자놀이엔 식은땀까지 흘렀다. 그칠 기미가 없더니 급기야 피를 토했다. 어깨를 들썩일 때마다 선혈이 입 밖으로 뿜어져 나왔다.

박문수는 평상 위로 뛰어 올라갔다. 아이가 피를 닦을 하얀 천을 가져왔다. 천은 금방 피로 물들었다.

"타, 탕….."

강담사가 알아듣지 못할 소리를 웅얼거리자 아이가 눈치 빠르게 약이 든 사발을 가져왔다. 강담사는 그것을 받아 마신 후에야 겨우 기침을 멈추었다.

박문수는 강담사를 평상에 눕히며 말했다.

"아무래도 의원을 데려와야겠소."

강담사가 일어나려는 박문수의 팔목을 잡았다.

"내버려두오. 살면 얼마나 더 산다고….."

"걱정 마세요. 할아버지는 금방 나으실 거예요. 약도 매일 드시는걸요."

아이가 천진난만하게 말했다.

"정말 괜찮으시겠어요?"

"아, 괜찮대두….."

"할아버지는 약을 직접 만들어 드세요."

"어르신, 하 심률이 의금옥에 갇혀 있습니다."

그가 다시 기침을 했다. 박문수가 말했다.

"자신이 맡았던 독살사건의 범인을 찾아야 풀려날 수 있다고 했습니다."

박문수는 독살사건과 하석기가 의금옥에 갇힌 사연을 들려주었다. 과연, 왕의 수라와 탕제를 관리했던 내시답게 독살에 관심을 보였다.

"독살이라… 무슨 독이라던가?"

"초오 뿌리에서 추출된 것으로 보인다고 했습니다."

"그럼, 부자附子로군."

그가 콜록대며 말했다.

"중독되면 혀가 굳어지고 사지가 비틀리지. 구토와 복통 증상도 나타나고."

"이해가 가지 않는 건… 그 독극물을 먹고 나서도 피해자가 한참 동안 아무렇지도 않았다는 점입니다."

"일각 정도라면 불가능한 것도 아니지."

"피살자가 성균관에서 피맛골까지 이동을 했으니까 짧게 잡아도 이각은 넘었을 것으로 보입니다. 넉넉잡으면 반 시진쯤 걸렸을 거구요."

"반 시진이라… 터무니없는 얘길세. 그런 신기한 독약이 어디 있겠나?"

"짚이는 사람이 없습니까?"

"하석기가 내가 알 거라고 하던가?"

"단정 짓지는 않았습니다만…."

"그 친구 참…."

"하 심률은 어르신의 도움을 절실히 필요로 하고 있습니다."

"그런 약을 만들 수 있는 사람이라면… 글쎄… 한 사람밖에 없는데 이미 타계한 걸로 아네."

"죽었다고요?"

"자네 귀가 어둡나?"

"그자가 누군데요?"

"죽은 사람 이름은 알아서 뭘 어쩌려고? 그만 돌아가게. 쉬고 싶구먼."

"어르신, 하 심률이…."

"그만, 그만! 그 사람은 그만 입에 올리게. 성구야, 손님 가신단다. 배웅해드려라."

박문수는 하는 수 없이 그곳을 물러 나왔다. 아이가 뒤따라왔다.

박문수가 궁금한 것을 물었다.

"친할아버지니?"

"아뇨. 큰할아버지예요."

전직이 내시이니 친자식이 있을 리 없어 물어본 것이었다.

"까마귀 보실래요? 많이 나았어요."

박문수는 아이가 안내한 곳으로 갔다. 개가 꼬리를 흔들며 쫓아왔다. 까마귀는 나무로 얼기설기 짠 우리에 갇혀 있었다. 잔뜩 웅크리고 있던 까마귀가 반기기라도 하듯 날갯짓했다.

아이가 지렁이를 던져주자 부리로 날름 쪼아 먹었다.

"많이 회복되었어. 고맙구나."

박문수는 아이의 머리를 쓰다듬어주었다. 아이는 얼굴에 생기가 넘쳐났다.

"완쾌되면 까마귀를 꼭 하늘로 돌려보내야 한다."

박문수는 밖으로 나왔다. 아이가 쫓아 나와 말했다.

"내일 또 오세요. 어쩌면 할아버지가 말해줄지도 몰라요."

"뭘 말해주는데?"

"저도 다 들었어요. 할아버지는 마음이 금방 바뀌시거든요."

"알았다. 내일 또 오마."

성균관으로 돌아온 박문수는 성균관에서의 마지막 날이니만큼 담치기를 하더라도 형과 함께 밖으로 나가 이별주를 나눌 작정이었는데, 이복재는 편지 한 장을 달랑 남겨놓고 짐을 꾸려 떠나고 없었다.

아무래도 작별을 고해야 할 것 같다. 오늘 밤 잠이 올 것 같지도 않고 내일 아침 학우들을 대하기도 구차하고… 너무 섭섭하게 생각하지 말거라. 내가 아주 멀리 떠나는 것도 아니고 며칠 후 살 집과 마음이 정리되면 널 보러 오마. 갑자기 이런 편지를 쓰니까 두 달 전인가, 유서 한 장을 남겨놓고 뒷산 망향대望鄕臺에서 자진한 선배가 떠오르는구나. 솔직히 나도 그런 생각을 안 한 건 아니다만 절대 그런 일은 없을 것이니 마음 아파하지 말고.

의형 복재義兄 福財

추신追伸. 그날 상색장 권호철과 함께 식사한 사람을 알 것도 같은 데… 좀 더 조사해야 할 부분이 있어서 당장은 뭐라고 말하기 힘들다. 그럼 이만….

다 읽고 난 박문수는 한지를 구겨 주먹 안에 움켜쥐었다. 입교 이후 지난 3개월 동안 한방을 쓰면서 여러 가지로 따뜻하게 배려해준 선배이자 의형제까지 맺은 사이였다.

허전함이 밀려들면서 박문수는 휑한 들판을 가로질러, 사람을 태우지 않은 검은 말이 홀로 갈기를 휘날리며 달려가는 환상에 사로잡혔다.

11

쥘부채의 출처를 탐문하다

대체 복재 형이 알 것도 같다는 사람은 누구일까.

박문수는 도기도 거른 채 아침 일찍 성균관을 나서면서 내내 그 생각에 빠져 있었다. 그것만 알아낼 수 있다면 상색장을 독살한 범인을 의외로 쉽게 찾아낼 수 있다는 기대감이 차올랐다.

그러나 어제 강담사 강호일을 만난 일이 소득이 없었던 데다 복재 형까지 만나기 어려운 지금 그는 혜정교 부근의 잡전雜廛으로 발걸음을 하지 않을 수 없었다. 양 소사는 잡전에 들른 뒤 만나볼 생각이었다.

그는 가는 곳마다 쥘부채를 내보이며 물었다.

"이거 여기서 팔지 않았소?"

유종이란 소녀가 그걸 누가 두고 갔는지는 확신하지 못한다 했으므로 괜한 발걸음을 하는 것은 아닌가 하는 의구심이 없진 않았지만, 당일 주막 손님 중 유일하게 양반 차림이자 이문환의 일행이었던 늙은 선비의 것이라면 이쪽에서도 단서의 실마리는 찾아질지 모른다는 추측에서였다.

쥘부채, 그것도 고급스러운 합죽선을 유통하는 곳이야 성내에서 빤할 것으로 짐작되었다. 그러나 어디서든 돌아오는 대답은 매한가지였다.

"우리 집은 아니오."

잡전이란 게 우산, 횃불, 엮은 발, 쥘부채 따위의 잡물을 소소하게 취급하는 곳이라 달리 가볼 곳도 없었다.

잡전 상인에게 들은 바로는, 합죽선의 본산은 전주라고 했다. 그곳 특산품으로 임금에게까지 진상하는데, 전주 감영에 선자방扇子房이 따로 있어 그곳에서만 생산된다고 했다.

쥘부채를 들고 전주까지 내려갈 수는 없는 노릇이었다. 결국 들고 있는 쥘부채가 지방에서 흘러들어온 것이라면 포기하는 수밖에 없었다. 기대와 달리 예상 못한 벽을 만난 박문수는 허탈한 기분을 떨칠 수 없었다.

마지막으로 들른 잡전 앞 댓돌에 앉아 한시름을 놓고 있는데, 주인이 안됐다 싶었는지 불쑥 말을 던져왔다.

"그거 혼인 예물 아니오?"

"혼인 예물요?"

"혼인 예물이 아니라면 누가 신랑 신부를 그려 넣겠소?"

어처구니없게도 그것을 깜박하다니!

박문수는 뒤늦게 자신의 아둔함을 탓하며 세물전貰物廛을 찾아다녔다. 세물전은 혼인과 초상 장사에 관련된 기구를 빌려주거나 판매하는 곳이다. 잡전처럼 몰려 있지 않고 각 처에 흩어져 있어 꽤 다리품을 팔고서야 예의 쥘부채를 취급한 곳을 찾을 수 있었다.

"그거 손 도고 댁에서 아들 혼인시키면서 주문했던 것이오만."

손 도고는 누만累萬의 부富를 거머쥔 입지전적인 인물로 경강상인京江
商人이라고 했다. 박문수는 처음 듣는 이름이었지만, 성내에서는 평판이
파다하다고 했다. 더도 말고 덜도 말고 합죽선 딱 스무 개를 만들어주었
다는 것이다.

박문수는 그 길로 손 도고 댁을 찾아갔다. 들은 대로 거상巨商답게 집
이 으리으리했다. 입구에서부터 요즘 부자들 사이에 유행한다는 중국식
앙벽仰壁과 방고래[火溝] 공사가 한창이었다.

그가 안내받은 방 또한 자단紫檀으로 만든 중국풍의 등받이가 높은 의
자 같은 가구가 비치돼 있어 분위기가 색달랐다. 그곳은 접견실 같았는
데, 차가 먼저 나온 후 조금 후에 집사로 보이는 사내가 나와서는 탁자
에 마주 앉았다.

사내가 자신을 소개한 후 정중히 말했다.

"이런 일로 도고 어른을 뵈올 수는 없습니다. 굳이 뵈려 한다면 후일
을 기약하셔야 될 겁니다."

"도고 어른은 뵙지 않아도 됩니다."

박문수는 찾아온 이유를 설명했다. 집사는 합죽선을 금방 알아보았다.

"네, 이것은 큰 도련님이 열흘 전 혼인할 때 제가 사들였던 물품 중 하
나입니다."

"견평방 세물전에서 구매한 건가요?"

"그렇소만…."

박문수는 스무 개의 행방을 알고 싶다고 했다.

남은 합죽선은 여섯 개, 그러니 열네 개가 방출되었다.

신랑이 친구들 나눠준다고 다섯 개를 가져가고 내방한 손님들에게 나
눠준 것은 아는데, 정확히 누가 몇 개를 가져갔는지는 속속들이 알지 못
한다고 했다.

당장 그것을 알아낼 방법은 없었다. 박문수는 그것을 알아내면 큰 사
례를 하겠다며 부탁했는데, 집사는 비웃음인지 원래 웃음이 그런 건지

빙그레 웃을 뿐이었다.

박문수는 손 도고의 저택을 나오면서 수사의 한계를 뼈저리게 느끼고 있었다. 자신이 법아문에 속한 신분이라면 상대의 태도가 훨씬 더 부드러웠을 것이라는 생각을 떨칠 수 없었다. 더도 말고 한 발만 더 밀고 나가면 눈앞에 사건의 실체가 환히 드러날 것 같은데, 그게 여의치 않자 의욕이 현실의 벽을 넘기가 이토록 어려운가를 새삼 깨닫고 있었다. 현실적인 수사력의 부재, 경험 부족, 단서에 대한 혼란스러운 해석 등등 그를 괴롭히는 문제는 한둘이 아니었다.

박문수는 자신의 수사가 아주 초보적임을 부인하지 않았다. 사실 그는 수사관도, 억울한 죽음을 밝히려는 가족의 입장도 아니었다. 하석기의 부탁이 있었다고는 하나 서로가 절실했다고는 생각하지 않았다. 막연한 추측과 어렴풋한 느낌들.

이를테면 박문수는 우연히 만난 그와 호탕한 기질이 통한다고 생각했고, 감당하기 어려운 가족이라는 하석기의 이면에 동정심을 가졌고, 상색장의 죽음에 대한 강한 호기심이 작용하면서 이래저래 수사 아닌 수사에 뛰어들었다. 그런데 그것이 벽에 부딪히자 회의를 느끼게 된 것이었다.

박문수는 고개를 흔들어 얼른 부정적인 생각을 떨쳐버렸다.

이제 양 소사를 만나볼 차례였다. 성균관 근처를 지나치는데, 선비 복장의 사내가 다가와 어깨를 나란히 하며 걸었다. 처음엔 지나치는 행인인 줄 알았는데, 옆에서 도무지 떠날 줄을 모르자 박문수는 걸음을 멈추었다.

"이보시오, 알 만한 선비께서 이게 대체 무슨 무례요?"

기생오라비같이 생긴 젊은 선비는 박문수의 항의에도 아랑곳없이 생글생글 웃고 있었다. 박문수는 말이 다 안 나올 지경이었다.

"초면인 것 같은데 대체 내게 무슨 볼일이 있는 거요?"

"소녀, 설거지이옵니다. 금방 알아볼 줄 알았는데."

196

"설거지?"

박문수는 젊은 선비를 빤히 쳐다보았다. 유종이라는 이름을 떠올리자 낯설던 얼굴이 차츰 익숙해졌다.

"아니, 왜 이런 짓을?!"

박문수의 얼굴에 난감한 표정이 떠올랐다.

"소녀 모습에 놀라셨죠? 한성 나들이를 할 때는 이따금 남장을 한답니다. 요즘에 용산에 명화적明火賊[2]이 시도 때도 없이 출몰한다는 소식도 있고 해서요."

"아, 네…."

그제야 놀란 가슴을 쓸어내리듯 박문수가 말했다.

"한데 그 옷은 어디서 났소?"

"아버님이 젊은 시절에 입던 옷이에요."

"아버님? 허면…."

"그건 나중에 기회가 되면 말씀드릴게요."

유종이의 변복에 허를 찔린 박문수는 잠시 멍한 기분에서 벗어날 수가 없었다.

그들이 다시 나란히 걷기 시작했을 때 유종이가 말했다.

"오늘 아침에 어머니가 다시 호되게 문초를 받았어요. 달리 방법은 없고… 선비님을 만나고 싶었어요. 만난다고 해서 뾰족한 수가 생기진 않겠지만 가만히 앉아 있을 수만은 없어서."

"그 심정 십분 이해하오. 아무튼 잘 오시었소. 아닌 게 아니라 나도 몹시 답답하던 참이었소."

그러고는 박문수는 쥘부채를 조사한 결과를 알려주었다. 아직은 실마리를 잡지 못했다는 말에 유종이는 낙담하는 기색이 역력했다. 그러자 박문수는 얼른 태도를 바꿔 과장된 몸동작까지 써가며 유종이를 안심

---

2   도둑의 무리. 횃불을 들고 부잣집을 습격했기 때문에 화적이라고도 한다.

시키려고 했다.

"낭자, 너무 심려 마시오. 곧 실마리가 잡힐 것이오."

"그리 되겠지요? 정말 그리 되겠지요?"

"아, 내가 누구요? 천하의… 아, 아직 대과를 준비하는 태학생이오만 패기 하나만은 세상의 누구와 견주어도 자신이 있소. 게다가 이번 일은 내 반드시 뿌리를 뽑아 범인을 색출하고 말 터이니 낭자는 그저 마음 푹 놓으시고 일이 순리대로 풀리기만을 기다리면 되오."

그러자 믿을 수 없게도 심란했던 유종 낭자가 안정을 되찾아가는 모습이었다.

"마침 잘되었소. 안 그래도 이번 사건과 관련하여 누굴 찾아가던 길인데 동행하지 않겠소?"

"곤란해요, 그건… 해 떨어지기 전에 귀가를 서둘러야 해요. 아버지가 걱정하셔요."

"아니, 그럼 내 얼굴 잠깐 보자고 그 먼 걸음을 하셨단 말이오?"

"선비님을 뵙고 쥘부채를 조사한 얘기를 들었으니 저로선 충분히 만족해요."

"난 만족스럽지 않아요. 고생고생해서 여기까지 날 찾아왔는데 차 한 잔 대접 못하고 돌려보내는 것도 그렇고…."

"안 돼요. 정말로…."

유종 낭자는 하늘을 올려다보았다. 아직 해는 서쪽으로 조금밖에 기울어 있지 않았다.

"지금 찾아가는 곳이 반촌 양 소사의 집인데 이번 사건과 연관이 있는 것 같소. 운이 좋으면 의외의 곳에서 단서를 찾을 수도 있소."

그 말을 듣고 나서야 유종 낭자는 마음이 동한 모양이었다. 따라가겠다는 뜻을 내비치면서 덧붙였다.

"제 성은 연이에요. 연유종."

12
반촌 백정이 사는 법

반촌泮村은 후일 성균관을 포함한 동네를 일컫는 말이 되었지만, 반촌 인泮村人은 원래 고려 국학에 소속되었던 노비들의 후손이었다. 이들의 조상은 성균관의 이전과 더불어 개성에서 이주한 자들로서, 성균관을 운영하기 위한 세금을 바치는 대신 국가에서 쇠고기 전매권을 받아 성 내 도처에 현방懸房이라는 푸줏간을 내어 생활했다. 그뿐만 아니라 그들 자식은 성균관의 재직齋直이나 서리書吏가 되어 어릴 때부터 잡무에 종 사했다.

이처럼 성균관과는 긴밀하고 돈독한 관계를 유지한 반면, 외부인에게 는 엄청나게 배타적이었다. 천한 신분의 백정이라고 놀림을 당하는 만 큼 사내들은 협기가 강해지고 성정이 포악해져서 외부인과 싸울 때는 칼을 휘두르는 것도 마다하지 않았다.

박문수와 연 낭자가 푸줏간 동네로 들어서자 동네 사람들이 잔뜩 경 계하는 시선으로 그들을 바라보다가 박문수가 태학생이라는 것을 알고 는 금방 관심을 잃었다는 듯이 고개를 돌려 제 할 일에 몰두했다.

박문수는 문득 하석기가 '이 일은 자네가 반촌 태학생이니 부탁하는 걸세. 우리 율관으로서는 엄두도 못 낼 일이야'라고 했던 게 생각났다. 나중에 선배들한테서 들은 얘기에 따르면, 대대로 열성조列聖朝의 음덕陰 德을 입은 곳이라 하여 반촌을 신성시했기 때문에 순졸巡卒이나 금리禁吏 같은 관원들은 부정을 탄다고 이곳 출입이 금지돼 있다는 것이었다. 말 만 그런 것이 아니라 명종 때 살인범을 체포하기 위해 형조서리刑曹書吏 가 반촌에 난입했다가 성균관 태학생의 항의를 받고 추고推考를 당한 일 까지 있었다. 그러니 하석기가 그렇게 말한 것은 자신을 움직이기 위한 조청발림만은 아니란 생각이 들었다.

양 소사의 집은 푸줏간 바로 옆에 있었다. 집 안에는 아무도 없었고 푸줏간 뒤쪽 축사에 사내 세 명이 모여 있었다. 마침 소를 도살하던 중이라 어쩔 수 없이 지켜보며 기다릴 수밖에 없었다.

네 발목이 밧줄에 묶여 고정된 채 튼튼한 나무틀에 갇힌 소는 죽음을 예감했는지 큰 눈망울을 씀벅이며 허연 입김을 토해내었다.

"준비됐는가?"

소머리 앞, 비슷한 높이로 가설된 나무판자 위에 올라선 사내가 퉤퉤하고 손바닥에 침을 뱉었다.

아래에서는 막 고사를 끝낸 상 위에 남은 탁주를 나눠 마시던 두 사내가 입가를 쓱 훔치며 소 양쪽 옆구리로 돌아갔다. 소가 몸부림칠 때를 대비해 판자에 몸을 붙여 힘을 보탤 작정인 것 같았다. 두 사내가 신호를 보내자 나무판자 위의 사내가 커다란 망치를 들었다. 대장간에서 쇠를 단련할 때 쓰는 것보다 더 커 보였다.

어잇-.

사내의 낮은 기합과 함께 망치가 어깨 위로 치켜 올라갔다.

연 낭자가 고개를 돌렸다.

쾅 하는 소리와 함께 소의 고통스러운 외침이 터져 나오는가 싶더니 이내 울부짖음으로 변해갔다. 그러나 소의 몸부림도 잠시, 망치는 쉴 새 없이 머리통 위로 떨어져 내렸다.

능숙한 백정인지 소 잡는 일은 금방 끝났다. 밑의 사내 하나가 위의 사내에게 탁주 한 사발을 올려주었다. 사내는 탁주를 반쯤 마시더니 반은 기절한 소 위에 뿌려주었다.

나무틀이 해체되자 예리한 칼을 든 두 사내가 소의 목 쪽으로 달려들었다.

나무틀 위의 사내가 내려오다가 박문수 쪽을 바라보았다.

"뉘슈?"

"사람을 찾아왔습니다."

사내가 망치를 내려놓으며 축사 바깥으로 나왔다.

"누구를 찾수?"

"양분이라고."

"그 사람은 왜 찾는 거유?"

맨상투에 누런 삼베 머리 끈을 동여맨 사내가 부리부리한 눈알을 굴리며 박문수의 행색을 위에서 아래로 훑어 내렸다.

"만나뵙고 여쭈어볼 말이 있어서요."

"그러니까 그게 뭐유?"

"만나뵙고 직접 말씀드려야 합니다."

"분이는 죽었수다."

"죽었다고요?"

사내는 이쪽의 반응에 아랑곳하지 않고 축사 안으로 도로 들어가버렸다.

박문수와 연 낭자는 멍하니 사내의 뒷모습을 바라보았다. 심한 박대에 어이가 없어 하는 표정들이었다. 연 낭자가 대담하게도 박문수의 허리를 쿡 찔렀다.

"어쩌죠?"

"두고 봅시다."

그들이 워낙 열심히 소를 해체하는 작업에 몰두해 있었기 때문에 쉽게 말을 붙일 엄두를 내지 못하다가 마침 칼로 작업을 하던 사내가 굽혔던 허리를 일으켰을 때 박문수가 말했다.

"이보시우, 난 성균관 장의의 부탁을 받고 사람을 찾으러 왔소이다."

성균관 장의라는 말에 사내가 얼른 다가와 넙죽 고개를 숙였다. 박문수는 새삼 성균관 장의의 위세를 실감할 수 있었다.

적어도 성균관에선 장의가 외출했다 돌아오면 수복守僕들이 향교변鄕校邊에 기다리고 있다가 맞이해 절한 다음 안으로 모시고 들어갈 정도로 위세가 대단했다. 그리고 그 어린 수복들이란 게 다 이곳 반촌인의 자식이고 보니 그 위세가 부모에게까지 영향을 미치고 있었다.

"그래, 어느 쪽 장의시우?"

"소론이외다."

소론이라는 말에 다소 실망하는 눈치였지만 태도만은 고분고분했다.

"누굴 찾으러 오셨다굽쇼?"

"양분이요."

"아, 양분이요. 그 애는 죽었는데."

그러자 아까 냉담했던 그 사내가 축사 안에서 이쪽을 돌아보며 소리쳤다.

"손노미, 그만두어!"

손노미라 불린 사내는 그 사내에게 손을 휘저으며 말했다.

"죽은 애한테 무슨 볼일이 있수?"

사내의 관자놀이에선 연신 땀이 흘러내리고 있었다.

"언제 죽었나요?"

"한 서너 달 되었수. 아니, 더 되었나."

"아, 그만두지 못해?!"

저쪽에서 사내가 버럭 소리를 내질렀다.

"장의 어른 부탁을 받고 왔다잖여!"

손노미가 가만있으라는 듯 그쪽을 보며 소리쳤다. 사내가 발길질했는지 와장창하는 소리가 들려왔다.

"저 사람은 왜 저리 데면데면합니까?"

"그럴 만한 사정이 있으니까 신경 끄시우."

"그러면 가족이라도 좀 만나뵙고 싶은데요."

"가족도 없수다. 어머니 한 분이 계셨는데 얼마 전 어머니마저 세상을 하직하고 말았수."

박문수와 연 낭자는 하는 수 없이 발길을 돌려 큰길로 나왔다.

"양분이란 사람이 이번 사건과 어떤 관련이 있죠?"

연 낭자 또한 사정을 들어 대강은 알고 있기에 묻는 말이었다.

"글쎄요, 상색장 권호철과 학록 이문환의 죽음의 연결고리라고만 생각될 뿐… 하석기는 누군가가 권호철과 이문환을 독살시킨 범인이 자신 또한 독살할 거라고 믿는 눈치였어요."

"그게 양분이란 말인가요?"

"양분이가 죽었으니 그럴 리가 없겠죠. 더구나 연 낭자가 주막에서 본 사람은 늙은 선비 아니었소? 그러니 더더욱 양 소사일 리 없지요."

그렇다면 하석기가 풍긴 느낌을 자신이 잘못 받아들여 해석한 것일까? 하석기는 분명 누군가가 자신을 독살하려 하고 있고 그 일에 양 소사가 연관되어 있을 거라는 인상을 풍겼었다. 따라서 하석기로서는 양 소사가 죽은 사실을 전혀 모르고 있었다는 얘기가 된다.

"난감하게 되었군요."

그가 지금 할 수 있는 일은 하석기를 찾아가 양 소사의 죽음을 알리고 그의 얘기를 들어보는 것뿐이었다. 조금 전 비록 시무룩해하는 연 낭자를 달래기 위한 것이긴 했지만, 실마리를 찾을 수 있을지 모른다고 큰소리를 쳤던 박문수로서는 자존심을 되찾기 위해서라도 서둘러야 할 참이었다.

그때 이복재가 불쑥 나타났다.

"아니, 형?"

박문수가 놀라 다가가는데 그 옆에 하색장 전수길이 빙그레 웃고 있는 것이 보였다. 전수길에게 인사를 한 박문수의 얼굴이 굳어지자 이복재도 그것을 의식했는지, "하색장 어른과 의논할 일이 있어서"하고는 변명 같은 말을 했다.

"그래, 자네가 남몰래 애를 쓰고 있다고."

하색장이 다가와 격려하듯 박문수의 어깨를 툭 쳤다. 무슨 뜻인지를 몰라 박문수가 이복재를 바라보았다.

"자네가 상색장 권호철의 죽음을 조사하고 있다고 말씀드렸네." 이복재가 말했다.

'아니, 그건 왜?' 하고 묻고 싶었지만 하색장의 면전이라 그럴 수도 없었는데 이복재가 먼저 연 낭자에 관해 물어왔다. 박문수가 그냥 아는 동생이라고 대답하자 이복재는 얼굴을 가까이 가져오더니 귓속말로, "은밀히 할 얘기가 있으니 동생은 물리쳐줘"라고 말했다.

박문수는 연 낭자에게 잠시 자리를 비켜달라고 했다.

연 낭자가 물러나자 그들은 연두색 빛깔을 조금씩 잃어가는 은행나무 밑으로 자리를 옮겼다. 저만치에서 연 낭자가 호기심 어린 눈으로 이쪽을 바라보고 있었다.

"우린 지금 홍순남을 잡으러 가는 길이야."

이복재가 대뜸 그렇게 말했다.

13

천재 홍귀남

"홍순남을?"

너무 뜻밖의 말이라 박문수는 저도 모르게 소리가 커졌다.

"쉿, 목소리 낮춰. 누가 듣겠어. 홍순남이 바로 그놈이야."

이복재의 대략적인 설명은 이러했다.

어제 이삿짐을 꾸려 집으로 갔던 이복재는 재혼 문제로 어머니와 심하게 다투고 나서 집을 나와 술집으로 갔다. 거기서 우연히 전수길을 만났는데, 안 그래도 한번은 만나서 인사를 해야 할 입장이었기에 합석했다. 전수길과 동행했던 친구들이 돌아가고 둘만이 남게 되었는데, 술에 취하다 보니 성균관에서 선배와 후배로 엄격하게 예의를 지키던 관계에서 벗어나 속마음을 털어놓게 되었다. 어머니의 재혼으로 인해 막힌 벼슬길에 대한 것뿐만 아니라 박문수 등 주변 사람 얘기로 옮겨갔다. 홍순남에 대한 것도 포함되어 있었다.

그러던 중 이복재는 문득 상색장 권호철이 죽던 날 아침 식사 시간에 상색장 옆에서 알짱거리며 수상하게 행동하던 사람이 홍순남이라는 것을 기억해냈고, 전수길은 그동안 알려지지 않았던 홍순남의 가족사를 꺼냈다. 홍순남이 권호철을 죽일 만한 동기를 뒷받침해주는 일화를 포함하고 있었으므로 둘은 죽이 척척 맞아 돌아갔다.

물론 홍순남이 권호철을 죽였다는 물증이 드러난 것은 아니었다. 그럼에도 불구하고 전수길이 홍순남을 잡으러 가자고 한 것은 살인사건을 파헤치는 것 외에 정치적 목적이 작용했기 때문이었다.

그에 대해서는 전수길이 직접 설명을 보태었다.

"난 이번 일을 기회로 성균관 내에서 노론을 궁지에 빠뜨릴 셈이네. 무슨 말인고 하니, 홍순남은 노론 아닌가? 그런 홍순남이 권호철을 죽인 게 사실이라면 임금님의 귀에까지 들어갈 엄청난 추문이 될 걸세. 이번에야말로 놈들의 기세를 꺾을 하늘이 주신 기회란 말일세. 이미 승정원이나 의금부에 보낼 소장疏章도 마련해두었네. 아침 일찍부터 복재와 내가 의논해 세밀한 자구字句까지 생각해두었지. 홍순남을 잡은 다음 소장을 작성해서 바로 어든든 보낼 생각이네. 지금이야 권호철이 뭘 어떻게 먹고 죽었는지 모르니까 관할인 한성부에서 뛰어들었지만, '선비에 의한 선비 독살사건'으로 밝혀질 경우 당연히 임금님의 지시로 의금부에서 조사가 진행될 걸세."

하지만 아직은 홍순남을 범인으로 지목하는 것은 성급하다는 생각을 떨칠 수 없었다.

"대체 홍순남이 권호철 상색장을 죽일 동기가 무엇입니까?"

박문수가 물었다. 그러자 전수길은 회심의 미소를 지으며 대답했다.

"자네, 혹시 홍귀남에 대해 아나?"

"네, 머리가 아주 비상했다는 것과 죽었다는 정도는 알고 있습니다만."

"그렇다면 얘기하기가 한결 쉽겠군. 천재 홍귀남이 성균관에 들어오면서부터 우리 소론 태학생은 아주 죽어지내야 했네. 워낙 재주가 뛰어나 강경講經이든 제술製述이든 발군의 실력을 보였지. 실력만큼은 인정하지 않을 수 없었어. 내 앞에서 《대학大學》을 자구 한 자 틀리지 않고 줄줄 외우는데… 부럽기도 하지. 그런 복을 타고난 자가 누가 또 있을까? 노론 쪽에서 구장 장원을 시키겠다고 달려든 것도 무리가 아니지. 그러다가 선정전 임금 앞에서 전강殿講을 하게 되었는데 거기서도 탁월한 실력으로 임금의 총애를 받자 그날 이후로 노론 출신이든 소론 출신이든 성균관 교관은 다들 홍귀남을 예뻐하게 되었지. 그러니 상대적으로 못난 태학생들, 그것도 우리 소론 태학생들에 대한 핍박이 오죽 심했겠나? 맨날 밤이면 불려나가 공부 못한다고 꾸중을 들었지. 내가 너희들 불러 정강이를 몇 대 걷어찬 것은 댈 것도 아니었어. 오죽했으면 나 또한 《대학》〈혈구지도絜矩之道〉 장을 속 시원히 해설하지 못해 종아리를 얻어맞고 열흘을 드러누운 적이 있었을까. 그러니 태학생은 누구나 홍귀남을 싫어했지. 그건 노론 태학생도 마찬가지였어. 소론 태학생을 실력으로 누르는 것은 반겼지만, 자신이 홍귀남과 비교당하는 것은 싫었을 테니까. 그러던 어느 날 사건이 터진 거야. 다들 쉬쉬했지만 내가 아는 한 홍귀남은 구타당해 죽은 거야."

거기서 전수길이 하던 말을 멈추고 곰방대에 부시를 치자 박문수는 조바심이 났다.

"하색장께서 홍귀남을 죽인 사람을 아신단 말인가요?"

"알다마다."

전수길이 혹 하고 담배 연기를 뿜어냈다.

"확실한 증좌가 있나요?"

"홍순남이 권호철을 죽인 게 바로 증좌지."

"무슨 소립니까?"

"그때 눈치 빠른 사람들만 은밀히 알았던 얘긴데 홍귀남을 죽인 사람은 권호철과 이문환이야."

박문수는 숨골에서 덜컹 하는 소리가 들린 것 같았다.

"아니, 학록 이문환을 아십니까?"

"자넨 어찌 아나?"

전수길 또한 화들짝 놀랐다.

"그건 나중에 따로 상세히 말씀드리겠습니다. 하시던 말씀이나 계속해보십시오."

전수길이 긴장이 되는지 채 피우지도 않은 곰방대 주둥아리를 은행나무 가지에 대고 툭툭 털어냈다.

"시비가 붙은 것은 향관청에서였네. 향관청이란 게 제기를 다루는 곳이지만, 자네도 알다시피 태학생들이 심심하면 찾아가 바둑이나 장기를 두는 곳이잖나. 마침 이문환과 홍귀남이 장기를 두었는데 이문환이 외통수에 걸려 한왕漢王 돌이 죽을 위기에 처하자 한수 물려달라고 했다나 봐. 하지만 홍귀남은 물릴 생각이 없었고, 서로 험한 말이 오가면서 엎치락뒤치락하다가 이문환이 장기판을 엎었는데, 홍귀남이 화가 나 돌아가면서 저리 머리가 나쁘니 대과를 넘볼 생각은 않고 사내대장부가 향관청에서 제기나 닦고 있다고, '평생 제기나 닦으면서 제단 앞에서 분향묵좌焚香黙坐하다가 앉은뱅이 귀신이나 돼라!'고 욕을 했나 봐. 이문환은 분을 삭이지 못하고 가슴에 묻어두었다가 훗날 우연히 술집에서 마주쳤을 때 다시 시시비비가 붙었던 게지. 거기에는 아직 노론이었던 권호철이 동석하고 있었는데, 홍귀남이 말리던 권호철에게까지 시건방을 떨었나 보더군. 권호철과 이문환이 누구인가? 실과 바늘 사이라고 소문이 났었지. 더구나 권호철의 입장에서는 성균관 입학 연도만으론 저 밑바닥 후배가 교관들의 총애를 업고 기어오르니 화가 날 만도 했겠지. 둘이서 술집을 나가서 홍귀남을 어떻게 했는지는 아무도 모르네. 홍귀남은 개천 변에서 시체로 발견되었지. 뒤통수에 둔기로 맞은 흔적이 있었고 몸에 간직하고 있던 귀중품은 사라지고 없었지. 촉망받던 선비의 죽음이라 한성부, 의금부, 형조에서 각각 특별수사대를 설치해 범인을 잡아

내려고 했지만, 그저 소문만 요란했을 뿐 흐지부지되고 말았네.”

“상색장 어른과 학록 이문환은 아무런 의심을 받지 않았단 말인가요?”

“의심받지 않을 수야 없었지. 하지만 권호철이 싸움을 뜯어말린 후 헤어졌다고 증언하는 데야 어쩌겠나? 그리고 무엇보다 결정적인 것은 노론 측이 그 사건이 확대되지 않길 바랐다는 거야. 홍귀남이란 인물을 아무리 아꼈다고는 하나 이미 죽은 사람이고, 산 사람이 불미스러운 사건에 연루되어 노론 전체가 공격받는 일은 없어야겠다고 판단한 거지. 물론 증좌가 확실했다면 상황이 달라졌을 수도 있었을 테지만.”

“하지만 전후 사정이 그렇다면 이해되지 않는 점이 있습니다. 동생 홍순남은 권호철과 이문환을 의심했을 법한데 왜 그 당시에 죽이지 않고 이제 와서 일을 벌인 겁니까?”

“내 기억으로는… 홍순남이 태학생이 된 건 권호철과 이문환이 추천해서였을 걸세. 지금이야 홍순남이 외래이지만 한동안 태학생으로 서재에서 기숙했지. 노론 측에서 홍귀남이 죽자 홍순남을 배려했던 것 같은데 한동안 홍순남은 기고만장했지. 한데 이게 무슨 운명의 장난인가… 홍순남은 형과는 달리 그야말로 돌머리였어. 내가 생각해도 형편없는 머리였어. 방금 배운 것을 돌아서면 잊어버릴 정도였으니까. 누구는 자공子公 김득신金得臣³에 비유하더군. 그러니 많이 능멸을 당했을 게야. 내가 생각해도 애초에 성균관에 들어오는 게 아니었어. 그러니 여러 가지로 분함을 느끼다가 이번에 거사를 획책한 게 아닐까? 공부 머리는 나빠도 사람 죽이는 머리는 남다를 수 있는 법이니까.”

권호철과 이문환 그리고 홍순남의 선을 쭉 따라가면 살인 동기가 그럴듯하게 엮어지기는 한다. 권호철과 이문환이 형을 죽인 진범이라고 홍순남이 확신했다면 언제 죽였느냐 하는 시기는 큰 문제가 아닐 수 있

---

3 1604~1684. 조선 중기의 시인. 머리가 아주 나빴으나 부모의 끈질긴 뒷바라지로 유명한 시인이 되었다. 엄청난 독서광이었다.

다. 처음엔 미심쩍어했다가 차츰 확신하게 된 것일 수도 있다.

그렇다면 과천현 주막에서 연 낭자가 보았던 늙은 선비는 홍순남이 변장한 모습이었을까? 그럴 가능성은 얼마든지 있었다. 살인사건 다음 날 하석기가 홍순남의 집을 방문한 것도 그런 맥락에서 이해할 수 있지 않을까. 하석기는 홍순남이 범인임을 염두에 두고 찾아가서는 슬쩍 마음을 떠보았던 것은 아닐까.

박문수는 합죽선을 내보였다.

"이게 혹시 홍순남의 것인지 확인해주십시오."

"난 모르겠는걸."

"나도."

합죽선을 자세히 살펴본 그들이 고개를 가로저었다.

"한데 자넨 이문환을 어찌 알게 되었나?"

"하석기란 수사관이 권호철 사건을 맡고 있는데 그자를 통해 알게 되었습니다."

"하석기라… 글쎄… 누군지."

전수길은 턱수염을 쓰다듬으며 먼 기억을 더듬으려 했는데 잘 떠오르지 않는 듯했다.

"자, 서두르세. 놈을 때려잡으려면 한 사람의 힘이라도 더 필요하니 자네도 함께 가세나. 언제 홍순남이 줄행랑을 칠지 모르니."

전수길이 말했다.

"홍순남이야 아무것도 모르고 있을 겁니다."

박문수가 말했다.

"그렇지가 않네. 두 시진 전에 이 친구가 홍순남을 찾아가 이것저것 캐물었는데 말실수를 좀 한 모양이야. 홍순남은 자신이 의심받고 있다는 걸 알았을 테고."

"잠깐만요. 동생한테 말 좀 전하고요."

박문수는 연 낭자에게 가서 지금 처한 상황을 간단하게 설명했다.

"저도 따라가겠어요."

연 낭자가 적극적으로 나왔다. 박문수로서는 애써 마다할 이유가 없었다. 늦더라도 나중에 집까지 데려다주는 게 더 안전할 거라는 생각이 들었다.

박문수는 돌아와 동생과 함께 가도 되겠느냐고 물었다. 전수길이 방해만 되지 않으면 괜찮다고 한 반면, 이복재는 미적지근한 태도로 말했다.

"누군데?"

"응, 어머니 쪽 먼 친척 아들."

박문수는 적당히 둘러댔다.

"정식으로 소개한다면 허락하지."

이복재가 때 아닌 생색을 냈다.

"알았어. 나중에…."

이렇게 해서 연 낭자가 합류했다.

그들은 홍순남의 집으로 갔다. 문을 두드리자 늙은 하인이 나왔는데 박문수 일행은 그를 밀치며 안으로 들어갔다.

집 안 구석구석을 뒤졌으나 홍순남은 보이지 않았다. 그들이 하인을 다그치자 하인은 홍순남이 의금옥으로 외출했다고 알려주었다.

그들은 즉시 의금옥으로 몰려갔다. 의금옥 앞에 이르렀을 때 이복재가 젊은 선비의 뒷모습을 발견하고는 소리쳤다.

"저기, 홍순남이다!"

이복재와 전수길이 황급히 쫓아가고, 박문수는 번득 짚이는 생각이 있어 연 낭자와 함께 의금옥 안으로 들어갔다. 뇌옥牢獄 안에서는 수인들에게서 멀찍이 떨어져 홀로 끝자리에 자리를 잡은 하석기가 죽을 먹고 있었다. 배가 몹시 고팠는지 죽사발에 머리를 처박고 허겁지겁 먹어대고 있었다.

"그거!"

박문수는 팔을 뻗으며 소리쳤다.

"이봐, 그거 먹어선 안 돼!"

하석기가 고개를 들어 올려봤다. 박문수와 연 낭자를 번갈아 바라보다가 죽을 퍼 올린 숟가락으로 시선을 가져갔다.

"그 죽 괜찮은 거야?"

"죽은 왜?"

입 주변에 허연 죽이 잔뜩 묻어 있었다.

"그거 홍남순이 준 거 아닌가?"

"들어오다 만난 건가?"

하석기가 나무 숟가락을 내려놓으며 느긋하게 말했다.

"내가 초조해하니까 자네까지 덩달아 호들갑을 떨고 그러나? 그보다도… 옆에 있는 선비는 누군가?"

하석기는 연 낭자를 힐끗 바라보며 경계하는 기색을 드러냈다.

"그건 걱정 말게! 그 죽 누가 줬냐고?!"

"내가 사오라고 했어. 홍순남에게."

"그 죽 그릇 이리 줘보게."

박문수는 허리를 굽혀 창살 사이로 손을 뻗었다. 하석기는 들은 척도 안 했다.

"왜, 홍순남이 독이라도 탔을까 봐?"

"그래, 홍순남에게 권호철을 죽일 동기가 있다는 것이 밝혀졌네."

하석기가 크게 웃음을 터뜨렸다.

"내가 처음 자네를 부른 것은 홍순남을 통해서야. 한마디로 자네보다는 홍순남을 더 믿는다는 뜻이지."

"권호철과 이문환, 둘 다 홍순남의 형 홍귀남의 죽음과 관련이 있어."

입맛이 떨어졌는지 하석기가 죽 그릇을 옆으로 밀어놓았다.

"그 소문이라면 내가 누구보다도 잘 알지. 하지만 그야말로 소문으로 시작해서 소문으로 끝난 사건이야. 나도 당시 담당 수사관에게 직접 물어보기도 했는데 구체적인 증좌는 아무것도 없었던 사건일세. 그보다도 내가 부탁한 건 좀 알아봤나?"

"전 내시 강호일은 반 시진이나 약효를 늦추는 독약을 제조할 수 있는 사람은 딱 한 명인데, 세상을 하직했다고 하더군."

"거짓말이야."

"뭔가를 알고 있기는 한 것 같았네만… 몸이 많이 쇠약해져 있어 더 추궁하지 못했네. 오래 살지 못할 것 같아."

"그 정도로 심각하단 말인가?"

"치료 시기를 놓친 것 같았어. 참, 지금은 강담사로 밥벌이하더군."

"그 어른이 강담사라… 오래 살고 볼 일이야. 양분이는?"

"양분이는 죽었네."

"확실한가?"

"벌써 서너 달 되었다니까 믿을 수밖에. 옆집 사는 백정들이 그렇다고 하였네."

"백정? 어떤 백정? 맹가라고 하던가?"

"한 사람은 손노미라고 하던데 다른 백정들의 이름은 물어보지 못했네."

"어리석기는 그걸 물어봤어야지."

"날 책망하지 말게. 누군들 물어보고 싶지 않았겠나? 하지만 자넨 맹가라는 것조차 지금 언질을 주고 있잖나. 맹가는 또 누군가?"

"양분이를 끔찍하게 좋아하던 녀석이 있었지."

"대체 양분이라는 여인네가 권호철과 이문환의 독살과 무슨 관련이 있는 건가?"

"그게 말이지. 양분이가 진짜 죽었다면 얘기가 달라지긴 하는데."

그때였다. 하석기가 목울대를 움켜쥐더니 컥 하고 토할 것 같은 표정을 지었다.

"왜 그러나?"

다음 순간 박문수의 머릿속을 재빨리 스쳐가는 것이 있었다.

그는 고래고래 소리쳐 옥졸을 불렀다. 저쪽으로 자리를 피했던 옥졸이 돌아와 자물쇠를 여는 사이 이미 바닥을 쥐어뜯을 듯이 거칠게 몸부림치던 하석기의 몸이 한순간 움직임을 멈추었다.

안으로 들어간 박문수가 입을 벌려 먹었던 죽을 토해내도록 유도했으나 하석기는 이미 기운을 잃은 채 축 늘어지고 말았다.

검시관이 달려오는 등 한바탕 소동이 나던 중에 이복재와 전수길이 돌아왔다.

"어떻게 된 건가?"

전수길이 말했다.

"하색장 어른 말씀이 옳았습니다. 홍순남이 기어이 또 한번 일을 저지른 모양입니다."

14
벼랑에 달려 손을 놓아버리는 것이 대장부다

성안은 물론이고 성저십리城底十里 밖까지 홍순남 기포령譏捕令이 내려졌다. 한성부와 형조 사이에 신속한 협조체제가 이뤄져 말단 졸卒들이 대거 투입돼 홍순남이 달아난 방향을 중심으로 수색이 개시되었다.

물론 집으로도 나졸들이 파견되었다. 그러나 그날 밤이 지나 새벽이 밝아오도록 홍순남이 체포되었다는 소식은 전해지지 않았다.

수사관이 도착하기 전, 혹시라도 남장한 것 때문에 괜한 의심을 받을까 봐 연 낭자를 먼저 빼돌린 박문수는 하석기가 죽은 현장에 있었던 만큼, 상황 진술을 하느라 밤늦게까지 검시관한테 시달리다가 해방될 수 있었는데, 비슷한 이유로 남아 있던 전수길, 이복재와 함께 현장을 빠져나와 피맛골 주점에서 밤이 새도록 얘기를 나누다가 아침 도기 시간에야 성균관으로 돌아왔다.

소세를 하고 나서 연 낭자가 아무 탈 없이 귀가했는지 걱정하느라 눈도 붙이지 못하고 있었는데, 존경각尊經閣 뒤쪽으로 오라는 통기通寄를 받았다. 박문수가 벗었던 버선을 다시 신고 부랴부랴 쫓아갔더니 전수길과 이복재가 오가는 태학생들의 눈을 피해 기다리고 있었다.

그들은 한잠 자고 일어났는지 눈가가 퉁퉁 부은 모습이었다. 사실 복재 형은 형편상 지금 여기 이렇게 있을 처지가 아닌 것 같았는데, 전수길의 강요로 함께 움직이고 있는 것 같았다.

전수길은 전에 없이 활기에 넘쳐 있었다.

"홍순남이 잡히는 것은 시간문제일세. 하늘이 우리를 돕고 있으니 빨리 노론을 궁지로 몰 소장을 작성해야 할 것이야. 소장이 최종 작성되기 전까지 이 일을 비밀에 부쳐야 할 것 같아 이리로 온 것이네. 동재東齋야 아무래도 보고 듣는 눈이 많아서. 어떤가? 문수 자네도 동참해주겠나?"

"소생은 아직….”

"뭘 망설이나? 자네 집안 어른들, 이태좌와 이광좌 두 분 다 전에 이곳에서 대사성을 지냈다는 것은 나도 잘 알아. 한데 그분들은 말이야… 너무 무른 게 탈일세. 저쪽을 몰아붙일 땐 강하게 몰아붙여야 하는데 허구한 날 눈치나 보고 있으니 말이야.”

집안 어른을 욕하는 것이라 박문수는 속으로 발끈했으나 겉으론 내색하지 않았다.

"소생의 판단엔 아직은 좀 더 신중히 두고 보아야 할 사안인 줄 압니다.”

"쯧쯧, 집안 내력은 못 속인다더니.”

그때였다. 슈욱- 허공을 꿰뚫는 날카로운 소리가 그들 머리 위를 지나쳤다.

그들은 본능적으로 머리를 낮추었는데, 탁 하는 소리에 돌아보자 존경각 기둥에 화살 하나가 꽂혀 있었다.

"웬 놈이냐?”

이복재가 화살이 날아온 방향을 향해 소리쳤다.

"쉿, 형님!"

박문수는 일어나 설쳐대는 이복재의 몸을 낮추게 한 후 주변을 살펴봤다. 어디서 화살이 날아왔는지는 알 수 없었다. 조금 전까지 큰소리를 치던 전수길은 아예 땅바닥에 얼굴을 처박고 엉덩이를 든 채 양손으로 머리를 감싸 쥐고 있었다.

어느 정도 안전이 확보되자 박문수는 기둥에서 화살을 뽑아냈다. 화살촉 바로 밑에 종이가 돌돌 말려 있었다. 박문수는 그것을 풀어 펼쳤다.

성보 보시게. 자네가 여기저기를 들쑤시고 다니며 내 뒤를 밟고 있는 것은 익히 알고 있네. 학관에서 서책이나 한 줄 더 읽을 일이지 자네와 아무 연고도 없는 일에 왜 준절撙節[4]하지 못하고 열을 올리는지, 그렇게 한가하다면 지난 큰비에 무너져 내린 비천당조闡堂[5] 지붕에 기와나 올리시게.

하기사 기왕 이 지경에 이르렀으니 내 자네의 노고를 치하하여 마지막 가는 길에 교훈이라도 남기고자 하네. 복응服膺[6]하여 벗들에게나 후배들에게 무용담으로 삼을 때, 내가 복수설치復讐雪恥한 것이 웃음거리가 되고 비열한 부덕으로 비난하는 것만은 사양해 주게나.

내가 권호철과 이문환을 죽였네. 그건 깨끗이 인정하네. 아주 특별한 독극물을 사용했지. 흔히 알려진 짐독鴆毒이나 경분輕粉, 비소 같은 것이 아니라 약방에서 사용하는 오두烏頭를 썼지. 오두에 가위톱이나 서각을 넣으면 약효가 강해지지만, 다른 것을 넣으

면 일정한 시간 동안 약효를 지연시킬 수가 있네. 그것은 워낙 고도의 기능을 요하는 것이라 조선 팔도에서 제조법을 아는 사람이 손꼽을 정도라고 하더군. 물론 나에게도 그 제조법은 알려주지 않았어.

나는 이 일을 아주 오랫동안 준비해왔기 때문에 그 분야의 숙수熟手를 만나 약을 얻을 수가 있었지. 그래, 자네든 하석기든 권호철이 피맛골의 국밥집에서가 아니라 성균관에서 독약을 먹었을 거라고 추정한 건 바로 본 것이었어. 하지만 그것이 그리 대단한 일도 아니었지. 처음부터 날 숨겨 완전범죄를 노린 것은 아니었단 말이네. 내가 누군가를 죽인다면 나 또한 언젠가는 그 죄과를 받아야 하는 법. 인제 와서 권호철과 이문환을 어떻게 죽였는지는 시시콜콜 말하지 않겠네. 조선의 법도야 증좌보다는 구공口供[7]을 우선으로 두질 않나. 죄를 인정하는 것 외에 달리 또 무엇을 늘어놓겠나. 다만, 한 가지 스스로 변명으로 삼고 싶은 것은《예기》'곡례曲禮'편의 다음 구절이네.

'아버지의 원수는 함께 하늘을 이지 않고, 형제의 원수는 병기를 거두지 않는다'고 했네.

자, 이제 더 이상 병기를 잡아야 할 이유가 없어졌으니 나 또한 세상을 살아갈 이유가 없어졌네. 나에게 주어진 세상의 인연이 고작 이것뿐이라는 것이 원망스러울 따름이네.

내 시신을 거두어가려거든 삼개 앞 밤섬[栗島] 부군당 옆 하식애河蝕崖로 오시게.

면소面笑 홍순남

---

7   자백.

읽기를 마치기가 무섭게 그들은 누가 먼저랄 것도 없이 서둘러 성균관을 빠져나왔다. 타고 갈 수 있는 말이 한 필뿐이었으므로 하색장이 타고 박문수와 이복재는 번갈아 고삐를 쥐고 걸었다.

삼개 앞, 여의도를 마주하고 있는 밤섬은 본디 배를 건조하는 곳, 조선장造船場이다. 바람이 심하게 부는 삼개 나루터에 도착한 그들이 배를 기다리고 있는데, 연 낭자가 불쑥 나타났다.

"아니? 연…."

박문수는 하마터면 낭자라는 호칭으로 부를 뻔했다. 연 낭자가 히죽히죽 웃으며 이복재와 전수길에게 가볍게 목례했다. 얼른 보기에도 연 낭자의 태도가 이상했다. 박문수는 연 낭자를 저만치 데려갔다.

"어떻게 된 거요? 왜 아직 집에 들어가지 않고…."

그러다가 박문수는 역한 술 냄새를 맡았다.

"아니, 연 낭자? 술을 마신 거요?"

"네, 쬐끔… 아주 쬐끔 마셨어요."

연 낭자는 엄지와 검지를 벌려 양을 측정하는 듯한 손동작을 해 보이며 또 히죽 웃었다.

조금 마신 게 아니었다. 박문수는 당황했다.

"대체 술을 어디서 마신 거요?"

"주막 봉놋방에서요."

"혼자 말이오?"

"아뇨, 주모랑요. 신세타령을 하던 주모가 올 가을 햅쌀로 만든 술이라며 자꾸 권하기에…."

"그렇다고 넙죽넙죽 받아먹었단 말이오?"

"딱 한 잔만 하려고 했는데 저도 모르게 그만…."

"왜 바로 집에 가지 않고요?"

"늦어서 강을 건너는 배가 없었어요."

밤늦게까지 술을 마시다 잠깐 눈을 붙이고 나온 모양이었다.

박문수는 실망이 컸다. 수사관들에게 잡혀 집까지 바래다주지 못한 것은 미안했지만, 아무리 그렇기로서니 이렇게 흐트러진 모습으로 다시 만나게 될 줄은 꿈에도 몰랐던 것이다. 연 낭자에게 느끼던 야릇한 감정까지 일시에 달아나는 기분이었다.

그러나 그것은 아주 잠깐이었다. 그녀의 얼굴을 보고 있노라니 그런 불쾌한 느낌은 씻은 듯이 사라지고 이런 모습까지도 넉넉하게 받아주고 싶은 마음이 생겨났다.

"어딜 가시는 거예요? 어제 하석기인가 하는 사람을 죽인 범인은 잡았나요?"

연 낭자가 말했다.

"아뇨. 아직… 지금 그 사람을 잡으러 가는 중이오."

말해놓고 박문수는 아차 싶었다.

"그래요? 잘됐네요. 저도 같이 가요."

"아니 되오. 그 몸으로 어찌…."

"제 몸이 어때서요? 전 아무렇지도 않아요."

그냥 집으로 돌아가라고 만류했지만 연 낭자는 막무가내로 따라나서겠다고 고집을 부렸다. 마침 배를 타라는 사공의 외침이 있어 거기서 더 실랑이할 수도 없었다.

박문수는 하는 수 없이 그녀를 배 뒤쪽에 태웠다. 다행히 앞쪽에 탄 이복재와 전수길은 홍순남을 잡을 생각에 정신을 빼앗겨서인지 이쪽에 관심이 없는 듯했다.

강바람에 수면이 포말을 일으키며 요동치고 있었다. 강을 건너는 동안 배는 심하게 흔들렸다. 배에서 내려 모래톱 조선장을 벗어나자 완만한 언덕 주변으로 뽕밭이 널려 있었다. 조금 더 오르자 언덕이 가팔라졌다. 그들은 지치기 시작했지만 쉬지 않고 허덕허덕 올라갔다.

저만치 아름드리 신목神木 홰나무가 보였다. 그 뒤에 한 칸짜리 기와집 부군당이 나타났다. 홰나무 가지에 드리운 오색 천 휘장이 바람에 펄

럭이고 있었다. 그것이 허공을 가로질러 부군당 울타리로 이어진 것으로 보아 부군 할아버지와 할머니께 제사를 지내는 당집이라는 것을 알 수 있었다.

"이보시게들!"

언덕을 오르느라 지친 그들의 이목을 단숨에 집중시키는 외침이 들려왔다.

소리가 난 곳에 홍순남이 서 있었다. 벼랑 끝이었다. 단애 밑으로부터 솟는 바람에 그의 도포 자락이 이리저리 흩날렸다.

박문수 일행은 섣불리 달려들지 못하고 그 자리에 붙박여 섰다.

그가 큰 웃음을 터뜨리더니 소리쳤다.

"벼랑에 달려 손을 놓아버리는 것이 대장부다[撒手懸崖是丈夫]!"

다음 순간, 그의 몸이 허공으로 솟구치는가 싶더니 벼랑 아래로 사라졌다.

박문수가 가장 먼저 쫓아 올라갔다. 발밑은 아득한 절벽이었다. 거대한 강이 눈앞에 펼쳐져 있었다.

홍순남의 모습은 보이지 않았다. 벌써 물속으로 가라앉았는지 빠른 유속의 강물은 쉬지 않고 흘러가고 있었다.

이복재와 전수길이 쫓아왔다. 그들의 눈길이 발아래로 쏠렸다.

"놈은?"

이복재가 말했다.

"안 보여."

박문수가 말했다.

"저 거친 물살을 좀 봐. 오늘따라 바람이 심하게 불어 그런가. 수장되어 물고기 밥이 되겠어."

이복재가 말했다.

연 낭자가 뒤늦게 올라왔다. 박문수는 그녀가 실수라도 할까 봐 조마조마했는데, 이복재와 전수길은 전혀 관심이 없는 듯했다.

"꼴좋군! 시체가 되어 떠오르면 사공들이 건져오겠지. 언제까지 있겠나? 이제 가자고."

잠시 지켜보던 전수길이 이복재의 소매를 잡아끌었다.

"자넨?"

이복재가 박문수에게 물었다.

"이 친구랑 좀 더 있다가 갈게."

그들이 언덕 아래로 내려가자 박문수는 시체를 찾던 눈길을 거두어 좀 더 넓은 곳으로 시선을 가져갔다. 가슴이 탁 트여오는 것이 시원했다.

연 낭자가 옆으로 왔다.

"괜찮아요?"

박문수가 물었다.

"아뇨, 소름 끼쳐요. 아까 그 사람은 죽었나요?"

연 낭자가 여전히 발아래에 눈길을 주며 말했다.

"난 술기운을 견딜 만하냐고 물은 것인데… 이런 높이에서 떨어졌으니 성치는 않겠죠. 한데 시체가 보이질 않네요."

저 멀리 관악산이 웅장하게 솟아 있었다. 눈앞 강 건너에는 봄이면 풍류를 즐기는 선비들의 물 놀이터가 되는 노량의 버드나무 군락지가 보였다. 그 앞쪽으로 안양천이 휘감아 도는 곳에 세간에서는 여의도로 더 잘 알려진 잉화도仍火島의 드넓은 초지가 펼쳐져 있었다. 그곳에서 사축서司畜署와 전목서典牧署에서 관리하는 말들과 양 떼가 바람이 부는 날씨에 아랑곳하지 않고 열심히 풀을 뜯어대고 있었다.

그는 심호흡한 후 다시 발밑을 내려다보았다. 여전히 시체는 보이지 않았다. 벌써 떠내려간 것인가.

"좀 앉아요."

박문수는 연 낭자를 앉게 한 다음 나란히 앉았다.

그들은 한동안 말이 없었다. 찬바람을 쐬던 연 낭자는 갓과 망건을 벗었다. 뒤로 말아 올려 고정시켰던 비녀를 빼내자 긴 머리카락이 바람에 흩날렸다.

박문수는 그녀의 느닷없는 행동에 잠시 놀랐으나 개의치 않았다.

"미안해요. 주정까지 하고….."

"아니오. 다 내 책임이오. 어제 반촌에서 집으로 가겠다고 했을 때 그냥 보내줬어야 했는데."

"창피해서 두 번 다시 박 선비님을 보지 못할 것 같아요."

"누구나 실수는 할 수 있어요."

"실수도 실수 나름이죠. 아까 제가 왜 그런 행동을 했는지 자신에게 너무 화가 나요."

"잊어버려요. 난 기억력이 안 좋아 뭐든지 금방 잊어버리고 살아요."

"사실 제가 술을 마신 이유는요, 주모가 술을 권해서가 아니라….."

15
부군당의 비밀

그때 뒤에서 부스럭거리는 소리에 박문수가 돌아보자 쓰개치마[長衣]를 뒤집어쓴 여인이 부군당에서 나오고 있었다. 흔히 보는 초록 바탕에 흰색 끝동을 단 고급스러운 장옷이었다. 얼핏 눈이 마주치자 여인은 황급히 시선을 외면했다.

여인은 종종걸음을 쳐서 언덕을 내려갔다.

"조금 전까지 부군당 안에 인기척이 없었는데."

박문수는 혼잣말로 중얼거렸다.

박문수가 여인의 뒷모습을 물끄러미 바라보는 동안 연 낭자는 서둘러 머리카락을 정리하여 비녀로 고정한 뒤 망건과 갓을 썼다.

박문수는 줄곧 여인의 뒷모습에 의혹의 시선을 던지고 있었다.

"저 여잔 갑자기 어디서 나타난 거예요?"

연 낭자가 말했다.

"저기요."

박문수가 부군당을 가리켰다.

"인기척이 없었는데."

"내 말이 그 말이오."

이윽고 여인은 뽕밭을 가로질러 언덕 아래로 사라졌다.

박문수는 사리에서 일어나 도도히 흐르는 한강을 다시 내려다보았다. 거기서 아래로 떨어지면 아무리 기고 나는 재주가 있다 할지라도 살아남지 못할 것 같았다.

그는 큼직한 호박돌을 가져와 발아래로 내던졌다. 손을 떠난 돌은 엄청난 속도로 떨어지더니 풍덩하고 파문을 일으켰다. 그러고는 시야에서 눈 깜짝할 새 사라졌다.

한강은 언제 그랬냐는 듯 태평스럽게 흘러내리고 있었다. 홍순남도 호박돌의 신세와 별반 다르지 않았단 말인가. 시체가 보이지 않은 것이 여전히 찜찜했지만, 박문수는 돌아서지 않을 수 없었다.

박문수를 따라 몇 걸음 아래로 내려 걷던 연 낭자가 말했다.

"우리 부군당으로 한번 들어가 봐요."

"난 당집은 질색인데. 울긋불긋하게 그려놓은 그림들이 어릴 때부터 싫었소."

"무서운 게 아니고요?"

"내가요?"

"남자도 무서워하는 게 많아요. 쥐도 무서워하고 심지어는 병아리도 무서워하는걸요. 사촌오빠가 병아리를 워낙 무서워해서 어릴 때 얼마나 놀렸는데요."

"하긴, 난 다리가 많이 달린 벌레들이 싫소. 어릴 때 친구들이 신맛을 보겠다며 개미 똥구멍을 핥고 심지어는 잠자리 대가리를 잘라 먹는 녀석들을 보면 가끔은 나랑 같은 인간이 아닐 거란 생각을 했었소. 아무튼 좋아요. 어디 가봅시다."

그들은 부군당 울타리 안으로 들어갔다. 기와집은 사면에 새긴창[花窓]을 덧대어놓았다.

문을 열고 턱을 넘어서자 비교적 넓은 공간이 나타났다. 정중앙에는 부군 할아버지와 할머니가 그려진 화첩이, 좌우측에는 삼불제석의 화려한 그림이 부군신을 시위하듯 걸려 있었다.

연 낭자가 감상하듯 그림을 보고 있는 사이 박문수는 그것이 보기 싫어 얼른 다른 곳으로 시선을 돌렸다.

제단에는 개쑥부쟁이 한 다발이 놓여 있었다. 그리로 다가간 박문수는 남자색의 개쑥부쟁이 잎을 살펴보았다. 잎은 마를 대로 말라 있었다. 코를 가져갔다. 냄새조차 나지 않았다.

조금 전 나간 장옷을 입은 여인이 가져다놓은 것은 아닌 게 분명했다. 그렇다면 이상했다.

옷차림으로 보아 여인은 먼 발걸음을 한 것 같았다. 아까 배를 타고 건너오면서 사람들이 하는 말을 듣기로는 밤섬에 사는 남자는 거의 배 목수이고 여자는 뽕밭을 가꿔 생활하는 서민이라고 했다. 말이 배 목수이지 진부津夫 같은 칠반천역七班賤役[8]과 무엇이 다르겠느냐고도 했다.

그렇다면 아까 그 여인은 밤섬 주민일 리가 없었다. 옷차림이 그것을 말해준다.

한데 무슨 사연이 있는지는 모르지만 강까지 건너와 부군당에 치성을 드리면서 아무 제물도 가져오지 않은 것은 정말 이상했다. 치성에는 늘 제물이 따르기 마련 아닌가.

"연 낭자, 우리 나루터로 가봅시다. 아무래도 아까 그 쓰개치마를 입은 여자가 수상하오이다."

---

8   원래는 조례(皂隷), 나장(羅將), 일수(日守), 조군(漕軍), 수군(水軍), 봉군(烽軍), 역보(驛保)
     를 가리키는 말이었으나, 차츰 뜻이 변형되고 확장되어 노비와 기생 같은 천한 사람을 일컫는
     말이 되었다.

그곳을 서둘러 나오려던 박문수는 신발 코끝에 뭔가가 걸린 느낌에 우뚝 멈춰 서서 아래를 내려봤다. 갓이었다. 새것으로 선비가 쓰는 테가 넓은 종류였다.

그것으로 끝이 아니었다. 갓 앞에는 도포가 버려져 있었다. 도포를 들어올렸을 때 경악할 만한 상황이 눈앞에 펼쳐졌다. 도포 아래 큰 구멍이 뚫려 있었던 것이다.

허리를 굽혀 얼굴을 대자 바람이 솟구쳐 올라왔다. 구멍은 사람이 드나들 수 있는 크기였다.

연 낭자를 기다리게 한 박문수는 조심스럽게 밑으로 내려가 보았다. 구멍은 통로를 이루면서 길게 이어져 있었다. 빛이 쏟아져 들어오는 곳까지 나가자 아래는 아찔한 절벽이었다. 그러나 바위 하나가 단애 밖으로 툭 튀어나와 있어 그곳을 디딤판으로 삼아 절벽 위로 올라갈 수 있었다.

다 올라가서 내려다보자 홍순남이 투신했던 바로 그 지점이었다. 위에서 내려다보면 약간 튀어나온 바위 아래 그런 통로가 있으리라곤 짐작조차 하기 어려웠다.

다음 순간, 아차 싶은 박문수는 언덕 아래로 내달리기 시작했다. 아마도 그렇게 죽을힘을 다해 내달려보기는 처음이었을 것이다. 허리에 꿰차고 있던 줌치가 떨어져 나간 것도 모른 채, 자꾸 머리 뒤로 돌아가는 갓을 벗어서 들고 맹렬히 달려갔다.

나루터가 보이기 시작했을 때 마침 나룻배 하나가 강변을 떠나고 있었다. 쓰개치마를 입은 여인은 그곳에 올라타 있었다.

박문수가 사공을 향해 고래고래 소리를 질렀지만 배는 유유히 물 꼬리를 남기며 강을 건너갔다.

뒤늦게 연 낭자가 부군당 바닥에 있던 갓과 두루마기를 들고 쫓아왔다.

"무슨 일이에요?"

"우리 육감이 맞았소. 홍순남은 죽지 않았소. 여장하고 **빠져나간** 것이오."

박문수가 부군당 안에 뚫려 있던 구멍이 단애 밖으로 나 있는 것에 대해 설명하자 연 낭자는 쉽게 납득했다.

"그럼, 강을 건너면 당장 그자의 집으로 가봐요."

"굳이 그럴 거 없어요."

조급한 연 낭자에 비해 박문수는 뜻밖에도 느긋했다.

"왜 망설이는 거죠? 포도청 나졸들과 함께 그자를 잡으러 가야 하는 것 아닌가요?"

"아니오. 지금 쫓아가봤자 놈을 잡을 수 없어요. 놈이 집으로 돌아갈 리 없잖소. 어차피 내게 복안이 있으니 놈을 잡는 건 시간문제요."

박문수는 확신에 차서 말했다.

"그게 뭔데요?"

박문수는 행여 다른 사람이 들을까 주변을 둘러보더니 연 낭자의 얼굴로 입을 가져갔다.

돌발적인 행동에 연 낭자가 움찔했다. 박문수가 갓을 들어올리자 연 낭자가 눈을 질끈 내리깔았다. 그녀의 귀밑머리에 잠시 넋이 나가 있던 박문수가 얼른 귀에 대고 속삭였다.

"네? 정말요?"

연 낭자는 화들짝 놀랐다.

박문수는 고개만 가볍게 끄덕였다.

삼개에서 밤섬을 들르는 배도 있지만 대부분 배는 밤섬을 거치지 않고 노량으로 바로 건너갔다. 연 낭자가 과천현으로 가기 위해서는 어차피 다시 삼개로 나가야만 했다.

삼개에 도착하자 아침 식사를 거른 박문수는 슬슬 배가 고파오기 시작했다.

"식사 못했으면 어디 가서 해장국이나 듭시다."

연 낭자는 대꾸 없이 걱정스러운 눈길로 나루터 쪽을 힐끗 바라보았다.

"집에 가기 바쁜 사람한테 내가 괜한 소릴 했나요?"

"아니에요. 저도 배가 고파요."

그들은 가까운 밥집을 찾아가 우거지 해장국으로 허기부터 채웠다. 식사를 마치고 나서 박문수는 주인에게 돈을 따로 드릴 테니 집에서 마시는 차를 한 잔 달라고 했다. 주인이 가져온 것은 오미자차였다. 붉은 빛이 아름다웠다.

"노을빛 말고는 붉은색이 이렇게 아름다워 보이는 것은 처음입니다."

박문수가 백자 잔을 들어올리며 말했다.

"그러네요. 색이 고와요. 저녁 무렵엔 이 일대가 그렇게 아름답다던데요."

연 낭자가 말했다.

"그 얘긴 나도 들었습니다. 노을도 아름답지만 밤에 여러 대의 배가 횃불을 휘황하게 밝혀놓고 선적한 짐들을 부릴 때도 멋있다더군요. 나중에 기회가 되면 같이 오시는 게 어떨지….."

박문수는 멋쩍어져서 뜨거운 차를 두어 모금 마셨다.

"좋아요."

연 낭자가 주저하지 않고 선뜻 응해주어 박문수는 마음의 부담을 덜 수 있었다.

"아까 어제 술을 마신 이유를 말하려다가 중단되었는데 물어봐도 되겠습니까?"

연 낭자는 망설였다. 아무래도 아까는 강이 내려다보이는 단애 위였지만, 지금은 밥을 먹으러 드나드는 손님들로 인해 부산한 곳이라 차분하게 마음속 얘기를 꺼내기가 꺼려지는 모양이었다.

박문수는 괜한 소리를 했나 싶어 잠깐 볼일을 보고 오겠다고 말한 뒤

뒷간으로 갔다.

환기창을 통해 네댓 명의 사내들이 바지를 홀딱 벗고 있는 것이 보였다. 배에서 부리는 짐꾼인 듯했다. 그들은 윗도리는 그대로 입은 채 아래쪽은 그야말로 실오라기 하나 걸치지 않은 나체가 되었다. 그러고는 우르르 강으로 몰려 들어갔다.

뒷간을 나와서도 박문수는 그들에게 정신이 팔려 눈길을 주고 있었다. 처음에는 벌건 대낮에 수치심도 없이 치부를 드러낸 것이 영 마뜩찮았으나 곧 삼개에서 하역 작업을 하는 인부들이 옷이 단벌이어서 아랫도리를 벗고 일을 할 때가 많다는 얘기를 들은 것을 기억해내고는 피식 웃으며 자리로 돌아갔다.

연 낭자는 자리를 비우고 없었다. 앉았던 자리 옆에 홍순남의 두루마기가 단정히 개켜져 있었고, 그 위에 갓이 놓여 있었다. 박문수는 남은 차를 마시며 기다렸다.

어지간히 기다렸는데도 연 낭자는 좀처럼 돌아올 기미가 없었다. 혹시 자신처럼 볼일을 보러 자리를 비운 것은 아닌가 해서 밥집 주변을 오가며 불러보았다.

아무 대답도 돌아오지 않았다. 당황한 박문수는 그 일대를 돌아다니며 소리쳐 불렀다. 그리고 오가는 사람 아무나 붙잡고 연 낭자의 옷차림을 설명한 뒤 보지 못했느냐고 물어보기도 했다.

돌아온 대답은 한결 같았다. 아무도 연 낭자를 보지 못했다는 것이었다.

박문수는 그곳에서 한 시진 이상 연 낭자를 찾다가 포기하고 강을 건너 그녀가 사는 주막을 찾아갔다.

연 낭자의 아버지는 안 그래도 전날 귀가하지 않은 딸 때문에 혼란에 빠져 있다가 박문수의 얘기를 전해 듣고는 크게 놀랐다. 박문수는 스스로를 자책하면서 주막 울타리 밖을 오갔다. 도저히 안 되겠다 싶어 노량 나루터로 나가보기도 했다. 그러나 새벽을 알리는 닭 울음소리가 들려

올 때까지 연 낭자는 끝내 모습을 보이지 않았다.

16
박문수, 홍순남의 집을 감시하다

"보이기 위하여 숨기는 경우가 있고 숨기기 위하여 보이는 경우가 있지."

박문수가 말했다.

이복재가 괴롭다는 듯 엉덩이를 들썩였다.

그들은 벌써 사흘째, 밤이면 홍순남의 집이 훤히 내려다보이는 느티나무 위에서 집 안팎을 감시하는 중이었다.

밤섬 나루터에서 간발의 차로 홍순남을 놓친 박문수는 엄청난 고민과 망설임에 휩싸이게 되었다. 부군당에서 홍순남의 교묘한 농간에 놀아난 그는 과천의 연 낭자 주막에서 돌아오는 즉시 그 사실을 전수길과 이복재에게 알렸으나 선뜻 믿으려 하지 않았다. 부군당에서 수거한 갓과 도포를 내보였음에도 불구하고 반신반의할 뿐, 박문수의 얘기에 적극 동조하지 않았다.

그들의 입장, 특히나 전수길의 입장이 아주 이해가 안 가는 것은 아니었다. 만일 박문수가 본 것이 틀림없는 사실이라면, 결국 홍순남의 의도는 모든 사람에게 자신이 죽었다는 것을 각인시키고자 한 것으로 보이는데, 그 이면의 진실을 알았다고 해도 이쪽에서 차라리 모른 척하고 그를 죽은 사람으로 간주하는 것이 도리어 하등 손해 볼 것이 없다는 태도였다.

그가 화살을 날려 보낸 쪽지에 범죄가 명명백백하게 드러났으므로 소장을 만들어 올리는 것에 아무 문제가 없을뿐더러 어차피 행방이 오리무중인 홍순남은 나중에라도 기회가 닿는 대로 체포하자는 것이 전수길의 주장이었다. 전수길이 워낙 강하게 나오자 이복재도 마지못해 따라가는 형국이었다.

그러나 박문수는 아무도 모르는, 증좌가 불충분하기 때문에 아직은 자신만의 섬세한 육감이라고밖에 말할 수 없는 비밀을 간직하고 있었다. 사실 그것이 무엇이든 그로서는 실종된 연 낭자를 찾아내는 것이 급선무였다. 밥집에서 사라진 이상 가능성은 두 가지였다.

첫째, 그 자리에서 누군가에 의해 납치되지 않았을까 하는 추측이 가능한데, 세밀하게는 이 추측에 허점이 많았다. 무엇보다 대낮인 데다 손님이 북적거리는 밥집에서 사람을 납치한다는 것은 어지간한 배짱과 다급한 이유가 있지 않고서는 불가능한 일일 것이다. 게다가 누군가가 연 낭자를 납치할 이유가 있을 것 같지도 않았다.

둘째, 가장 그럴듯해 보이는 것으로서 연 낭자가 누군가를 보고 그 사람을 미행하지 않았을까 하는 추측이 가능했다. 자신도 모르게 그 사람을 쫓게 되었는데, 나중에 미행이 발각되어 붙잡혔을지도 모른다는 추측이었다. 그러나 이 추측 또한 정황상 그럴듯해 보여도 대체 누구를 쫓아갔을까 하는 대목에 이르면 막막하고 답답하기는 마찬가지였다.

뭐니 뭐니 해도 가장 큰 걱정은 연 낭자의 안전이었다. 혹시라도 생각하기조차 꺼려지는 일이 이미 일어났다면…. 그것이 바로 박문수가 그날 홍순남을 잡지 못한 것에 발을 동동 구를 수밖에 없는 이유였다.

만일 연 낭자의 실종이 홍순남과 무관하지 않다면, 당장 홍순남의 집으로 쳐들어가고 싶은 마음이 굴뚝같았지만, 이미 여러 차례 수사관이 들이닥쳐 조사를 벌인 만큼 새로운 증좌를 앞세우지 않고는 그 또한 쉽지 않을 터였다.

만에 하나 홍순남의 집에서 연 낭자가 발견되지 않는다면 그야말로 그녀의 생존에 걸 수 있는 마지막 기회마저 날려버리지나 않을까, 노심초사한 것이었다. 그 때문에 강담사 강호일을 찾아가는 것도 늦춰지고 있었다. 간다고 해서 확실한 단서를 얻을 것 같지는 않았지만, 한번은 반드시 찾아가야 한다는 생각에는 변함이 없었다.

"그게 무슨 소리야? 보이기 위해 숨기는 경우가 있고 숨기기 위해 보이는 경우가 있다니?"

한마디 던져놓고 상념에 빠져 있는 박문수의 옆구리를 쿡 찌르며 이복재가 물었다. 그제야 박문수가 정신을 차려 말했다.

"홍순남의 전략은 철저히 숨기기 위해 보이는 방법이야. 형, 가만히 생각해봐. 우리가 비천당에서 얘기를 나눌 때 화살을 쏘았잖아. 자진自盡을 할 터이니 시신을 거두어가라고 말이야. 그러고 나서 밤섬의 단애 지형과 부군당을 이용해 자신이 수장되었다는 것을 내보이고 우리를 감쪽같이 속이려 들었지. 자진에 진정성이 있었다면 유서를 남겨놓고 자살하면 그만이지 왜 그런 쓸데없는 짓을 했겠느냔 말이야. 뿐만 아니지. 심률 하석기를 백주대낮에 여러 사람이 보는 앞에서 죽인 것도 범인이 자신이라는 것을 스스로 드러내기 위해서였지."

"하지만 권호철과 이문환을 죽일 때는 철저히 신분을 감추었잖아?"

"그야 목표로 했던 마지막 사람을 살해할 때까지는 신분이 드러나면 안 되니까 그랬겠지."

"그럴듯하긴 한데… 그런 짓을 해서 홍순남이 뭘 어쩌겠다는 건데?"

"놀라지 마. 홍순남은 애초에 없었어."

"뭐?"

"홍순남은 처음부터 존재하지 않았다고."

"너 제정신으로 하는 소리야? 내 옆자리에 앉아 같이 식사한 게 몇 번인데 홍순남이 없었다니?"

"그 점이야말로 이 미시터리迷始攄理의 핵심이야."

"미시터리는 또 뭐야?"

"율관들 세계에서만 사용하는 은어인데… 아무튼 형이 그런 말 한 적 있지? 기억나? 그 얼굴이 뭐랄까… 뭐라고 표현하기 어려운데… 참, 나도 주책이지. 아니야. 아닐 거야, 라고 말한 거."

230

"쑥스럽게 그 얘긴 새삼스럽게 왜?"

"왜 쑥스러운데?"

"너, 은근히 짓궂다."

이복재는 속마음을 들켰다는 듯이 느물느물 웃었다.

"형은 자신도 모르게 홍순남의 매력에 이끌려 홍순남을 연애 상대로 생각했던 거야. 그래서 혹시 내가 남자한테 이상한 욕구를 느끼지 않았나 해서 스스로 주책이라 했던 거고. 근데, 홍순남은 원래 여자였어."

"뭐, 여자? 여자가 어떻게 성균관에 입교해? 내 기억으로는 서너 달은 관생 생활을 한 걸로 알고 있는데, 한방을 같이 쓴 관생이 그걸 몰랐을라고."

"그래, 그땐 홍순남이 살아 있었을 거야. 하색장이 말씀하신 아주 머리가 나빴던 시절… 한데… 홍순남에게 여동생이 있었어. 쌍둥이라 얼굴도 거의 똑같이 생긴 여동생이."

"쌍둥이 여동생?"

"두 번 세 번 확인했어. 이름이 홍나미. 나도 감쪽같이 속을 뻗했지. 부군당에서 쓰개치마를 입고 나오던 여자. 당연히 홍순남이 여장을 한 거라고 생각했는데… 아니었어. 여태껏 홍나미가 홍순남 행세를 했던 거야."

"그럼 홍순남은?"

"죽은 거 같아."

"어떻게 알아?"

"죽지 않았다면 그런 행세를 할 이유가 없잖아. 확신할 순 없지만 이런 추측을 해봤어. 하색장의 말씀처럼 권호철과 이문환이 홍귀남을 죽이고, 그 사건을 무마하는 과정에서 동생인 홍순남이 태학생이 되었지. 머리가 나빴지만 무언가 은밀한 뒷거래가 아니고서야 어떻게 홍순남이 태학생이 되었겠어? 내로라하는 집안의 자제도 아닌데 말이야. 홍순남은 성균관 생활을 하면서 학업 부진으로 인해 상처를 많이 받았겠지. 이

수해야 할 교육과정이 보통 힘든 게 아니잖아. 그맘때쯤 지치기도 하고 어쩌면 신병身病 같은 걸로 태학을 그만둔 걸로 보여. 그리고 병이든 다른 이유로든 어쨌든 죽게 된 거고…. 그제야 홍나미는 홍순남이 잊고 있던 것, 홍귀남의 복수를 하고 싶었던 거지."

"하지만 그때나 지금이나 권호철과 이문환이 홍귀남을 죽였다는 것은 짐작만 할 뿐 확증이 없잖아. 불분명한 동기로 그렇게 잔혹한 짓을 실행에 옮길 수 있을까? 그것도 여자의 몸으로."

이복재의 지적에 박문수도 할 말을 잃었다. 그것은 두말할 나위 없이 옳은 이야기였다.

명확한 살해 증좌가 있었음에도 불구하고 권호철과 이문환이 법망을 빠져나갔다고 하면, 복수의 칼을 가는 것은 당연했다. 그러나 그것이 불분명한 상황에서(술자리에서의 시비라는 막연한 추측 외에는, 우연한 시비에 의해서가 아니라 계획적으로 죽였다면 권호철과 이문환이 왜 홍귀남을 죽였는지 동기가 불분명했다) 홍나미가 복수를 위해 대들었다고 추측하는 것은 이해하기 어려웠다.

"그러니 물증이 필요하다는 게지. 홍순남이 오래전에 죽었다는 물증!"

박문수가 말했다.

"죽었으면 당연히 장사를 지냈겠지."

"이 동네 사람들은 홍귀남이 죽었을 때 딱 한 번 장사를 지낸 것 말고는 없다더군. 그건 여러 사람이 확인해줬어."

"부지런하기도 하지."

"사람 목숨이 달린 일이야. 발품 파는 것쯤이야. 아무튼 형의 도움이 꼭 필요해."

"이렇게 나무에 죽치고 앉아 있는 게 무슨 도움이 된다고?"

"나 혼자 여기 있다고 생각해봐. 지겨워서 반 시진도 못 견딜 거야."

"그럼 날 순전히 심심풀이 육포로 생각했던 거야?"

"홍나미의 수법이 숨기기 위해 보이는 거라면…."

박문수는 얼른 말을 돌렸다.

"우린 보이기 위해 숨기는 수법으로 대응하자는 거지."

"그래, 우리가 여기 나무 위에 숨어 있는 것은 알겠는데 홍나미가 뭘 보게 된다는 거지?"

"밤섬 나루터에서 내가 자기를 쫓아갔다는 걸 홍나미는 잘 알고 있어. 어쩌면 자신의 신분을 알아챘다고 생각할지도 모르지. 그런데도 이쪽에서 며칠씩 아무 움직임이 없어봐. 내가 홍나미래도 좀이 쑤셔서 견딜 수가 없을 거야. 그게 내 노림수지."

"숨어 있음으로써 정신적으로 압박하겠다? 본인이 압박을 못 느끼면?"

"사람이면 느끼게 돼 있어."

"그래?"

이복재는 소매 안에서 호리병 하나를 불쑥 꺼내 한 모금을 들이켜더니 박문수에게 건넸다.

"자, 한 모금 마셔봐."

호리병 주둥이에 코를 갖다 대고 냄새를 맡던 박문수가 말했다.

"물이 아니라 술이잖아."

"마셔."

"미쳤어?"

"심란한데 월하독작月下獨酌 한 수 읊을까?"

"형, 정말 왜 그래?"

"소심하기는."

이복재는 술병을 빼앗아 한 모금 더 마시더니 이번엔 노래를 한 곡조 부르겠다고 했다.

박문수는 불안한 기색으로 달빛 아래 드러난 집 문 쪽을 내려다보았다. 아직 특별한 낌새는 보이지 않았다. 집까지 어느 정도 거리가 있다고는 하지만 여기서 노래를 부르는 것은 '나 여기 있소!' 하고 소리치는 것과 다름없었다.

"이 세상에서 제일 훌륭한 노래는… 누구든 그 자식의 어미가 즐겨 부르는 노래일 것 같아. 어제 새벽 집으로 돌아갈 때 갑자기 그런 생각이 들더라."

갑자기 목이 멘 이복재는 그것을 감추기 위함인 듯 술을 연거푸 마셔대더니 다시 말했다.

"어머니를 용서했어. 어머니가 내 손을 붙잡고 과거 시험 못 치르게 된 거 용서해달라고 하더라. 눈물을 흘리면서 용서해달라는데 면전에서 어떻게 외면하며 돌아서겠냐. 새 영감 만나 잘 살라고 했어. 어머니가 좋아하던 노래 한 곡조 해도 될까?"

그때, 거짓말처럼 가야금 소리가 바람에 실려 오자 이복재가 들뜬 목소리로 말했다.

"바로 저 곡조야! 언제나 내 심금을 울리는 것은."

"홍나미의 집에서 들려오는 것 같은데."

"홍나미가 손수 가야금을 뜯는 건가? 너, 저 곡조가 무슨 곡조인 줄 알아?"

"모르겠는데."

"명창 김용임이 저 곡조에 맞춰 노래를 부르는데… 요즘 시중에 대유행이야. 권세 있는 가문에선 부모님 회갑 때 김용임 못 불러 안달이 날 정도지. 아, 그러고 보니 생각나네. 성도겸 어른 있지? 권호철이 죽었을 때 너랑 가장 먼저 피맛골로 달려갔잖아. 그 양반 몇 년 전부터 빈사賓師[9]로 입에 풀칠하는데 어떤 부잣집 잔칫날에 나보고 같이 가자고 했어. 거기서 김용임을 봤는데 노래 하나 기가 막히게 잘하더라. 그런데 들어보니까 우리 어머니가 맨날 웅얼거리던 노래더라고."

---

9   선비의 신분으로 서민들의 경조사에 참여하는 대가로 돈을 받는 직업.

이복재는 천연덕스럽게 노래를 부르기 시작했다.

　　가슴을 흔드는 가야금 소리
　　달빛 실은 가야금 소리~

길게 이어지던 이복재의 노랫소리가 멈추자 약속이나 한 듯 가야금 소리도 뚝 끊어졌다.

이복재는 구성지게 부른 노랫가락에 스스로 도취해 술을 바닥까지 마시고 있었다. 그때였다. 줄곧 지켜보던 집의 대문이 열리더니 누군가가 고개를 빠끔히 내밀어 길가 좌우를 두리번거렸다. 어두웠지만 예의 쓰개치마를 입은 여인임을 직감할 수 있었다. 여자 혼자 몸으로 이런 시각에 밖을 나서는 것부터가 수상했다.

"드디어 입질이 왔어."

박문수가 허리를 쿡 찔렀지만 이복재는 반응이 없었다. 취기가 오를 대로 올랐는지 굵은 나뭇가지에 등을 기댄 채 눈을 감고 있었다. 그러고 보니 코까지 쌔근쌔근 골고 있었다.

오른손에 큰 보자기를 든 여인은 빠른 걸음으로 흥인문 방향으로 걷기 시작했다.

박문수는 미리 준비했던 서찰을 이복재의 품에 넣어두고 느티나무를 내려와 서둘러 여자의 뒤를 쫓았다. 인경[10]이 가까워져 오는 시각이라 거리에는 행인이 드물었다.

다행히 달빛이 밝아 미행은 순조롭게 진행되었다. 오간수문을 벗어났을 때 뒤에서 통금을 알리는 종소리가 들려왔다.

쓰개치마를 쓴 여인은 겁이 없는 것 같았다. 성 밖을 나서자 인적이 거의 끊기다시피 했는데도 걸음걸이에는 조금도 흐트러짐이 없었다. 뒤

10　통행금지를 알리기 위해 밤 10시에 쇠북을 스물여덟 번 치던 일.

를 돌아보거나 움츠리는 기색이 없이 꾸준히 걸어갔다. 큰길에서 벗어나더니 얕은 언덕길을 오르기 시작했다. 익숙한 길인 듯 방향이 바뀌는 지점에서도 주저하지 않았다.

이윽고 여인의 발길이 머문 곳은 소나무 숲 밑 무덤이었다. 봉분은 두 개였다. 왼쪽에는 제단석이 있었고 오른쪽에는 없었다. 여인은 보자기를 내려놓고 쓰개치마를 벗었다.

오른쪽 봉분 앞에서 가볍게 합장하더니 보자기를 풀었다. 몇 가지 제기와 제물이 나왔다.

여인은 그것을 정성스레 봉분 앞에 차렸다. 마지막으로 술잔을 앞에 놓은 여인은 제대로 예의를 갖춰 절을 올렸다. 그것을 숨죽이며 지켜보던 박문수는 자신의 추측이 맞은 것에 내심 쾌재를 불렀다.

왼쪽 봉분에는 비석과 제단이 갖춰져 있지만, 오른쪽 봉분에는 아무것도 없어 상대적으로 초라해 보였다. 나란히 놓여 있지만 않았다면 오른쪽 봉분은 버려진 무덤으로 보일 수도 있었을 것이다.

박문수는 생각했다. 저 봉분은 틀림없이 홍순남의 것이다. 홍순남을 묻은 무덤이 틀림없다.

마침내 발소리를 죽여 다가간 박문수가 말했다.

"홍 소사!"

홍나미가 깜짝 놀라 돌아봤다.

"허튼수작 마시오. 괜한 소동을 일으키고 싶지 않소이다."

달빛 아래 드러난 홍나미의 얼굴은 쪽 찐 머리를 했음에도 불구하고 홍순남으로 변복했을 때와 너무나 흡사했다. 홍나미는 대담하게도 아무런 표정의 변화 없이 박문수를 정면으로 바라봤다.

"이거 오빠 홍순남의 무덤이지요?"

"…"

"말 안 해도 파보면 알겠죠. 홍순남의 유품 한두 점이야 같이 묻었을 테니까. 그보다도 납치한 연 낭자는 어디 있소?"

박문수는 하마터면 홍나미의 멱살을 거머쥘 뻔했다

"절 순순히 보내줘요. 연 낭자는 곧 풀어줄 테니까."

다행히 예상은 빗나가지 않았다.

"살아 있기는 한 거요?"

"살아 있어요."

박문수는 가슴을 쓸어내렸다.

"지금 어디 있소?"

"말할 수 없어요."

"대체 연 낭자는 왜 납치한 거요? 이번 일과 아무 관련이 없는데."

"연 낭자가 과천 주막에서 이문환에게 독약을 먹일 때의 내 모습을 알아봤기 때문이에요."

"그건 말도 안 되는 소린데. 연 낭자가 어떻게 당신을 알아봐? 부군당에서 도망갔던 당신이 늙은 선비로 변장한 모습으로 돌아와 삼개 밥집을 들락거렸단 말인가?"

"그건….'

허를 찔린 듯 홍나미는 눈에 띄게 더듬거렸다.

"아무튼 이문환과 권호철은 죽어야 할 사람들이었어요."

"법문에 고발했어야지."

"말은 쉽죠. 그들의 배후에 노론이 버티고 있는데 어떻게 법문에서 해결해주길 바랍니까?"

"노론이 개입됐나?"

"이문환과 권호철은 노론이에요. 우리 집 또한 노론이고요. 노론이 조직적으로 개입한 것은 아니지만 사건이 터지자 노론은 그것이 노론 전체의 추문으로 번질까 봐 조기 진화에 나선 거죠."

예상대로였다.

"이문환과 권호철이 큰오빠 홍귀남을 죽였다는 증좌가 있었나?"

"직접 증좌는 없지만 정황 증좌는 충분했어요."

"술을 마시다 시비가 붙은 거?"

"누가 그런 소릴 해요?"

"결정적인 물증이 없다 보니 이런저런 말이 오가는 모양이던데."

"혹시 태학생 장의 허문창 사건을 아시나요?"

박문수도 들어 대충은 알고 있었다. 숙종과 장희빈의 아들인 원자(후일 경종이 된다)의 일로 허문창이 소를 올려 정치적 문제로까지 비화된 사건이었다.

"알고 있소."

"그러나 그 이면은 잘 모르실 거예요. 제 오라버니는 노론이었지만 성균관 권당에 참여하지 않으셨죠. 노론인데 노론의 당론을 거역한다는 것이 어떤 의미인지는 잘 아실 거예요. 모두 다 합심해서 도기를 거부하는데 혼자 그게 잘못된 당론이라고 판단하고 식당에 나가 식사를 하셨죠. 제 오라버니로서도 쉽지 않은 결정이었을 거예요. 더구나 제 오라버니가 누굽니까? 노론 선배들의 총애를 받던 당대 최고의 태학생이었죠. 그러니 노론 측의 배신감이 오죽했겠어요? 당연히 노론 측은 그에 상응하여 뭔가 벌을 주어야 한다고 생각했겠죠. 그런 생각을 앞장서서 실행에 옮긴 사람이 권호철과 이문환이었고요. 권호철은 나중에 자신에게 노론 측의 아무런 배려가 없자(그자는 오빠가 죽은 뒤 대과 입격을 노론 측에 요구했다는 걸로 봐서 오빠를 계획적으로 죽였을 가능성이 높아요) 그 일로 노론 측과 틀어져 소론으로 변절하게 된 거고요. 아무튼 그 문제로 작은오빠가 그들을 찾아가 따진 적도 있었어요. 하지만 그들과의 만남이 잦아지면서 작은오빠의 태도가 어느 순간 변해버렸죠. 태학생으로 받아들이겠다는 그들의 제의가 작은오빠의 거센 태도를 결정적으로 누그러뜨린 것 같아요. 전 처음부터 반대했지만 작은오빠는 결국 유혹의 손길을 거부하지 못했어요. 그러나 저는 그것이야말로 그들에게 뭔가 뒤가 구린 게 있다는 확실한 증표라고 생각했어요. 저는 작은오빠가… 제 입으로 이미 고인이 된 작은오빠에게 이런 말을 하는 건 좀 그렇지만… 성균관 생활에 적응하지 못할 거라고 예상했었어요. 권문세가의 자제 말고는 조선팔도에서 내로라하는 수재들만 모인다는 곳이 성균관인데, 사실 오빠는 공부에 재능이 없었으니까요. 그래서 번민도 많았고 속상한 마음에 남몰래 눈물도 많이 흘렸었죠. 그러다가 급기야는 권호철, 이문환과도 사이가 벌어졌던 것 같아요. 그들만이 유일하게 오빠를 위로할 수 있는 사람들이었는데 그들조차 외면했던 것 같아요. 오빠는 시름시름 앓다 결국 태학을 그만두고 드러누웠지요. 참, 알 수 없는 일이었어요. 오빠가 만일 성균관 입학을 꿈으로만 남겨두었더라면 살아갈 의욕마저 꺾이지는 않았을 거예요. 오빠는 자신의 능력에 절망한 나머지 폭음을 일삼고 사귀던 사람들과도 교분을 끊었지요. 식사를 거른 채 거의 두 달 동안 술만 마셔대다가 그만… 불귀의 객이 되고 만 거예요. 그렇게 되리라는 걸 알았던지 오빠는 저에게 유지遺志를 남겼어요. 큰오라버니의 원수를 갚아달라고….”

“그렇다면 심률 하석기는 왜 죽였나? 그 사건과는 아무 관계가 없을 텐데.”

“그건 말하지 않겠어요.”

“도무지 이해가 가지 않아. 아무리 생각해도 당신이 하석기를 죽일 이유가 없거든.”

“저로선 알려드릴 만큼 알려드렸어요. 제가 언제까지 선비님의 궁금증을 해소해줄 거라고 생각하세요?”

“홍순남의 실체가 여동생 홍나미로 밝혀진 이상 궁금한 게 한둘이 아니지. 언문은 쓸 줄 아나?”

홍나미는 영문을 몰라 멍하니 바라보았다.

“화살에 꿴 편지를 쓴 사람은 누구지? 당신이 《예기》를 인용했을 것 같진 않은데.”

“더 이상 대답하지 않겠어요. 절 그냥 보내주세요. 연 낭자는 반드시 돌려보낸다고 약조할게요. 홍순남의 이름으로 이문환을 죽였다고 서찰에 밝힌 이상 연 낭자의 어머님도 풀려날 거고요. 다시 말하지만, 그들은 죽어야 마땅했어요. 이미 우리 집은 멸문을 당한 거나 마찬가지예요. 절 잡아서 끝내 죗값을 받게 해야 직성이 풀리겠어요?"

"죄가 있는지 없는지는 법문이 판단할 일이오."

"냉정하시군요. 절 믿으셔야 해요. 그래야 저도 살고 연 낭자도 살 수 있어요."

홍나미는 박문수를 비켜가려고 했다. 박문수가 가로막았다.

"연 낭자를 살려준다는 보장만 있으면 당신을 그냥 보낼 수 있소. 하지만 지금 그 언약이 당장의 위기를 모면하기 위한 감언이설이 아니란 걸 누가 알겠소?"

"그러니 믿으셔야 해요. 비키세요!"

"아니 되오. 나와 함께 연 낭자가 있는 곳으로 갑시다. 연 낭자를 넘겨받으면 그땐 내 이 모든 일을 깨끗이 포기하고 잊으리다."

"저 또한 선비님을 믿을 수 없어요."

기어이 비켜가려는 홍나미를 박문수가 가로막으며 손목을 잡아 비틀려고 할 때였다.

박문수는 뒤통수에 엄청난 충격을 느끼며 그 자리에 쓰러지고 말았다.

(계속)

"

경험을 적절한 언어 표현에 최대한 가까운 무언가로 옮겨야만 하는 것은 관점에 따라 작가의 축복이거나 작가의 병이다. (…) 말로 서술되지 않은 삶은 진정으로 체험되는 삶이 아니라고 생각하는 것이 어떤 병의 증상이라면, 결국 그것은 적어도 남들에게 진정한 선물을 주게 되는 병이다. 그리고 묘사된 세계를 인식하는 즐거움은 결코 작은 것이 아니다. —《묘사의 기술》 20p, 마크 도티, 정해영 옮김, 엑스북스 2022.

"

"새롭고 매력적인 이야기를 찾는다면 '여성 서사'에 답이 있다"

—영화 〈그녀의 취미생활〉 하명미 감독

인터뷰 진행★김소망

하명미
제20회 부천국제판타스틱영화제 초청작인 단편 〈도르래〉(2016)로 한국영화 최초로 미국 호러 채널 ALTER 채널에 편성되었다. 2019년 제작사 웬에버스튜디오를 설립하고 〈빛나는 순간〉(2021)을 제작, 프로듀싱했다. 〈그녀의 취미생활〉은 그녀의 첫 장편 데뷔작이다.

지난 8월 30일에 개봉한 영화 〈그녀의 취미생활〉은 서미애 작가가 쓴 동명의 단편소설을 영화화한 미스터리 범죄 스릴러물이다. 신인 감독의 첫 장편 영화임에도 불구하고, 제27회 부천국제판타스틱영화제(이하 '부천영화제')에서 처음으로 관객들에게 선보일 때 모든 상영이 매진되고 배우상(정이서), NH농협배급지원상이라는 2관왕을 차지하며 화제를 모았다. 연출을 맡은 하명미 감독은 고두심 배우가 제주 해녀 역으로 분한 멜로 영화 〈빛나는 순간〉의 공동제작을 담당한 영화사 웬에버스튜디오의 대표이기도 하다.

영화는 원작과 동일하게 폐쇄적인 작은 시골 마을에서 도망간 젊은 여성이 다시 마을로 돌아오며 시작한다. 하명미 감독은 인터뷰에서 '그럼에도 들꽃처럼 살아남는' 여성의 이야기에 관심이 많다고 말했다. 그에게 여성 서사란 자신의 젠더와는 무관하게 아직 발굴되지 못한 보물창고다. 짧은 분량의 단편소설에서 출발한 우아한 여성 미스터리 장편 영화 〈그녀의 취미생활〉에 대해 궁금한 점을 하명미 감독에게 물었다.

〈그녀의 취미생활〉은 어떤 영화인가요?

폐쇄된 공동체 마을에서 최약체로 살아가는 여성 정인(정이서)과 도시에서 마을로 이사 온 여성 혜정(김혜나)이 만나 자신의 삶을 되찾아가는 과정을 그린 미스터리 범죄 '힐링' 스릴러입니다. '힐링 스릴러'라는 말은 부천영화제에서 보신 관객들이 이야기해준 것입니다. 스릴러 영화이지만 보고 나면 힐링이 된다고 한 점이 마음에 들어 저도 그렇게 소개하고 싶습니다.

원작 소설을 영화화하게 된 계기가 궁금합니다.

지인들과 동석한 자리에서 서미애 작가님을 처음 만나게 되었습니다. 그 자리에 영화 〈미싱타는 여자들〉의 김정영 감독님도 계셨는데 이분이 제게 소설 〈그녀의 취미생활〉의 영화화를 제안해주셨습니다. 김 감독님은 제가 2016년 부천영화제 때 선보인 단편영화 〈도르래〉를 좋아해주신 분이기도 하고 워낙 기획력도 좋고 진실한 분이라 신뢰가 컸습니다. 소설을 읽자마자 이건 내가 잘 아는 이야기라는 생각이 들었고 저와 제 친구들의 삶을 여러 메타포에 담아 표현하고 싶은 욕망에 사로잡히게 됐습니다.

각색 과정에서 가장 크게 바뀐 부분이나 끝까지 고수하려고 하신 부분은 어떤
것인가요?

가장 크게 바뀐 부분은 역시 정인의 남편인 광재(우지현)가 등장한다는 것입니
다. 원작 소설은 정인의 남편이 등장하기 직전에 끝나는데요. 영화에서는 극
의 흐름을 쫄깃하게 변환시키는 안타고니스트로 강렬하게 등장합니다. 광재
캐릭터를 입체화하는 일이 영화화 과정에서 가장 크게 추가된 부분입니다.
전반적으로는 원작의 디테일을 최대한 살리기 위해 노력했고 가장 애쓴 부분
은 '애호박 하우스' 장면입니다. '비닐봉지 속에 갇혀 딱 그만큼만 자란 똑같은
규격의 애호박'이라는 구절을 표현하기 위해 애호박에 비닐을 씌우는 장면인
데 원작에 표현된 밀도를 그대로 구현하기 위해 노력했습니다. 결과적으로는
잘 표현된 것 같아 만족스럽습니다. 또한 정인과 혜정의 관계 역시 원작에서
보다 더 높은 밀도로 그려냈습니다.

244

서미애 작가님이 원작에 대해 《미스테리아》에 실릴 당시부터 많은 관심과 영
화 관계자들의 러브콜을 받은 작품이라고 인터뷰에서 이야기하신 적이 있습
니다. 작가님과의 작업은 어떠셨나요?

신인 감독인 제게 서미애 작가님은 큰 버팀목 같은 존재였습니다. 원작과 설
정을 달리해야 할 때마다 전화로 연락드리면 늘 제게 창작의 자유를 선물해
주셨습니다. 가장 힘든 촬영 현장에도 찾아와주시고, 핫도그와 커피차 선물로
응원해주셔서 그 힘으로 촬영을 마칠 수 있었습니다.

여러 방면에서 여성들이 연대하는 작품인 것 같습니다. 감독님께서 여성 서사
영화를 정말 좋아하신다는 인터뷰 글을 읽었습니다.

저는 '여성'이 주인공인 영화에 큰 매력을 느끼는 편입니다. 어느 매체에서는
제가 '여성'이기 때문이라고 짧게 표현되기도 했는데 사실 젠더와는 무관하게
아직 발굴되지 못한 '여성'들의 서사가 보물창고처럼 느껴집니다. 아직 이야
기되지 못한 여성 캐릭터들이 무궁무진합니다. 작가이자 감독으로서 새롭고
매력적인 이야기를 찾아야 한다면 '여성 서사'에 답이 있다고 말씀드리고 싶
습니다.

관련해서 인상 깊게 보신 콘텐츠로는 어떤 것이 있나요?

좋아하는 영화, 드라마, 책이 너무 많아 열거하기 어려울 정도입니다. 오히려
제가 좋아하는 여성 캐릭터와 서사를 말씀드리고 싶어요. 들꽃처럼 살아남아
빼앗겼던 목소리를 되찾고 자신에게 불친절한 세상에 굴복하지 않는 여성들
의 이야기를 좋아합니다. 독자 여러분 역시 각자 떠올리는 영화와 드라마가
있으리라 생각합니다.

영화 속 주인공들처럼 감독님 역시 폐쇄적인 공동체에서 살아본 경험이 있다
고 들었어요.

2013년에 시나리오 작업을 위해 제주의 어촌마을로 귀촌했습니다. 그때는 제
주를 마냥 아름답고 이상적인 곳으로 바라봤습니다. 그런데 몇 년 지나다 보
니 제가 '이주민', '이방인'으로서 눈에 띄지 않게 조용히 숨죽이며 살아가고
있다는 걸 깨달았습니다. 마을에서 주차 문제를 겪거나 내 집에서 새어 나오
는 불빛 때문에 이웃집 어르신이 잠을 이루지 못한다는 이야기를 들으면 차를
멀리 주차하고 돌아오기도 하고 어르신이 잠든 시간에 방의 불을 끈 채 지내

야 하기도 했습니다. 물론 이웃을 배려하는 것이라 생각할 수도 있지만, '내 집 마당에서 친구들과 크게 대화조차 하지 못하는 이유가 뭘까' 생각해보니 친구들이 겪은 말도 안 되는 텃새와 폭력적인 일이 내게도 벌어질까 두려워서였습니다. 제주 이웃들보다는 같은 환경 속에 있는 이주한 여성들과의 연대가 끈끈해질 무렵 두려움도 조금씩 옅어지고 제 목소리도 되찾을 수 있었습니다. 영화 속 캐릭터들이 겪는 다양한 이야기는 어쩌면 현재 폐쇄된 조직에서 최약체에게 일어나는 크고 작은 사건과 다르지 않습니다.

영화 역시 같은 환경 속에서 연대하는 여성들의 이야기인데요. 혜정의 역할이 원작보다 영화에서 훨씬 더 중요해진 것 같습니다. 혜정의 감정과 생각을 관객이 더 가까이에서 들여다볼 수 있게 됐고, 혜정이 정인에게 보다 적극적으로 영향력을 행사하며 두 사람이 점차 닮아가는 과정을 지켜보는 버디 무비의 재미가 컸습니다.

원작의 혜정은 미스터리한 긴장감을 가지고 있습니다. 영화에서는 이런 혜정의 감정과 생각을 이미지로 보여주는 것에 집중했습니다. 여전히 미스터리하지만 그녀가 지옥에서 살아 돌아온 인물로 표현되길 바랐습니다. 그렇게 사연 있는 혜정이 과거의 자신을 보듯 정인을 보고 연민을 느끼길 바랐습니다. 정인과 혜정은 이질적이면서 동질감을 갖고 있습니다. 그러니까 '두 사람'이지만 '한 사람'일 수 있고 그것은 내가 내 미래와 조우하는 SF적 관계일 수 있습니다.

감독님이 영화에서 전하시고 싶었던 메시지가 가장 잘 녹아 있는 부분은 어떤 곳인가요.

정인이 "언니 죽지 마요" 하면 혜정이 "정인아, 나는 절대 지지 않아"라고 대답하는 부분입니다. 볼 때마다 뭉클해집니다. 이 대사를 연기하다 혜정 역의 김혜나 배우는 실제로 울기도 했습니다. 강인해야 할 장면이니 눈물을 참아달라고 요청해서 꾹 참고 힘을 주며 연기했는데 그게 참 좋은 장면이 되었습니다. 저는 물론 모니터 앞에서 혼자 훌쩍였지만요.
사실 이 대사는 현장에서 설왕설래가 많았던 대사이기도 한데요. 제가 배우들을 설득해 구현해낸 대사입니다. 촬영 전날에 써서 전달했기 때문에 문학적이고 기이한 이 뉘앙스를 제대로 살려준 배우들이 대단하고 고맙기도 합니다.

포스터에 이 영화의 장르명이 '킬링 워맨스릴러'라고 적혀 있는데요. 감독님이 연출하신 〈도르래〉(2016)는 코믹 호러물이었고, 그전에 작업하신 필모그래

피를 살펴보면 코미디, 드라마 등 장르가 다양했습니다. 앞으로는 어떤 결의
작품을 만들고 싶으신가요?

> 저는 잔잔한 드라마보다 장르물에 더 매력을 느낍니다. 코미디와 호러는 같은
> 장르로 보고 있고요. 인간의 원초적인 반응을 끌어내며 깊은 주제로 다가가게
> 하는 방식을 선호합니다. 저는 긴장감 있는 미스터리한 서사의 스릴러 장르물
> 을 통해 인간의 다양한 면을 탐구하고 싶습니다.

아직 영화를 보지 못한 분들께 관람 포인트를 말씀해주신다면?

> 영화 〈그녀의 취미생활〉은 정인과 혜정이 겪은 고통이 직접적으로 묘사되는
> 영화는 아니지만 그녀들의 아픈 역사에 깊게 공감하며 본다면 영화의 진심이
> 전해지리라 믿습니다. 미스터리 범죄 스릴러 장르답게 영화적인 재미와 유머
> 를 놓치지 않으려 했습니다. 이 영화를 처음 보는 분들은 영화적 사운드와 영
> 상미에 온전히 집중할 수 있는 환경인 극장에서 관람하시길 바랍니다.

김소망 평생 영화와 책 사이를 오가고 있다. 대학에서 영화 연출을 전공했고 현재 직업
은 출판 마케터. 마케터란 한 우물을 깊게 파는 것보다 100개의 물웅덩이를 돌아다니며
노는 사람과 비슷하다는 생각을 한다. 운 좋게 코로나 전에 다녀온 세계 여행 그 후의 삶
을 기록한 여행 에세이 외전, 《세계 여행은 끝났다》를 썼다.

본격 미스터리를 좋아한다면 놓치지 말아야 할 일본 드라마 〈열쇠가 잠긴 방〉

—원작 소설보다 매력적으로 진화한 캐릭터를 만나다

★ 쥬한량(https://in.naver.com/netflix)

네이버 영화 인플루언서. 장르를 가리지 않고 영화와 드라마를 리뷰하지만 범죄, 미스터리, 스릴러를 특히 좋아합니다. 2022년 버프툰 '선을 넘는 공모전'에 〈9번째 환생〉이 당선되면서 웹소설 작가로도 활동을 시작하였습니다.

어릴 땐 트릭에 집중된 미스터리물을 많이 봤다면, 최근엔 그쪽 장르를 조금 등한시한 게 사실입니다. 어느 순간부터 쓰는 처지에서 (건방지게도) 그런 트릭은 마음만 먹으면 얼마든지 짜 맞출 수 있다고 생각했거든요. 그래서 '진짜로 답이 없는' 사람의 심리에 집중한 심리 스릴러나 미스터리물을 즐겨 보았습니다.

그러다 얼마 전 아는 작가님의 추천으로 이 작품을 뒤늦게 봤습니다. 본격 미스터리 중에서도 '밀실'을 중심으로 다루는데, 오랜만에 이런 작품으로 머리 회전을 시켜보니 꽤 즐겁더군요. 트릭이 치밀하고 설득력도 있었기 때문일 텐데요(그래서 또 아무것도 모르고 지껄였구나, 반성!), 소설 원작이 있는 작품이라 비교해서 보면 더 재미있을 것 같아서 최근에는 원작도 읽었습니다.

이 드라마는 기시 유스케 작가가 쓴 여러 권의 책을 하나의 시리즈로 만든 작품입니다. 특히 첫 번째 에피소드가 포함되고 드라마의 제목도 따온 책은 《자물쇠가 잠긴 방》으로 출간된 단편집입니다(왜 책 제목에선 '자물쇠'이고 드라마에선 '열쇠'인지 궁금하시죠? 일본에서는 열쇠[鍵]와 자물쇠[錠]를 혼동해서 쓰는 경우가 많아서 원제는 열쇠가 맞지만, 우리말로는 자물쇠가 맞기 때문에 책은 그에 준한 제목으로 출간되었다고 하네요).

드라마는 총 열 개의 에피소드지만, 마지막 두 개의 에피소드는 하나의 이야기를 2화로 나눴습니다. 책으로는 오히려 맨 처음 출간된 장편 《유리 망치》를 각색한 것인데, 드라마에서는 해당 에피소드의 무게를 생각해서인지 마지막에 배치했습니다. 그리고 시리즈 종영 후 스페셜 에피소드도 추가로 제작되었습니다만, 아쉽게도 현재 한국에서 서비스되는 OTT에서는 볼 수 없습니다.

소설 역시 좋았지만, 역시 저는 영상화한 드라마가 훨씬 이해하기 편해서 재밌었는데요, 이번 리뷰에서는 그 이유를 중심으로 정리해볼까 합니다.

트릭은 이해부터 힘드니까 설명이라도 쉽게

본격 미스터리는 이른바 수수께끼 풀이에
가깝습니다. 던져지는 수수께끼(트릭)를 먼저
이해해야 풀 수도 있죠. 하지만 트릭이 복잡하고
정교할수록 글로 표현하기도, 읽어서 이해하기도
어렵습니다. 그래서 영상이나 그림을 통해
시각화되면 트릭을 푸는 데 더욱 집중할 수
있으니 영화나 드라마로 보면 훨씬 재밌을
수밖에 없죠.

입체적으로 각색된 캐릭터에
드라마 오리지널 캐릭터의 매력까지

드라마의 주요 캐릭터는 총 세 명입니다.
서술자인 변호사 아오토 준코(토다 에리카),

준코의 상사인 세리자와(사토 코이치), 그리고
탐정 역할을 하는 방범업체 직원 에노모토(오노
사토시)가 나오죠.
준코는 엉뚱한 짓을 자꾸 벌여서 시청자가
복장 터지게 하는 때도 있습니다만(특히 첫 번째
에피소드에서 은행 금고문을 닫아버리는 장면), 세 명
중 가장 현실적이고 정상적인 캐릭터입니다.
드라마에서 이야기를 진행시키는 가장 큰
원동력이기도 하죠. 약간의 정의감과 집요함,
거기에 호기심이 더해져서 그녀 없이는
사건들이 엮이지 않습니다.
세리자와는 이 드라마에서 제가 가장
애정하는 캐릭터인데요, 사건 해결과는 별개로
소소한 재미를 선사하는 역할을 합니다.
물론 꼰대스러움과 허세 쩌는 모습에 영
못마땅해하는 시청자도 있겠지만, 그러다가도
간혹 정의로운 모습을 보일 때는 또 그만한 반전

매력도 없거든요. 세리자와는 사건 해결에는 거의 아무런 역할을 하지 않지만(물론 따지고 보면 준코도 딱히…), 에피소드 사이의 연결과 캐릭터 간의 상호작용을 자연스럽게 만듭니다.

그런데 이 엄청난 캐릭터가 원작 소설에는 없는, 드라마의 오리지널 캐릭터였더군요. 아마도 드라마 작가들이 분리되어 있던 원작 소설들을 하나로 연결하기 위해 각각의 에피소드에서 등장했던 여러 캐릭터의 역할을 세리자와로 융합한 것 같은데, 성공적인 각색이었습니다. 특히 원작 소설에서는 준코와 에노모토가 오로지 설명을 위해 구사하던 대사가 세리자와에게로 넘어가면서 역할이 확장된 부분이 눈에 띄는데, 그게 캐릭터들의 특성까지 강화해서 드라마틱한 구성으로 거듭나더라고요. 그래서 제겐 이 아저씨가 없는 〈열쇠가 잠긴 방〉은 상상하기 어렵습니다.

가장 중요한 역할을 하는 에노모토는 방범업체 직원이지만 어딘지 모르게 오히려 도둑질에 최적화된 듯 보이는 인물로, 진짜 정체를 숨기고 있는 듯한 분위기를 연신 풍깁니다. 하지만 그 정체는 스페셜 에피소드에 이르기까지도 명확하게 밝혀지지 않습니다. 자물쇠를 여는 것에 상당히 오타쿠적인 기질을 발휘하기 때문에 범인을 특정하는 것보다 트릭 깨는 걸 우선합니다. 그래서 범인을 궁금해하는 다른 인물들과 대치되는 발언을 할 때마다 우리는 그가 얼마나 독특한 인간인지 깨닫게 되죠. 하지만 그러한 특성 덕에 사건을 풀어낼 수 있는 캐릭터이기도 합니다.

과장된 만화적 연출이 오히려 재미를 더한다

일본 드라마는 '너무 만화 같다'는 느낌을 줄 때가 많습니다. 과장된 상황과 캐릭터, 대사, 행동이 만화책에서나 볼 수 있음직한 모습으로 펼쳐지기 때문입니다. 하지만 본격 미스터리 자체가 '판타지'라고 일컬어지는 장르이기도 하니, 드라마에서는 그런 연출이 되레 자연스럽게 어울립니다(우리에게 가장 익숙한 본격 미스터리의 대표격이 바로 코난과 김전일 시리즈니까요). 그래서 드라마에서는 에노모토의 캐릭터가 소설에서보다 더 만화적으로 표현되었습니다. 방범업체에서 일하지만 지하 외딴 사무실에서 홀로 근무하며 온갖 자물쇠를 모아두고 종일 그것들을 연구합니다. 냉정하고 딱딱한 말투를 구사하고 준코와 제대로 된 대화도 못(안) 합니다. 머리는 좋은 것 같은데 감정이라곤 쥐뿔 정도만 있는 것 같고, 트릭 풀이를 고민할 땐 오른손 엄지와 검지를 마구 비벼대며 머리를 굴리다가 트릭이 풀렸을 땐 매번 이렇게 말합니다.

"밀실은 깨졌습니다(密室は破れました)."

"범인은 이 안에 있어!"라고 외치는 전형적인 만화 주인공이 떠오르지 않습니까? 그래서 유치하다고 느끼면서도, 시청자는 에노모토의 희열을 함께 느끼는 자신을 발견하게 됩니다. 별개로, 에노모토 역을 맡은 오노 사토시의 인터뷰를 우연히 보게 되었는데, 머리 좋은 에노모토를 연기하느라 엄청나게 길고 복잡한 대사를 한 테이크로 찍어야 할 때가 많았다고 합니다. 그게 너무 길고 어려워서, 작가들이 일부러 자기를 괴롭히려는 게 아닌가 의심하기도 했다고 해요.

깔끔한 밀실 트릭과 성공적인 캐릭터 소개를 보여준 첫 번째 에피소드

저는 전체 에피소드 중에서 첫 번째 에피소드 〈서 있는 남자〉를 가장 좋아합니다. 어느 정도의 상식선에서 트릭이 구성되어 시청자에게 맞히는 재미를 주면서 주요 등장인물의 특성도 상당히 잘 소개해냈기 때문입니다.

장례업체 회장이 밀실에서 의문스럽게 자살한 사건이 벌어지자, 회장의 친구였던 다른 회장이 세리자와 변호사에게 추가 조사를 의뢰하면서 본격적인 이야기가 시작됩니다. 특히 용의자로 의심되는 인물은 이미 있는 상황('누가', 그리고 '왜')이라 '어떻게' 밀실을 만들었는지만 알아내면 해결할 수 있었지만, 밀실은 창문이 완전히 닫혀 있었고 방문엔 압정이 빼곡히 박힌 천으로 막힌 상태였습니다. 거기에 시체가 천 앞에 쪼그려 앉은 모습인 데다 20킬로그램에 달하는 탁자와 소파까지 시체를 가로막고 있었죠.

하지만 여러분도 아시다시피, '너무 이상할수록' 의심해봐야 합니다. '무언가를 위해서' 그런 부자연스러운 상태를 만든 게 분명하니까요. 이 트릭을 밝히는 과정에서 소심하지만 정의롭고 집요한 준코의 성격이, 자물쇠에만 집착하는 에노모토의 천재성과 의뭉스러운 특성이, 허세를 떨지만 제 역할이 필요할 땐 망설이지 않고 나서주는 세리자와의 개성이 퍼즐처럼 착착 맞아떨어져 큰 재미를 선사합니다.

저는 특히나 세리자와의 행동이 코믹해서 웃음을 참을 수가 없었는데요, 여러분도 카메라 초점 뒤에서 엉거주춤 자신의 역할을 다하는 그를 놓치지 마시길!

드라마 에피소드와 원작이 수록된 소설책을 확인할 수 있는 매칭 리스트도 참고하세요.

254

《희망의 끈》

히가시노 게이고 지음·김난주 옮김·재인

한이   왜 범죄를 저질렀는가?(why done it)에 대한 히가시노 게이고의 끈질긴 천착이 빛
       을 발한다.

《풍수전쟁》

김진명 지음·이타북스

박상민   세뇌라는 것의 무서움에 대해 생각해보게 된다.

《여고생 핍의 사건 파일》

홀리 잭슨 지음·장여정 옮김·북레시피

조동신   범죄의 그림자는 얼마나 넓고 길게 뻗어가는가.

《악의 사냥》

크리스 카터 지음·서효령 옮김·북로드

조동신   비슷한 콘셉트라도 각각의 악의는 표현하기 어렵다.

《모든 것의 이야기》

김형규 지음 · 나비클럽

한이   소설이 영상화를 위한 원천 소스 취급을 받는 시대에 다시 이야기의 진정성을 말하다.

《파괴자들의 밤》

서미애, 송시우, 정해연, 홍선주, 이은영 지음 · 안전가옥

박상민   여자도 남자를 파괴할 권능이 있다.

이영은   지금 현재 한국 미스터리 씬을 대표하는 작가들의 각기 다른 개성과 스타일을 볼 수 있다.

《보이 프럼 더 우즈》

할런 코벤 지음 · 노진선 옮김 · 문학수첩

한이   실종과 유괴 사건의 외피를 쓴, 탐정이 된 모글리의 현대 가족 탐구.

《사설탐정사의 밤》

곽재식 지음 · 문학과지성사

김소망   매력적인 탐정 캐릭터. 미지근하게 끝나는 결말은 종종 답답하다.

《하얀 마물의 탑》

미쓰다 신조 지음 · 민경욱 옮김 · 김영사

박상민　세대를 이어 대물림되는 운명, 또는 우연에 관한 이야기

《퇴고의 힘: 그 초고는 쓰레기다》

맷 벨 지음 · 김민수 옮김 · 윌북

한이　제발, 제발, 제발 이 책을 읽어라. 당신의 원고를 쓰레기에서 작품으로 만들어줄 것이다.

《세계관 만드는 법》

이지향 지음 · 유유

한이　독창적인 세계관이 필요한 곳은 MCU(마블 시네마틱 유니버스)만이 아니다.

《명탐정의 제물》

시라이 도모유키 지음 · 구수영 옮김 · 내친구의서재

박상민　이렇게 소름 돋는 제목이라니….
조동신　빈대떡 좋아하는 사람에게 추천한다. 그만큼 뒤집기를 잘한 작품이다.

《폭탄》

오승호 지음 · 이연승 옮김 · 블루홀식스(블루홀6)

조동신 　인간의 윤리와 상식이란 무엇일까.

이영은 　장강명의 《재수사》처럼 윤리에 대한 작가의 생각을 펼치기 위해 작품을 쓴다는 느
　　　　 낌이 든다.

《블랙 쇼맨과 환상의 여자》

히가시노 게이고 지음 · 최고은 옮김 · 알에이치코리아

한이 　　장편 《블랙 쇼맨과 이름 없는 마을의 살인》에서 보여준 임팩트에 비하면 조금은 심
　　　　 심한 단편들의 조합.

《모성》

미나토 가나에 지음 · 김진환 옮김 · 리드리드출판

한이 　　엇갈리는 모녀의 증언 사이로 언뜻 비치는 모성은 놀랍도록 연약하고 바스러지기
　　　　 쉽다. 토다 에리카와 나가노 메이가 구현한 영화도 훌륭하다.

《백수의 크리스마스》

조동신 지음 · 네오픽션

박상민 　크리스마스에는 기적이!

한이 　　일상 미스터리와 본격 미스터리의 영리한 동거.

《테디베어는 죽지 않아》

조예은 지음 · 안전가옥

김소망   복수극이라는 테두리 안에서 달리는 청소년 성장 로맨스물. 영상화된다면 테디베어를 판타로 바꿔주는 것도 고려해주세요.

《이상한 그림》

우케쓰 지음 · 김은모 옮김 · 북다

조동신   이상한 그림만큼이나 이상한 인간의 심리를 보여준다.

《닐 게이먼 베스트 컬렉션》

닐 게이먼 지음 · 정지현 옮김 · 하빌리스

한이   택시 기사의 "어떤 글을 쓰세요? 판타지, 미스터리, 공상과학? 순수문학? 아동서? 시? 평론? 웃긴 얘기? 무서운 얘기? 어느 쪽이에요?"라는 질문에 "전부 다요"라고 대답할 수밖에 없는 작가의 베스트 컬렉션.

《안개 미궁》

전건우 지음 · 북오션

조동신   우리의 머릿속이야말로 세상의 무엇보다 큰 미궁이다.

《바바야가의 밤》

오타니 아키라 지음 · 이규원 옮김 · 북스피어

한이　　싸움을 위해서 무도를 배우지 않는 야수 같은 여자 신도. 바바야가로 불리는 존윅이
　　　　연상된다.

《악마의 게임》

앤절라 마슨즈 지음 · 강동혁 옮김 · 품스토리

조동신　　범죄 피해자나 그 유족들에게 안식은 올 수 있을까.

《출입통제구역》

리 차일드 지음 · 정세윤 옮김 · 오픈하우스

한이　　리 차일드 단독으로 쓴 마지막 책 리처 시리즈답게 전작에서 지지부진해 보였던 액
　　　　션을 한꺼번에 폭발시킨다.

《요란한 아침의 나라》

신원섭 지음 · 황금가지

박상민　　현실보다 더 현실적이어서 누구를 모델로 했는지 궁금해진다.

《이야기들》
닐 게이먼과 26인 작가들의 앤솔러지 · 장호연 옮김 · 문학동네

한이   앤솔러지에 참여한 작가들의 목록만으로도 소장 가치는 차고 넘친다. 하물며 '이야기'의 힘 그 자체에 집중한 단편들이라니…!

《스토리 설계자》
리사 크론 지음 · 홍한결 옮김 · 부키

한이   엄청난 사건과 액션의 연속인 당신의 소설이 왜 지루하고 진부하게 느껴질까? "스토리의 축은 외적 투쟁이 아니라 내적 투쟁"이라는 걸 잊었기 때문이다. 특히 미스터리야말로 내적 차원이 더 깊고 복잡해야 한다.

추리소설가의
딸 납치사건

황세연

추리소설가 왕추리의 딸 왕초희가 납치되었다.

초등학교 3학년인 왕초희는 며칠 전 아버지와 함께 속초 바닷가의 별장으로 내려왔다. 사실 말이 별장이지 거실 하나에 방 두 개짜리 조립주택으로, 왕추리가 주로 집필실로 사용하고 있었다.

사건이 발생한 날은 토요일 오후였다. 왕추리는 자가용을 타고 속초 시내의 마트에 갔고, 왕초희는 별장에 혼자 남아 책을 읽고 있었다. 왕초희의 꿈은 아버지보다 더 유명한 추리소설가가 되는 것이었다. 왕초희는 어려서부터 추리 퀴즈 책과 추리소설을 많이 읽어서 추리력이 좋은 편이었다.

오후 5시쯤 왕추리가 별장으로 돌아왔을 때 달라진 점은 딸이 사라졌다는 것과 작업실 책장의 책 일부가 아무렇게나 꽂혀 있는 것이었다. 그 책꽂이에는 1998년부터 2003년까지 한국추리작가협회에서 출간한 '올해의 (베스트) 추리소설' 시리즈인《실종》,《아웃사이더》,《씨오점케이알 살인사건》,《코카인…여인》,《오해》,《여고동창》,《예전엔 미처서 몰랐어요》,《인간을 해부하다》가 꽂혀 있었는데, 다른 책장에 있던 책《범죄의 해부학》,《인간의 증명》,《황금펜상 수상작품집》,《색의 유혹》,《남극일기》,《자유종·애국부인전》 여섯 권이 기존에 있던 책들 사이사이에 꽂혀 있었다.

사라진 딸 왕초희를 찾던 왕추리는 현관에서 납치범이 남긴 것으로 보이는 메모를 발견했다.

'딸은 내가 데려간다. 딸을 다시 만나고 싶으면 내일 오전 10시까지 아래의 비트코인 지갑으로 비트코인 열 개를 보내라. 경찰에 알리면 딸이 위험해진다.'

왕추리는 경찰에 신고하는 대신 명노안 탐정, 줄여서 '명탐정'이라고 부르는 사설탐정 친구에게 은밀히 연락해 용의자들을 찾아달라고 부탁했다.

명탐정은 은밀히 움직여 별장 주변의 CCTV를 살피고 사람들을 탐문했다. 명탐정은 별장에 왔었거나 별장 인근에 있었던 용의자 네 명을 찾아내 이력과 동선을 조사했다.

용의자들은 모두 자가용이나 개인 트럭을 가지고 있었다.

김내성: 49세 남자. 한때 유명 작가였으나 오랫동안 책을 못 내고 있음. 도박에 중독되어 전 재산을 날리고 빚이 많음. 자가용을 별장 인근 바닷가에 세워두고 검은 옷에 노란색 낚시 조끼, 하얀색 낚시 가방을 들

고 별장 주변을 돌아다녔음. 왕추리와 작가 행사에서 만난 적이 있지만 납치된 왕초희와는 안면이 없음.

홍주선: 38세 여자. 정형외과 의사. 왕추리의 스토커. 왕추리를 쫓아다니며 사랑을 고백하다가 왕추리의 신고로 6개월 징역을 살았고 직장까지 잃었음. 왕추리를 사랑했던 마음이 모두 악감정으로 변했다며 복수하겠다는 말을 주변 사람들에게 공공연히 하고 다님. 납치된 왕초희와는 안면이 없음. 하루 전에 인근 호텔에 투숙했고, 점심 무렵 주황색 원피스에 빨간색 구두를 신고 자가용을 타고 호텔을 나갔다가 밤늦게 돌아옴.

현재훈: 52세 남자. 인근에 사는 별장 관리인. 조현병이 있어 약을 먹고 있음. 왕초희와 잘 아는 사이로 왕초희는 현재훈을 '별장 아저씨'라고 불렀음. 회색 바지에 하얀색 셔츠를 입고 트럭을 타고 집을 나갔다가 밤늦게 귀가함. 가상화폐에 전 재산을 투자했다가 반 이상 날리고, 아내와 이혼 위기에 처해 있음.

이경재: 44세. 강릉에 사는 마약 중독자. 왕추리와 고등학교 동창. 토요일 오후 왕추리의 별장에 왔었다고 스스로 인정. 돈을 빌리러 왔었는데 아무도 없어서 그냥 돌아갔다고 주장. 왕초희와도 잘 아는 사이로 왕초희는 이경재를 '어부 아저씨'라고 불렀음. 온종일 붉은색과 노란색이 섞인 체크무늬 등산복에 노란색 모자를 쓰고 있었음.

추리소설가 왕추리는 명탐정이 보내온 용의자 정보를 살펴보고 범인이 누구인지 바로 알아챘다.

범인은 과연 누구일까?

QR코드를 스캔하거나 나비클럽 홈페이지(www.nabiclub.net)의
〈계간 미스터리〉 카테고리에서 확인할 수 있습니다.

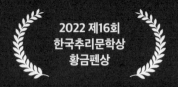

2022 제16회
한국추리문학상
황금펜상

김세화 〈그날, 무대 위에서〉
"한국 정통 미스터리의 정수를 보여준다."
—심사평

2022 제16회
한국추리문학상
황금펜상 수상작품집

추리소설적 감각으로 세상을 해부하며,
장르적 결실과 문학적 성취를 이뤄낸 일곱 편의 작품

김세화   한새마   박상민   김유철   홍정기   정혁용   박소해

독자 리뷰

★sinsc22c

지난 봄호와는 다른 포지션으로 돌아온 백휴의
연재 작품 때문에 다음 가을호가 기다려진다.
문학평론이 아닌 소설 작가로 자리를 바꾼
작가 백휴는 여전히 멋진 글을 보여준다. 어사
박문수가 아닌 '탐정 박문수'로 제목부터 흥미를
끄집어내더니 '성균관 살인사건 ①'은 폭발적인
흡인력으로 소설 속으로 빠져들게 한다.
한자로 만나보는 '미시터리迷始攄理(미스터리)'와
'미탱微橖(미팅)'은 소소한 재미를 더해준다. 무언가
커다란 어둠이 기다리고 있을 것 같은 불안은
미스터리에 스릴을 더해서 즐거움을 배가해준다.
무엇인가 멋진 일을 하고 싶다면 그 일에 대해
제대로 알아야 할 것이다. 그러니 멋진 미스터리를
만나고 싶다면 미스터리가 무엇인지 제대로
알려주는 《계간 미스터리》와의 만남은 선택이
아니라 필수인 듯하다.

★유튜브 '추리소설 읽는 남자'

김영민의 〈휴가 좀 대신 가줘〉는 여름 피서철
한자리에서 쭉 읽기 좋은 작품이었습니다. 일단
바다 위 낚싯배라는 한정된 공간에, 바다에 빠진
부장을 구하고 범인을 찾는 추리까지 시간의 흐름
역시 일직선으로 쭉쭉 이어집니다. 다소 단순하고
지루할 수 있는 구조 같지만 빌드업을 담당하는
주인공의 유머 감각으로 인해 전혀 지루하지 않게
단번에 읽을 수 있었습니다. 무더운 더위에 읽기
좋은 유머러스한 미스터리 작품입니다.

★darthvader_kr

20년 동안 추리소설 작가들이 활약해온 장.
모음집이라 할지, 잡지라고 할지, 아니면
단편집이라 할지 애매모호한 이 책. 추리문학하면
셜록 홈스나 코난 혹은 긴다이치 소년(김전일)만
떠오르는 분들에게 권할 책입니다.

인스타그램 @nabiclub을 팔로우하고, #계간미스터리 해시태그와
함께 《계간 미스터리》 리뷰를 남겨주세요. 선정된 리뷰어에게는
감사의 마음으로 소정의 선물을 보내드립니다.

★buin.kim

시작부터 시선을 잡아끄는 특집 '길고양이 킬러를
추적하다'.
잔인하게 길고양이를 살해한 후 버젓이
사진까지 올리는 길고양이 킬러를 추적하는
르포르타주다(허구 아닌 사실에 관한 보고. 즉 실제
사건을 보고하는 문학). 읽다 보면 절로 한숨이
나오고 인간의 잔혹함과 잔인함에 부끄러워진다.
그 오랜 시간 동안 고양이를 지키는 것에 매달리는
이유가 무엇이냐는 질문에 대한 답이 묵직하게 와
닿았다.
"내 눈에 보였잖아요. 내 눈에 보인 것은
구해줘야죠."
그리고 시대물에 약한 나를 사로잡은 장편소설이
있었으니, 그건 백휴 작가님의 〈탐정 박문수〉.
어릴 적에 연재소설 읽던 기분을 그대로 느낄 수
있다. 가을호를 목 빠지게 기다릴 수밖에 없는
구실을 제공한 작품이다.
나를 홀딱 반하게 만든 작품은 김영민 작가의
〈휴가 좀 대신 가줘〉이다.
이분 누구신가요? 복수극이 이렇게 유쾌,

상쾌해도 되는 건가요? 범인의 모습을 상상하다
빵 터져서 혼자 얼마나 웃었는지 모른다. 다 읽고
딸에게 읽어보라며 권했을 정도로 무더위에 지친
내게 큰 웃음을 안겨주었다. 작가님, 제가 팍
찍었습니다. 이런 유쾌한 이야기, 더 써주세요!

계간 미스터리 신인상 공모

**전통의 추리문학 전문지 《계간 미스터리》에서
새로운 시대를 함께 열어갈 신인상 작품을 공모합니다.**

★모집 부문
단편 추리소설, 중편 추리소설, 추리소설 평론

★작품 분량(200자 원고지 기준)
단편 추리소설: 80매 안팎 / 중편 추리소설: 250~300매 안팎 / 추리소설 평론: 80매 안팎

※ 분량 기준을 준수하지 않은 응모작은 심사 대상에서 제외됩니다.

※ 평론은 우리나라 추리소설을 텍스트로 삼아야 합니다.

★응모 방법
- 이메일을 통해 수시로 접수합니다. mysteryhouse@hanmail.net
- 우편 접수는 받지 않습니다.
- 파일명은 '신인상 공모_제목_작가명'을 순서대로 기입해야 합니다.
- 이름(필명일 경우 본명도 함께 기입), 주소, 연락 가능한 전화번호, 이메일을 원고 맨 앞장에 별도 기입해야 합니다. 부실하게 기입하거나 틀린 정보를 기재했을 경우 당선 취소 등 불이익을 받을 수 있습니다.

★유의 사항
- 어떤 매체에도 발표되지 않은 작품이어야 합니다.
- 당선된 작품이라도 표절 등의 이유로 타인의 지식재산권을 침해한 사실이 밝혀지거나, 동일 작품이 다른 매체 등에 중복 투고되어 동시 당선된 경우 당선을 취소합니다. 이 경우 원고료를 환수 조치합니다.
- 미성년자의 출품은 가능하나 수상 시 법정대리인의 동의서, 가족관계증명서 등을 제출해야 합니다.

★작품 심사 및 발표
- 《계간 미스터리》 편집위원들이 매호 심사합니다.
- 당선자는 개별 통보하고, 《계간 미스터리》 지면을 통해 발표합니다.

★고료 및 저작권
- 당선된 작품은 《계간 미스터리》에 게재합니다. 작가에게는 상패와 소정의 고료를 드립니다.
- 원고료에 대한 제세공과금을 공제합니다.
- 신인상에 당선된 작가는 기성 작가로서 대우하며, 한국추리작가협회 정회원으로서 작품 활동을 지원합니다.

■문의
한국추리작가협회 02-3142-3221 / 이메일: mysteryhouse@hanmail.net

M Y S T E R Y × 그믐 🌙

"독서 플랫폼 그믐에서 《계간 미스터리》 작가와 함께 책을 읽으며 이야기 나눠요"

한국 추리문학의 본진 《계간 미스터리》가
2023년 한 해 동안 그믐에서 독서 모임을 진행합니다.
79호 독서 모임 운영자는 홍정기 작가입니다.
<백색 살의>로 계간 미스터리 신인상을 수상했고,
《전래 미스터리》와 《호러 미스터리 컬렉션》을 출간했으며
이번 호에 <팔각관의 비밀>을 수록했습니다.

계간 미스터리 79호 × 그믐 독서 모임

모임 기간: 2023년 9월 21일(목)~10월 11일(수) (모임 기간 내 자유롭게 입장 가능)

활동 내용: 《계간 미스터리》를 함께 읽으며 홍정기 작가가 올리는 질문들에 대해
그믐 사이트에서 자유롭게 이야기 나눕니다.

신청 방법: www.gmeum.com에서 신청

그믐 바로가기

www.gmeum.com